U0554135

王充闾语文课

王充闾 著

人民文学出版社

图书在版编目（CIP）数据

王充闾语文课/王充闾著. —北京：人民文学出版社，2020
ISBN 978-7-02-013851-7

Ⅰ.①王… Ⅱ.①王… Ⅲ.①散文集—中国—当代 Ⅳ.①I267

中国版本图书馆 CIP 数据核字（2019）第 214642 号

策划编辑	脚　印
责任编辑	王　蔚　张梦瑶
装帧设计	黄云香
责任印制	徐　冉

出版发行	人民文学出版社
社　　址	北京市朝内大街 166 号
邮政编码	100705
网　　址	http://www.rw-cn.com
印　　刷	天津千鹤文化传播有限公司
经　　销	全国新华书店等
字　　数	170 千字
开　　本	890 毫米×1290 毫米　1/32
印　　张	9.625　插页 6
印　　数	1—10000
版　　次	2020 年 4 月北京第 1 版
印　　次	2020 年 4 月第 1 次印刷
书　　号	978-7-02-013851-7
定　　价	48.00 元

如有印装质量问题，请与本社图书销售中心调换。电话：010-65233595

脚印工作室

王克文

王充闾在安徒生故居与小朋友欢聚

王充闾为读者签名

走向大自然

作者自序

课本在我的心目中，自始就是庄严而凝重的。叩其原因，这当然和我从六岁开始即入私塾读经有关。"四书五经"、《老子》《庄子》《楚辞》《史记》这些两三千年传承下来的国学经典，莫说小孩子，即便是在成人眼中也是神圣无比的。这个习惯养成之后，八年过去考入中学，尽管其时还说不清楚语文课本体现文质兼美的典范性，体现语文素养的知识点、能力点，但也总是由衷地喜爱、悉心地听讲。待到我也走上三尺讲台，当了中学语文教师，知道了手中的教材课本，都是经过语文专家和一线优秀教师们精心选择、层层论证，进行过大量基础性研究，并在师生教学互动中受到实践检验，那种虔诚敬谨之心更是进一步强化了。即便是走上文学创作道路、成为散文作家，这种心情也未曾改变，仍然不时地重新温习那些早已谙熟于心的范文，继续从中汲取营养。

大约是二十世纪末吧，一天突然接到南方文友函告，说是我的文章进入了中学语文课本，接着便陆续收到京津沪

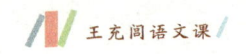

粤苏鲁版的语文课本样书。期间,还应邀参加过人民教育出版社在庐山召集的入选中学语文教材的作者座谈会,观摩了示范教学。座谈会上,有记者询问:作为一位作家,面对自己的作品被收入语文课本,有些什么感想?

我说,首先是感到十分荣幸。语文学习关系到亿万青少年的成长,不仅担负着思维能力、审美情操的培养和文化传承的使命,而且有助于中小学生树立正确的世界观、人生观、价值观,继承优秀的传统文化,增强民族自尊心和爱国主义感情,在很大程度上决定着未来国民的素质。已故著名教育家苏步青先生有言,如果说数学是学习自然科学的基础,那么,语文则是基础的基础,是所有学科中最基础的学科。正是基于这样的认知高度,所以说,作品能够入选语文教材,确是一个作家的幸事。

当然,同时也立刻感受到自己所肩负的社会责任。在这方面,鲁迅先生给我们树立了伟大的榜样。鉴于人是自身命运和社会发展的主体,先生以高度的文化自觉,提出"首在立人"的思想,分外重视文艺的"立人"功能,指出:"文艺是国民精神所发的火光,同时也是引导国民精神的前途的灯火。"也正是本着文学对于人的精神世界的唤醒、提升、引领作用,因而他在一篇文章中深情灼灼地说:"还记得三四年前,有一个学生来买我的书,从衣袋里掏出钱来放在我手里,那钱上还带着体温。这体温便烙印了我的心,至今要写文字时,还常使我怕毒害了这类的青年,迟疑不敢下笔。"作为铸造灵魂的工程,文学阅读在青少年时期至为关键,而教学课本肩负着尤为重要的使命。一个作家有幸参与其事,即便只是聊尽绵薄之力,也加倍感到使命的光荣、责任的重大。

与此紧相关联,或者说由此派生的是关于"读者意识"问题,亦即在写作过程中,作家自觉地考虑到读者的需要程度、接受水平、接受心理和审美兴趣。

前几年,我曾有机会在吉林大学附属中学和浙江湖州师范学院现场观摩了关于我的文章的示范教学。那天,吉大附中初三年级语文教师讲授的是拙作《我的第一个教师》。文中记述了儿时入塾读书前后同"魔怔"叔交往并受教的一些见闻趣事。这位绰号"魔怔"的族叔有两个特征,一是博学多闻,"多识于鸟兽草木之名";二是心性耿直,情怀郁结,胸中常有一种怀才不遇,抑塞难舒之气。课堂上发现学生最感兴趣的是前者,七个发言的全都津津乐道;而对后者只是三人有所涉及,却又对引文"鱼龙寂寞秋江冷,故国平居有所思"感到茫然。显然,对于一个时空界隔过于生疏、年龄只有十五六岁、涉世未深的孩子来说,这些内容有些僻奥了。当时我想,若是重新把笔,在书写这方面内容时,一定会从小读者角度着想,多费一些笔墨,或做出某些调整。与此形成对比的,是湖州师院中文系那次讲授我的课文《一夜芳邻》。对于文中所描述的访问英国女作家勃朗特三姊妹故居时的心理活动（包括想象、幻觉、联想、追思）与间接的生命体验，大学生们反应热烈，师生与作者间产生了良好的互动效应。这使我明确了什么是文学青年所喜爱的思维方式、审美趣味与表现手法，进一步深化了读者观念，特别是对于教材这类典型的"公共知识产品"，力求最大限度地提供实现文章价值的可能性。

是为序。

2019年8月

目录

- 火把节之歌 …… 1
- 读三峡 …… 6
- 青灯有味忆儿时 …… 13
- 换个角度看问题 …… 32
- 捕蟹者说 …… 38
- 大禹陵 …… 43
- 青天一缕霞 …… 48
- 亲近泥土 …… 55
- 法布尔的忠告 …… 62
- 碗花糕 …… 65
- 泛泛水中凫 …… 77
- 我的第一个老师 …… 81
- 两个李白（节选）…… 89
- 淡写流年 …… 105
- 驯心 …… 110
- 寂寞濠梁 …… 134
- 堂堂书阵百重关 …… 153
- 故园心眼 …… 160
- 走向大自然 …… 167

黄昏 172

一夜芳邻 178

怅对花魂 191

心中的倩影 198

会心处不必在远 204

泪泉血雨绽奇葩 208

细雨梦回 212

清风白水 217

遗爱长存 226

祁连雪 232

《盛京赋》的三个唯一 238

乾坤清气得来难 243

守护着灵魂上路 249

寻访"大红袍" 261

千载心香域外烧 268

诗人的妻子 281

古书断句趣谈 292

王充闾作品入选教材目录 298

火把节之歌

这是一个火的民族，它的历史就是一条火的长河。

一年一度最隆重的节日——火把节，实际上是彝家古老的祭火节。

在凉山彝族群众心目中，火是圣物，它能够净化一切。年节祭品要一一在火上转三圈，或将一块石头烧过，经淬水冒出蒸汽，再将祭品在上面绕三圈以除掉一切污浊。他们视火为神物，视锅庄、火塘为神之所在，严禁人畜践踏与跨越。猎人、牧人常用的引火绳，在家要挂在屋壁上方，用后只能用手压灭而不许用唾沫淹灭。火是中心，哪里有了火，哪里便会围上一圈人，火成了凝聚人们的轴心。

人类最初一代的文明，是被火焰照亮的。世界上许多民族都有关于火的崇拜、火的禁忌的习俗。然而，像我国彝族那样，把火的崇拜神圣化，并以节日形式固定下来，同预祝丰收相结合，却是不多见的。

关于火把节，当地流传着这样一个传说：很久很久以前的一个夏天，旱情十分严重，庄稼长得瘦弱不堪。可是，天神仍然派出差役，下界催租逼债。人们苦苦求饶，还是颗粒不留，统统被收走。这激怒了英雄惹地豪星，决心把这个恶差除掉。结果在六月二十四这天，在比赛摔跤时，把他摔死了。正当人们欢庆胜利的时候，天神放出天虫，遮天蔽日的天虫转眼之间便把一片片庄稼吞噬净尽。豪星看了心痛如焚，情急生智，动员男女老幼采来蒿秆扎成火把，漫山遍野燃烧起来，经过九天九夜的激战，终于消灭了天虫，保住了即将收获的庄稼。后来，人们为了纪念这位英雄，也为了祈祷丰收，年年都点燃火把，久而久之，就形成了火把节。

我们来到凉山时，恰好赶上了农历六月二十四的彝族火把节。吃过早饭，大家就乘车来到普格县五道箐乡拖木沟的一处非常开阔的草坪，四周天然隆起，形似看台，上上下下已经坐满了人，据

选入教材：

义务教育课程标准实验教科书
语文 六年级下册 同步阅读
2006年
人民教育出版社

义务教育课程标准实验教科书
语文 七年级（上册）
2009年
江苏教育出版社

说有三万多人。彝家有一句谚语：过年是嘴巴的节日，火把节是眼睛的节日。意思是，过年讲究吃好喝好，而火把节讲究的是穿戴打扮，好玩耐看。放眼望去，尽是姑娘们的七彩裙、花头帕、绣花坎肩和小伙子们的白披毡、蓝披毡、花腰带，好像一个硕大无朋的五彩花环罩在青苍的碧野上。

最先出场表演的是彝家女儿，她们打着黄油伞，相互牵着三角彩巾，围成一个又一个圆圈，唱起了优美动人的"朵乐荷"。歌声美，舞步轻，织成了一条情韵绵绵的女儿河，又好似一朵朵太阳花在蓝天下缓缓滚动。最能充分展示这种美的姿彩的，是已有千年历史的选美活动。选美，既看姑娘们的身材容貌、穿着打扮，又要看她们的仪态丰采，还要看平时的道德品行，包括对待父母长辈的表现。评委们都是山寨中德高望重的老人，他们一整天在过节人群中寻觅、拣选，反复比较、协商，评判意见颇具权威性，没有人会怀疑、指责。每次火把节每个场地只选三名，一旦评出，便成为姑娘们心仪的目标，小伙子心中的偶像。哪家出了美女，哪家的瓦板房四周，晚间便口弦声不断，清晨背水路上的脚印最多。

过去我总以为，处于比较封闭状态下的民族，未必会追求强度的刺激、激烈的变换和一定程度的紧张。可是，来到凉山之后，却发现这里的精神生活，更适应那种紧张、热烈的现代生活方式。这从场上观众对于摔跤、赛马、斗牛、斗羊是那样的投入，那样的兴致勃勃、全神贯注，便可以看得出来。它说明广大彝族地区较之追求宁静、安适，以农业文明为主的汉族地区，更具活力，更为开放，"生命之光"发射得更充分。这也许由于彝族地区长久以来，生产、生活的流动性大，获取生活资料艰难，自然条件恶劣等情况，促成了其生命力旺盛，神经系统一直保持较高的激活与兴奋水平。

天色暗了下来，人们在街前广场上，点燃起干蒿扎成的火把，排成长长的队伍，高声唱着火把节祝歌，走向田野，走向山岗。于是，漫山遍野都响起了："朵乐荷，朵乐荷，烧死猪羊牛马瘟，烧死吃庄稼的害虫，烧那穿不暖的鬼，烧那吃不饱的魔。朵乐荷，朵乐荷！"

由于火把节适值盛夏，田里秧苗正处于旺盛的生长期，也正是各种危害庄稼的昆虫繁殖的高峰期。当火把在四野燃起，那些害虫便迅速攒聚趋光，一齐葬身火海。所以火把确有除害保苗的实

选入教材：

义务教育教科书
语文 七年级（下册）
2016年
江苏凤凰教育出版社

效。时间已到深夜,登高四望,但见漫山遍野,到处都有金龙飞舞,起伏游动,浩荡奔腾,人们仿佛置身于火的世界。城市里也同时施放礼花,把光明送到天上,让暗淡的长天也大放异彩。古人有诗云:"云披红日恰含山,列炬参差竞往还。万朵莲花开海市,一天星斗下人间。"可说是真实而确切的写照。

山在燃烧,水在燃烧,天空在燃烧。与此相应合,人们的情绪也在燃烧,激扬、纵放,沉浸在极度的兴奋之中。面对着星河火海,我也不禁手之舞之,足之蹈之,高声朗诵起郭沫若的《凤凰涅槃》中的诗句:"我们生动,我们自由,我们雄浑,我们悠久。一切的一,悠久。一的一切,悠久……火便是你。火便是我。火便是他。火便是火。翱翔!翱翔!欢唱!欢唱!"

火把节自始至终体现了一种狂欢精神,但更重要的是反映了现代人的一种精神需求。从更广泛的集体心理来说,人们都愿意借助这个节日,营造一种规模盛大的、自己也参与其中的欢乐氛围,使身心放松、亢奋,一反平日那种循规蹈矩、按部就班的生活秩序,而同时又不被他人认为是出格离谱、荡检逾闲。

1999 年

读 三 峡

一

"船窗低亚小栏杆,竟日青山画里看。"我满怀着四十余年的渴慕,放舟江上,畅游三峡,饱览着山川胜景。

伴着船行激起的沙沙澌澌的水声,迎来又送走那峥嵘、嶙峋的山影。江轮在危岩绝壁间宛转穿行,眼看要撞在迎面横过来的陡壁上,却灵巧地一闪,辟出一片别开生面的天地。真是"山塞疑无路,湾回别有天",不能不由衷地佩服古诗用字的贴切。

老杜笔力的雄健更是令人心折,群山万壑,的确像无数匹高高低低的骏马,脱缰解辔,挤挤撞撞,奔赴荆门。谪仙作诗,惯用夸张手法,但他刻画三峡之险巇:"上有六龙回日之高标,下有冲波逆折之回川。黄鹤之飞尚不得过,猿猱欲度愁攀援",则全是写实。

峡中景色变化无常,适才还是"高江急峡雷霆斗",令人目骇神摇,霎时烟云浮荡,一变而为惝恍迷离,幻成一幅绝妙的米家山水。游人也随之从现时的有限形相转入绵邈无际的心灵境域,玲珑相见,灵犀互通,开掘出融心理境界、生活体验、艺术创造的第二自然于一体的多维向度。

一些峭拔的石壁,由于亿万年风雨剥蚀,岩石现出许许多多的层次和异常分明的轮廓,或竖向排列,或重叠摆放,或向两侧摊开,使人想起"书似青山常乱叠"的诗句。船过兵书宝剑峡,这种"书"的概念就更加浓重了。相传诸葛亮入川时,路过三峡,曾把神人赐予的兵书藏在峭壁之上。清代诗人张船山煞有介事地咏叹道:"天上阴符定不同,山川终古傲英雄。奇书未许人间读,我驾云梯欲仰攻。"而另一位诗人则从另一个角度去做文章:"兵法在一心,兵书言总固。弃置大峡中,恐怕后人误。"

平日嗜书如命的我,座前、案边、眼中、心上,无往而不是书卷。孤寂时,有书相伴,会觉得"书卷多情似故人";夜阑人静,手倦抛书,也习惯于"三更有梦书当枕"。此刻,面对着峡江胜境,"书痴"自然要把它捧起来当书读了。

二

三峡,这部上接苍冥、下临江底、近四百里长的硕大无朋的典籍,是异常古老的。早在语言文字出现之前,不,应该说早在"浑沌初开，乾坤始奠"之际，它就已经摊开在这里了。它的每一叠岩页，都是历史老人留下的回音壁、记事珠和备忘录。里面镂刻着岁月的屐痕，律动着乾坤的吐纳，展现着大自然的启示，里面映照着尧时日、秦时月、汉时云，浸透了造化的情思与眼泪。

在这锦山秀水之间，早在五千年前就曾闪烁着大溪文化的异彩。两千年前，扁舟一叶从那条唤作香溪的小河里，载出一位绝代佳姝。"昭君自有千秋在，胡汉和亲识见高"，不独闾里之荣，也是邦家之光。两汉之交，公孙述枭踞白帝城，跃马称帝。过了三周甲子，这里又成了吴蜀争雄的战场。年轻的陆逊创建了"火烧连营七百里"的赫赫战功；刘先主永安宫一病不起，将他的嗣子以及未竟的事业，连同未来的千般险阻，一股脑儿托付给他的军师；诸葛公神机妙算，在鱼腹浦摆下了"八阵图"。"自从归顺了皇叔爷的驾，匹马单刀取过巫峡"。老将黄忠的行迹，至今还留在《定军山》的戏文里。但是，"卧龙跃马终黄土，人事音书漫寂寥"。今日舟行访古，不仅史迹久湮，而江山亦不可复识矣。

假如三峡中壁立的群峰是一排历史的留声机，它一定会录下历代诗人一颗颗敏感心灵的摧肝折骨的呐喊和豪情似火的朗吟。"屈平词赋悬日月"，船过秭归，人们面对着万树丹橘，总要联想起那以物拟人的不朽名篇《橘颂》；而当朝辞白帝，放舟三峡，又必然记诵起李白的流传千古的佳作。

在这里，杜少陵经历了创作的极盛时期，两年时间写诗四百三十七首，占了他全部诗作的三分之一以上。刘禹锡出守夔州，在当地民歌的基础上，首创了文人笔下的充满浓郁生活气息和地方特色的竹枝词。前后相隔二百余年，白氏兄弟与苏家父子的诗章，使三游洞四壁增辉，名闻遐迩。

泊乎现代，"江山仍画里，人物已超前"。陈毅元帅的三峡诗，蕴藉沉雄；毛泽东主席"高峡出平湖"的雄词，堪称千古绝唱。面对着意念中的历代诗屏和眼前的山川形胜，我也情不自禁地写下一首七绝："轻舟如箭下江陵，高峡急江一水争。短梦未成千嶂过，巫山何处听猿声？"布鼓雷门，非敢附骥，也不是要做谪仙的翻案文字，纪实而已。

三

就诗而言，巫山十二峰可以说是一部不是靠语言文字而是由境界氛围酿成的朦胧诗卷。两岸诸峰时隐时现，忽近忽远，笼罩在云气氤氲、雨意迷离的万古空蒙之中，透出一种"悠然心会，妙处难与君说"的朦胧意态。"一自高唐赋成后，楚天云雨尽堪疑。""神女生涯"为人们留下了无穷的想象空间，成了所谓"象外之象，景外之景"。

也许这样远远望着那万古烟云，谛听着她的模糊的默示，更富迷人的魅力；如果有谁过于刻板、认真，率性攀到峰头去睇视一番神女的芳姿，恐怕那风化的巉岩会令人意兴索然，大失所望的。

比之于绘画，巫山十二峰无疑是整个三峡风景线上一条最为雄奇秀美的山水画廊。在这里，钩皴点染、浓淡干湿、阴阳向背、疏密虚实等各种表现手法兼备毕具。那群峰竞秀、断岸千尺的高峡奇观，宛如刀锋峻劲、层次分明的版画；而云封雾障中的似有若无、令人神凝意远的万叠青峦，则与水墨画同其韵致。

整个三峡，也并不都是怡情悦性的画境诗笺，它还是一部描绘奋斗人生、满布着坎坷与风浪的惊险之作。我看到过一幅题为《巴船下峡图》的古画：在狭窄湍急的滩口中，船工们全神贯注、高度紧张地使篙撑船，同无情的礁石、激流作殊死的决斗。际此"天下至险之地，行路极危之时"，"摇橹者皆汗手死心，面无人色"。白帝城中一幢古碑上，也有"瞿塘峡口波涛汹涌，奔腾万状，舟行至此，靡不动魄惊心"的记载。

至于流传在峡江两岸世代人民口头上、记忆中的，更是举不胜举。今日舟行江上，耳畔还仿佛鼓荡着古老的黄牛峡歌和滟滪滩谣。在这种生死系于顷刻，战战兢兢，提心在口的情势下，赏玩江峡奇景，根本无从谈起。正如《水经注》引袁山松所述："峡中水疾，书记及口传悉以临惧相戒，曾无称有山水之美也。"

新中国成立后,三峡航段经过了彻底整治,出川入川,流缓波平,从容稳渡,再不用"愁水又愁风"了。但事物总是复杂的,有人却又感到划尽崎岖,平淡寡味,怅然若有所失。这从审美的角度来说,也自有他的道理。

四

清末民初著名学者王国维有过"古今之成大事业、大学问者必经三种之境界"的说法,还有人把绘画分为写实、传神、妙悟三个层次。我以为,读三峡可能也有三种灵境:

始读之,止于心灵对自然美的直接感悟,目注神驰,怦然心动。这种灵境,大体上,像是晋人袁山松对于三峡的观赏:"仰瞩俯映,弥习弥佳,流连信宿,不觉忘返。"

再读之,就会感到主观的生命情调与客观景物交融互渗,物我融成了一体,亦即辛弃疾词中所说的:"我见青山多妩媚,料青山见我应如是。情与貌,略相似。"

卒读之,则身入化境,浓酣忘我,"冲然而澹,翛然而远",进入《易经》上讲的那种"天地氤氲,万物化醇"的灵境,此刻该是"此中有真意,欲辨已忘言"了。

读三峡,有乘上、下水船两种读法。乘上水船,虽然体味不到"轻舟飞过万重山"的酣畅淋漓的快感,但颇有利于从容玩味,沉思遐想。"读书切忌太匆忙,涵泳工夫意味长"。

读三峡，也是如此，不能心浮气躁，囫囵吞枣。下水船疾飞似箭，过眼烟云，留不下深刻的印象，其弊正在于此。

但是，下水船又有其独特的美学效应。本来两岸的青松、丹橘、翠峦、粉堞，彼此相距甚远，但由于船行疾速，拉近了它们的距离，造成眼前多种物象重合叠印的错觉，从而，丰富和充实了视觉形象，即使物象渐渐消失，也能留下一种雄奇的意境与奋发的情思。鉴于两种读法各有得失，我们通过双程往返，兼取了二者之长。

人说大宁河上的小三峡是三峡的聚珍版和缩印本，景色绝佳，而且，由于滩险岩奇，还可以补偿由于三峡惊险场面的消除所造成的失落。可惜，因为时间有限，交臂失之，说来也是一桩憾事。

但是，我用另一面的道理宽慰自己：美学上讲究逸韵悠然，有余不尽，忌讳一览无余，因而有"不到顶点"的说法。怕的是到达顶点就到了止境，捆住了想象的翅膀。龚自珍有诗云："未济终焉心飘渺，万事都从缺处好。吟到夕阳山外山，世间难免余情绕。"踏不上的泥土，总被认为是最香甜的。何妨留下一片充满期待与想象的天地，付诸余生忆念，纵使他日无缘踏上，也尽可神驰万里，向往于无穷了。

1991 年

青灯有味忆儿时

一

谈到我的经历,有些朋友常常不解:二十世纪四十年代初期,不管是乡村、城市,早都办起了学校,为什么却读了那么多年私塾?我的答复很简单:环境、条件使然。

我的故乡在辽西的医巫闾山东面一个名叫"大荒"的村落里。当时的环境,是兵荒马乱,土匪横行,日本"皇军"和伪保安队不敢露面,那里便成了一处"化外"荒原,学校不要说兴办,当地人见都没有见过。说到条件,就要提到我的一位外号"魔怔"的族叔。他很有学问,但由于性格骨鲠,不行于时,靠着家里的一些资产,刚到四十岁便过上了乡下隐居的生活。他有一个男孩,小名唤作"嘎子",生性顽皮、好动,三天两头招惹是非。魔怔叔自己没有耐心管教,便想延聘一位学究来加以培养、造就。于是,就请到了有"关东才子"之誉的刘璧亭先生。他是"魔怔"

叔早年的朋友,国学功底深厚,做过府里的督学和县志的总纂。只因不愿仰承日本人的鼻息,便提前告老还家了。由于对我有好感,魔怔叔同时说服我的父亲,把我也送进了私塾。

这样,我们这两个无拘无管、疯淘疯炸的顽童,便从"百草园"来到了"三味书屋"。其时为1941年春,当时我刚满六岁,嘎子哥大我一岁。学生最多时增至八人,但随进随出,坚持到底的只有我们两个。

私塾设在魔怔叔家的东厢房。这天,我们早早就赶到了,嘎子哥穿了一条红长衫,我穿的是绿长衫,见面后他就要用墨笔给我画"关老爷"脸谱,理由是画上的关公穿绿袍。拗他不过,只好听从摆布。幸好,魔怔叔陪着老先生进屋了。一照面,首先我就吓了一跳:我的妈呀,这个老先生怎么这么黑呀!黑脸庞,黑胡须,黑棉袍,高高的个子,简直就是一座黑塔。

魔怔叔引我洗净了脸盘,便开始举

选入教材:

《我们怎样学语文》
2002年
作家出版社

《我们期待什么样的课堂》
2002年
福建教育出版社

行"拜师仪式"。程序很简单,首先向北墙上的至圣先师像行三鞠躬礼,然后拜见先生,把魔怔叔事先为我们准备好的礼物双手奉上,最后两个门生拱手互拜,便算了事。接着,是先生给我们"开笔"。听说我们在家都曾练习过字,他点了点头,随手在一张红纸上工工整整地写下了"文章得失不由天"七个大字,然后,两个学生各自在一张纸上摹写一遍。这样做的意义,我想,是为了掌握学生写字的基础情况,便于以后"按头制帽",有的放矢。

  先生见我们每人都认得许多字,而且,在家都背诵过《三字经》《百家姓》,便从《千字文》开讲。他说,《三字经》中"宋齐继,梁陈承",讲了南朝的四个朝代,《千字文》就是这个梁朝的周兴嗣作的。梁武帝找人从晋代"书圣"王羲之的字帖中选出一千个不重样的字,然后,让文学侍从周兴嗣把它们组合起来,四字一句,合辙押韵,构成一篇完整的文章。一个通宵过去,《千字文》出来了,周兴嗣却累得须发皆白。先生说,可不要小看这一千个字,它从天文、地理讲到人情世事,读懂了它,会对中国传统文化有个基本的概念。

  当时,外面的学堂都要诵读伪满康德皇帝的《即位诏书》《回銮训民诏书》和《国民训》,刘老先生却不去理会这一套。两个月过后,接着给我们讲授"四书"。书都是线装的,文中没有标点符号。先生事前用蘸了朱砂的毛笔,在我们两人的书上圈点一过，每一断句都画个"圈"，有的则在下面加个"点"。先生告诉我们，这种在经书上断句的工作，古人称作"离经"，就是离析经理，使章句断绝。也就是《三字经》里说的"明句读"。"句读"相当于现代的标点符号。古人写文章是不用标点符号的，他们认为，文章一经圈点，文气就断了，文意就僵了，文章就死了。但在读解时，又必须"明句读"，不然就无法理解文章的内容。有时一个标点点错了，意思就完全反了。先生说，断句的基本原则，可用八个字来概括："语绝为句，语顿为读"，语气结束了，算作"句"，用圈（句号）来标记；语气没有结束，但需要顿一下，叫作"读"，用点（逗号）来标记。

先生面相严肃，令人望而生畏，人们就根据说书场上听来的，送给他一个"刘黑塔"（实际应为"刘黑闼"）的绰号。其实，他为人正直、豪爽，古道热肠，而且，饶有风趣。他喜欢通过一些笑话、故事，向学生讲述道理。当我们读到《大学》的"知止而后有定，定而后能静，静而后能安，安而后能虑，虑而后能得"的时候，他给我们讲了一个两位教书先生"找得"的故事——

一位先生把这段书读成"知止而后有定定，而后能静静，而后能安安，而后能虑虑，而后能得"，发觉少了一个"得"字。一天，他去拜访另一位塾师，发现书桌上放着一张纸块，上面写个"得"字。忙问："此字何来？"那位塾师说，从

《大学》书上剪下来的。原来，他把这段书读成了"知止而后有，定定而后能，静静而后能，安安而后能，虑虑而后能"，末了多了一个"得"字，就把它剪了下来，放在桌上。来访的塾师听了十分高兴，说，原来我遍寻不得的那个"得"字跑到了这里。说着，就把字块带走，回去后，贴在《大学》的那段书上。两人各有所获，皆大欢喜。

书中奥义无穷无尽，尽管经过先生讲解，也还是不懂的居多，我就一句句地请教。比如读到《论语》，我问：夫子说的"四十而不惑"应该怎么理解？他说，人到了四十岁就会洞明世事，也能够认清自己了，何事做得何事做不得，何事办得到何事办不到，都能心中有数；再过一些年就是"五十而知天命"，便又进入一个新的境域。但有时问到了，他却说，不妨先背下来，现在不懂的，随着世事渐明，阅历转深，会逐渐理解的。

读书生活十分紧张，不仅白天上课，晚上还要安排自习，温习当天的课业，以增强理解，巩固记忆。那时家里都点豆油灯，魔怔叔特意买来一盏汽灯挂在课室，十分明亮。没有时钟，便燃香作记。一般复习三排香的功课，大约等于两个小时。散学后，家家都已熄了灯火，偶尔有一两声犬吠，显得格外瘆人，我一溜烟地往回跑着，直到看见母亲的身影，叫上一声"妈妈"，然后扑在她的温暖的怀里。

早饭后上课，第一件事，便是背诵头一天布置的课业，然后讲授新书。私塾的读书程序，与现今的学习方法不尽相同，它不是在理解的基础上把它记牢，而是先大致地讲解一遍，然后背诵，在背诵的基础上，反复玩味，进而加深理解。魇怔叔说得很形象："这种做法和窃贼偷东西类似，先把偷到的财物一股脑儿抱回家去，然后，待到消停下来，再打开包袱一一细看。"魇怔叔后来还对我说过，传道解惑和知识技能的传授，有不同的方法：比如，学数学，要一步步地来，不能跨越，初等的没学习，中等、高等的就接受不了；学珠算，也要先学加减，后学乘除，一个台阶一个台阶地上。而一些人情道理，经史诗文，是可以随着年龄、阅历的增长逐步加深理解的。

记得魇怔叔说过这样一个例子：《千字文》里有"易輶攸畏，属耳垣墙"这句话。他从小就会背，但不知什么意思。后来，读《诗经·小雅》遇见了"君子无易由言，耳属于垣"这句话，还是不懂得。直到出外做事了，一位好心的上司针对他说

《名家谈语文学习》
2007年
华东师范大学出版社

话随便，出言无忌，劝诫他要多加小心，当时还引用了《千字文》中这句话。这时，他才明白了其中含义：说话轻率是可怕的，须知隔墙有耳呀！"辀"是古时的一种轻车，"易辀"就是轻易地意思。后来，我也逐渐体会到，这种反复背诵的功夫十分有益。只要深深地印进脑子里去，日后总会渐渐理解的。一当遇到待人接物、立身行事的具体问题，那些话语就会突然蹦出来，为你提供认识的参照系。这种背诵功夫，旧称"童子功"，必须从小养成，长大以后再做就很难了。

说到童子功，有一句古语叫"熟读成诵"。说的是，一句一句、一遍一遍地把诗文吞进口腔里，然后再拖着一种腔调大声地背诵出来。拙笨的方法常能带来神奇的效果，渐渐领悟，终身受用。不过，这一关并不好过。到时候，先生端坐在炕上，学生背对着他站在地下，听到一声"起诵"，便左右摇晃着身子，朗声地背诵起来。遇有错讹，先生就用手拍一下桌面，简要地提示两个字，意思是从这里开始重背。背过一遍之后，还要打乱书中的次序，随意挑出几段来背。若是不做到烂熟于心，这种场面是难以应付的。

我很喜欢背诵《诗经》，重章叠句，反复咏唱，朗朗上口，颇富节奏感和音乐感。诵读本身就是一种欣赏，一种享受。可是，也最容易"串笼子"，要做到"倒背如流"，准确无误，就须下笨功夫反复诵读，拼力硬记。好在木版的《诗经》字大，每次背诵三页左右，倒也觉得负担不重，可以照玩不误；后来，增加到五页、八页；特别是因为我淘气，先生为了用课业压住我，竟用订书的细锥子来扎，一次带起多少页来就背诵多少。这可苦了我也，心中暗暗抱怨不置。

我原以为，只有这位"黑先生"（平常称他"刘先生"，赌气以后就改口叫他"黑先生"，但也止于背后去叫）才会这样整治生徒；后来，读了国学大师钱穆的《八十忆双亲》的文章，方知"天下塾师一般黑"。钱先生是这样记述的："翌日上学，日读生字二十，忽增为三十。余幸能强记不忘，又增为四十。如是递增，日读生字至七八十，皆勉强记之。"塾师到底还有办法，增加课业压不住，就以钱穆离座小便为由，"重击手心十掌"。"自是，不敢离座小便，溺裤中尽湿。"

我的手心也挨过打，但不是用手掌，而是板子，榆木制做，不甚厚，一尺多长。听人说，木板经尿液浸过，再用热炕猛烙，便会变得酥碎。我和嘎子哥就趁先生外出，如法炮制，可是，效果并不明显。

二

塾斋的窗前有一棵三丈多高的大树，柔软的枝条上缀满了纷披的叶片，平展展地对生着，到了傍晚，每对叶片都封合起来。六月前后，满树绽出粉红色的鲜花，毛茸茸的，像翩飞的蝶阵,飘动的云霞,映红了半边天宇,把清寂的塾斋装点得浓郁中不乏雅致。深秋以后,叶片便全部脱落,花蒂处结成了黄褐色的荚角。在我的想象中,那一只只荚角就是接引花仙回归梦境的金船,看着它们临风荡漾,心中总是涌动着几分追念,几分怅惘。魔怔叔说,这种树的学名叫作"合欢",由于开的花像马铃上的红缨,所以,人们又称它为马缨花。

马缨花树上没有挂着马铃,塾斋房檐下却摆动着一串风铃。在马缨花的掩映中,微风拂动,风铃便发出叮叮咚咚的清脆的声响,日日夜夜,伴和着琅琅书声,令人悠然意远。栖迟在落花片片、黄叶纷纷之上的春色、秋光,也就在这种叮叮咚咚声中,迭相变换,去去来来。

先生是一位造诣很深的书法家。他很重视书法教学,从第二年开始,隔上三五天,就安排一次。记得他曾经讲过,学书不仅有实用价值,而且,也是对艺术的欣赏。这两方面不能截然分开,比如,接到一封字体秀美、渊雅的书信,在了解信中内容的同时,也往往为它的优美的书艺所陶醉。

学写楷书,本来应该严格按照摹书与临书的次序进行。就是,先要把"仿影"铺在薄纸下面,一笔一笔地描红,熟练了之后,再进入临帖阶段。由于我们都具备了一定的书写基础,先生就从临帖教起。事先,他给我们写好了两张楷书的范字,记得是这样几句古文:"幼怀贞敏,早悟三空之心，长契神情，先苞四忍之行。""江山之外，第见风帆沙鸟、烟云竹树而已。"嘱咐我们，不要忙着动笔，先要用心琢磨，反复审视，他把这称作"读帖"，待到谙熟于心，再比照着范字，在旁边一一去临写。他说，临帖与摹帖不同，摹帖是简单的模仿，临帖是在借鉴的基础上进行自我创作，必须做到眼摹、心悟、手追。练习书法的诀窍在于心悟，读帖是实现心悟的必由之路。

我们在临帖上下过很大工夫。先是"对临"，就是对着字帖临写。对临以形为主，先生强调掌握运笔技巧，注意用笔的起止、转折、顿挫，以及章法、结构。然后实行"背临"，就是脱离字帖，根据自己的记忆和理解去临写。背临以意为主，届时尽力追忆读帖时留下的印象，加上自己的理解与领悟。尔后，他又从书局为我们选购了一些古人的碑帖范本，供我们临摹、欣赏。他说，先一后众，博观约取，学书、学诗、作文都应该这样。

老先生有个说法："只读不作，终身郁塞。"他不同意王筠《教童子法》中的观点，认为王筠讲的儿童不宜很早作文，才高者可从十六岁开始，鲁钝者二十岁也不晚，是"冬烘之言"。老先生说，作文就是表达情意，说话也是在作文，它是先于读的。儿童如果一味地读书、背书，头脑里的古书越积越多，就会食古不化，把思路堵塞得死死的。许多饱学的秀才写不出好文章，和这有直接关系。小孩子也是有思路的，应该及时引导他们通过作文进行表达情意、思索问题的训练。

为此，在"四书"结业后，讲授《诗经》《左传》《庄子》《纲鉴易知录》之前，先生首先讲授了《古文观止》和《古唐诗合解》，强调要把其中的名篇一一背诵下来，尔后就练习作文和写诗。他很重视对句，说对句最能显示中国诗文的特点，有助于分别平仄声、虚实字，丰富语藏，扩展思路，这是诗文写作的基本功。他找出来明末清初李渔的《笠翁对韵》和康熙年间车万育的《声律启蒙》，反复进行比较，最后确定讲授李氏的《对韵》。这样，书窗里就不时地传出"天对地，雨对风，大陆对长空……"的诵读声。

他还给我们讲，对句讲究虚字、实字。按传统说法，名词算实字，一部分动词、形容词也可以算是实字，其余的就算虚字。这种界限往往不是很分明的。一句诗里多用实字，显得凝重，但过多则流于沉闷；多用虚字，显得飘逸，过多则流于浮滑。唐代诗人在这方面处理得最好。

先生还常常从古诗中找出一个成句，让我们给配对。一次，正值外面下雪，他便出了个"急雪舞回风"的下联，让我们对出上联。我面对窗前场景，想了一句"衰桐摇败叶"，先生看了说，也还可以，顺手翻开《杜诗镜铨》，指着《对雪》这首五律让我看，原句是："乱云低薄暮"。先生说，古人作诗，讲究层次，先写黄昏时的乱云浮动，次写回旋的风中飞转的急雪，暗示诗人怀着一腔愁绪，已经独坐斗室，对雪多时了。后来，又这样对过多次。觉得通过对比中的学习，更容易领略诗中三昧和看到自己的差距。

秋初，一个响晴天，先生领我们到草场野游，回来后，让以《巧云》为题，写一篇五百字的短文。我把卷子交上去，就注意观察先生的表情。他细细地看了一遍，摆手让我退下。第二天，正值旧历八月初一，民间有"抢秋膘"的习俗，父亲请先生和魔怔叔吃饭。坐定后，先生便拿出我的作文让他们看，我也凑过去，看到文中画满了圈圈，父亲现出欣慰的神色。

原来，塾师批改作文，都用墨笔勾勒，一般句子每句一圈，较好的每句双圈，更好的全句连圈，特好的圈上套圈。对欠妥的句子，勾掉或者改写，凡文理不通、文不对题的都用墨笔抹去。所以，卷子发还，只要看圈圈多少和有无涂抹，就知道作文成绩如何了。

三

先生年轻时就吸鸦片烟，久吸成瘾，每到烟瘾上来之后，茶饭无心，精神颓靡，甚至涕泗交流，只好躺下来点上烟灯，赶紧吸上几口，才能振作起精神来。后来，鸦片烟也觉得不够劲了，便换上由鸦片里提炼出来的吗啡，吸了两年，又觉得不过瘾了，只好注射吗啡的醋酸基衍生物——海洛因（俗称"白面"），每天一次。先生写得一手漂亮的行草，凡是前来求他写字的，都带上几支"白面"作为贽礼。只要扎上一针，立刻神采飞扬，连着写上十张八张，也没有问题，而且，笔酣墨饱，力透纸背。

　　由于资金有限，他每次只能买回四支、五支，这样，隔上几天，就得去一次高升镇。"阎王不在，小鬼翻天"。他一出门，我们就可以放胆地闹学了，这真是快活无比的日子。这天，我眼见着先生夹个包袱走出去了，便急急忙忙把我和嘎子哥的书桌摞在一起，然后爬到上面去，算是登上了皇位，让嘎子哥给我叩头请安，三呼万岁。他便跪拜如仪，喊着"谢主隆恩"。我也洋洋自得地一挥手，刚说出"爱卿平身"，就见老先生风风火火地走了进来。这是我绝对没有料到的。原来，他忘记了带钱，走出二里地才忽然想起。往屋一进，正赶上我"大闹天宫"，据说，当时他也只是说了一句："嚯！小日子又起来了。"可是，却吓得我冷汗淋淋，后来，足足病倒了三个多月。

　　病好了以后，略通医道的魔怔叔说我脸色苍白，还没有恢复元气。嘎子哥听了，便悄悄地带我去"滋补"，要烧小鸡给我吃。他家后院有块韭菜地，几只小鸡正低着头在里面找虫子吃。他从后面走过去，冷不防腾起一脚，小鸡就糊里糊涂地命归了西天。弄到几只以后，拿到一个壕沟里，逐个糊上黄泥,再捡一些干树枝来烧烤。熟了之后摔掉泥巴,外焦里嫩的小烧鸡就成了我们丰盛的美餐。

这类事干了几次,终于被看青的"大个子"叔叔(实际是个矬子)发觉了,告诉了魔怔叔,为此嘎子哥遭到了一通毒打。这样一来,我们便和"大个子"结下了怨仇,决心实行严厉的报复。那天,我们趁老先生上街,两人跑到村外一个烂泥塘边,脱光了衣裳,滚进泥坑里,把脸上、身上连同带去的棍棒通通涂满了黑泥,然后,一头钻进青纱帐,拣"大个子"必经的毛毛道,两个黑孩挂着黢黑的棍棒分左右两边站定。只见他漫不经心地低头走了过来,嘴里还哼着小曲。我们突然大吼一声:"站住!拿出买路钱!"竟把他吓得打了个大趔趄。

与这类带有报复性质的恶作剧不同,有时候儿童淘气,纯粹出于顽皮的天性,可以说,没有任何前因后果。住在我家西邻的伯母,平时待我们很好,桃子熟了,常常往我们小手里塞上一两个。我们对她的唯一不满,就是她一天不住嘴,老是"嘞嘞嘞",一件事叨咕起来没完,怪烦人的。

这天,我发现她家的南瓜蔓爬到了我们这面墙上,上面结了一个小盆大的南瓜,便和嘎子哥一起给它动了"手术":先在上面切一个四四方方的开口,然后用匙子把里面的瓜瓤掏出来,填充进去一些大粪,再用那个四方块把窟窿堵上。经过我们观察,认为"刀口"已经长好了,便把它翻墙送过伯母那面去。隔上一些天，我们就要找个事由过去望一望，发现它已经长到脸盆一般大了，颜色也由青翠转作深黑，知道过不了多久，伯母就会用它炖鱼吃了。

一天，见到伯母拎了几条河鱼进了院子，随后，又把南瓜摘了下来，搬回屋里。估摸着将要动刀切了，我和嘎子哥立刻赶到现场去看"好戏"。结果，一刀下去，粪汤"哗哗"地流满了灶台，还散发着臭味。伯母一赌气，就把整个南瓜扔到了猪圈里。院里院外骂个不停，从正午一直骂到日头栽西。我们却早已蹦着跳着，"得胜还朝"了。

在外面跑饿了，我和嘎子哥就回到他家菜园子里啃茄子吃。我们不是站在地上，把茄子摘下来一个一个吃掉，而是平身仰卧在垄沟里，一点点地往前移动，用嘴从茄秧下面去咬那最甜最嫩的小茄苞儿。面对着茄秧上那些半截的小茄子，"魔怔"叔和园工竟猜不出这是受了什么灾害。直到半个月以后，我们在那里故伎重演，当场被园工抓住，才揭开了谜底。告到魔怔叔那里，罚我们把半截茄子全部摘下来，然后一个一个吃掉，直弄得我们肠胃胀痛，下巴酸疼，暗中发誓以后再也不干这类"蚀本生意"了。

四

私塾不放寒假，理由是"心似平原野马，易放难收"。

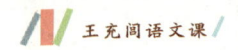

但进了腊月门之后，课业安排相对的宽松一些。因为这段时间没有背诵，晚自习也取消了，我便天天晚上去逛灯会，看高跷。但有时，先生还要拉我们命题作诗，或者临机对句，也是很难应付的。

古制："嘉平封篆后即设灯官，至开篆日止。"意思是，官府衙门到了腊月（嘉平月）二十前后便要封存印信，停止办公，临时设置灯官，由民众中产生，俗称"灯笼太守"，管理民事。到了正月下旬，官府衙门印信启封，灯官即自行解职。乡村结合本地的实际，对这种习俗做了变通处理。灯官的差使尽管能够增加一些收入，但旧时有个说法："当了灯官的要倒霉三年"，因此，一般的都不愿意干。村上只好说服动员那种平时懒惰、生活无着的"二混子"来担任，帮助他们解决一些生计中的困难。

到了旧历除夕，在秧歌队的簇拥下，灯官身着知府戏装，头戴乌纱亮翅，端坐于八抬大轿之中，前有健夫摇旗喝道，两旁有青红皂隶护卫，闹闹嚷嚷地到全村各地巡察。遇有哪家灯笼不明，道路不平，或者随地倒置垃圾，"大老爷"便走出官轿，当众训斥、罚款；街头实在找不着岔子，就要走进院子，故意在冰雪上滑溜一下，然后，就以"闪了老爷的腰"为名罚一笔款。

这笔钱，一般用来支付春节期间各项活动开支，同时给予灯官这类特困户以适当的补助。被罚的对象多为殷实富户，农村所谓"土财主"者，往往都是事先物色好了对象，到时候找个名堂，走走过场。这样，既解决了一些实际困难，又带有鲜明的娱乐性质，颇受民众欢迎。

每当灯官出巡，人们都前呼后拥，几乎是全村出动。这天晚上，刘先生也挂着拐杖出来，随着队伍观看。第二天，就叫我们以此为题，写一篇记叙文和一首即事诗。嘎子哥写了什么，忘记了，我写的散文名曰《"灯笼太守"记》，诗是一首七绝：

声威赫赫势如狂，查夜巡更太守忙。
毕竟可怜官运短，到头富贵等黄粱！

先生看过文章，在题目旁边写了"清顺可读"四个字，对这首七绝，好像也说了点什么，记不清楚了。散学时，先生把这两篇文字交还给我，让带回家去，给父亲看。

记得还有一次，那天是元宵节，我坐在塾斋里温习功课，忽听外面锣鼓声越来越近，知道是高跷队（俗称"高脚子"）过来了。见老先生已经回到卧室休息，我便悄悄地溜出门外。不料，到底还是把他惊动了。只听得一声喝令："过来！"我只好硬着头皮走进卧室，见他正与魔怔叔共枕一条三尺长的枕头，凑在烟灯底下，面对面地吸着鸦片烟。由于零工不在，唤我来给他们沏茶。我因急于去看高跷，忙中出错，过门时把茶壶嘴撞破了，一时吓得呆若木鸡。先生并未加以斥责，只是说了一句："放下吧。"

这时，外面锣鼓响得更欢，想是已经进了院里。我刚要抽身溜走，却听见先生喊我"对句"。我便规规矩矩地站在地下。他随口说出上联：

歌鼓喧阗，窗外脚高高脚脚；

让我也用眼前情事对出下联。我正愁着找不出恰当的对句，憋得额头渗出了汗津，忽然见到魔怔叔把脑袋往枕头边上挪了挪，便灵机一动，对出了下句：

云烟吐纳，灯前头枕枕头头。

魔怔叔与塾师齐声赞道："对得好，对得好！"且不说当时那种得意劲儿，真是笔墨难以形容，只讲这种临时应答的对句训练，使我后来从事诗词创作获益颇深。

我从六岁到十三岁，像顽猿箍锁、野鸟关笼一般，在私塾里整整度过了八个春秋，情状难以一一缕述。但是，经过数十载的岁月冲蚀、风霜染洗，当时的那种凄清与苦闷，于今已在记忆中消融净尽，沉淀下来的倒是青灯有味、书卷多情了。而两位老师帮我造就的好学不倦与迷恋自然的情结,则久而益坚,弥足珍视。

"少年子弟江湖老"。半个世纪过去了,无论我走到哪里,那繁英满树的马缨花,那屋檐下空灵、清脆的风铃声,仿佛时时飘动在眼前,回响在耳边。马缨——风铃,风铃——马缨,永远守候着我的童心。

1999 年

换个角度看问题

日本畅销书《怎样进行创造性思维》中，记叙这样一则故事：

一家儿童玩具店购进许多新奇玩具，很讲究地摆放在柜台里。可是，出乎意料，儿童们来到商店却全然不顾，而是去附近其他玩具店，买那些大路货。店老板请来一位中小企业咨询员帮助分析原因。这位咨询员四周巡视一番，便坐在地板上把视线降低到小孩子所能看到的高度，这回发现了问题：原来，大人容易看到的地方，对于小孩子来说，却是一个死角。于是，他同店老板一面用膝盖在地板上行走、观测，一面按照小孩子的视线高度，把玩具重新摆放一遍。尔后，这家儿童玩具店的生意便空前兴隆起来。

由此可见，观察事物的角度，的确是一个十分重要的课题。同是这座庐山，"横看成岭侧成峰，远近高低各不同"；

选入教材：

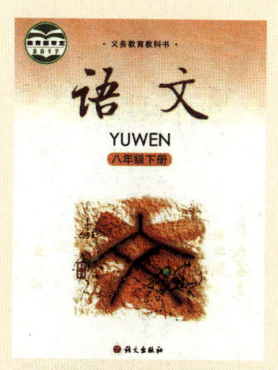

义务教育教科书
语文 八年级下册
2017年
语文出版社

九年义务教育四年制初级中学语文
自读课本 第七册 灯下拾豆
1992年
人民教育出版社

一部《红楼梦》，"单是命意，就因读者的眼光而有种种：经学家看见《易》，道学家看见淫，才子看见缠绵，革命家看见排满，流言家看见宫闱秘事……"《绣珠轩诗抄》载，晚清女诗人郭六芳写过一首《舟还长沙》的七言绝句："侬家家住雨湖东，十二珠帘夕照红。今日忽从江上望，始知家在画图中。"家在自己眼中，朝夕晤对，原也平淡无奇；可是，当隔开一定距离，换个角度，从江上去望，却发现它宛在画图之中，融在自然的一片美的形象里。

事物本来是复杂的，多向的，因此，应该从多种角度去考察。解决问题的途径也是多种多样的，我们应该从多方面去探索。主体考察、审视思维客体时，只有从多角度、多侧面进行多向思考，才有可能获得全面、正确的认识。可是，在日常实践中，我们却经常看到，有些同志坚持直线式思维，考虑问题往往局限在一个点、一条线、一个面上，一条道跑到黑，钻牛角尖，闯死胡同，而不愿多想几种可能性，多开辟几条解决问题的途径。

比如，以前发生过的为了发展粮食生产而毁林开荒、拦海造田的失误，就同这种直线式思维有关系。有些同志坚持习惯性思维，头脑僵化，习惯于用过去的教条解释现实，在已知的旧路上徘徊。凡是过去存在过的，或曾被证实过的东西，就认为绝对正确，万无一失，而对现实中与传统相抵触的新事物，则往往不予承认。

再比如，一谈到防治害虫，人们便习惯地想到种类繁多、浓度不断加大的化学农药。实际上，这是囿于一种旧框框。如果换个角度考虑问题，就会发现治虫是可以不用农药的。有些植物本身具有毒杀作用，而且为某些害虫所爱吃；有些植物的根、茎、叶、花含有挥发油、生物碱等化学物质，害虫对它们避而远之。如果我们在农作物区选择适当的农业生态体系，利用某些植物的毒杀、忌避作用，不施农药，同样可以防

选入教材：

新读写大语文
（适合初一）
2002年
辽宁人民出版社

高级中学课本
语文（S版）三年级第一学期
1993年
上海教育出版社

治害虫。

作战有正攻、反攻和绕到敌人后面或侧面进攻的迂回战术；思维科学中也有反向思考、侧面思考、多向思考等形式。在中国古代，孙膑以减灶擒庞涓，而虞诩却以增灶破羌兵，因时因地制宜，变换战略战术，这是克敌制胜之道。思维活动也是如此，一个方向受阻了，不妨换个角度作逆向思考。《丝路花雨》中英娘反弹琵琶的舞姿，日常生活中"推推不成拉拉看"的做法，对我们进行多种形式的思考，都有直接的启示。

早年清除灰尘，不是用现在这种根据真空负压原理制成的吸尘器，而是用吹的办法。1901年，在伦敦一个火车站举行新式除尘器公开表演，就是用吹的办法把灰尘赶跑。可是，当把它实际应用于火车车厢除尘时，就立刻显现出了弊端，这么一吹，使扬起的烟尘呛得整个车厢的人透不过气来。当时，一位叫作赫伯布斯的人心想：吹尘不行，那么，反过来吸尘行不行呢？回家后，他

选入教材：

全日制普通高级中学
语文读本 第六册
1998年
人民教育出版社

高中语文自读课本
第三册
2002年
中华工商联合出版社

就用手帕蒙住鼻子和嘴，趴在地上猛力吸气，结果，灰尘都被吸附到手帕上了。于是，带有灰尘过滤装置的负压吸尘器问世了。

运用逆向思维进行发明创造的事例，还有很多。诸如，削铅笔由动刀不动笔，转化为动笔不动刀，因此，诞生了卷笔刀；由声音引起振动，反过来把振动还原成声音，于是，发明了留声机；等等。

当人们陷入某种盲目性之后，往往像陆逊进入诸葛亮的"八阵图"一样，怎么也走不出来。反之，动动脑筋，换换角度，或者经人指点，变单向思维为多向思维，则会产生新的思路，进入新的境界。听说，巴黎有一家旅馆，住客乘电梯上下，抱怨速度太慢。老板发愁了，若是重新设计、安装，这要花一大笔钱。一位心理学家给他出了一个主意：在电梯室里装上几面镜子。老板依此行事，果然奏效——批评电梯太慢之声遂息。原来，住客走进电

选入教材：

高职高专公共基础课规划教材
大学语文（第二版）
2017 年
清华大学出版社

21 世纪高职高专教育系列规划教材
公共基础类
语文 第一册
2004 年
西北大学出版社

梯室之后，都要对镜整装、梳理一番，这样，不但不嫌速度慢，反而觉得电梯太快了。

　　从相反的事物有同一性、既对立又统一这个前提出发，明确思维的多向性，这是开阔思路，克服直线式、习惯性思维方式的有效途径。

1987年

选入教材：

中等职业教育国家规划教材
语文（基础版）第四册（修订版）
2002年
高等教育出版社

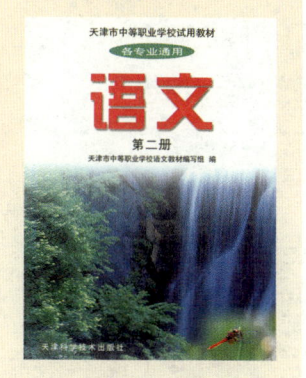

天津市中等职业学校试用教材
语文 第二册
2003年
天津科学技术出版社

捕 蟹 者 说

"一年容易又秋风"。望着阶前悦目的黄花,我想起那句"对菊持螯"的古话,蓦然触动了乡思。

西晋文学家张翰,因见秋风起而兴"莼鲈之思",想起了家乡吴中的菰菜、莼羹和鲈鱼脍,遂命驾东归。鲈鱼脍,常见于古代诗文,名气很大,该是上好的佳肴,但菰菜却没有什么味道,莼羹也未见得怎样的鲜美。我想,无论如何它们也比不上我的故乡那肉嫩膏肥、风味绝佳的蟹鲜。

河蟹咸水里生,淡水里长,一生两度洄游于河海之间。我的家乡地近海口,处于九河下梢,向来是河蟹生长的理想地带。那里流传着许多关于蟹的传说,有个红罗女的故事,凄楚动人。

据说很早很早以前,河口有一个蟹王。背壳赛过大笸箩,螯上夹钳像农户用的木杈,目光灼灼如炬。每当星月不明的暗夜，便耀武扬威地出来伤人，成了乡间一害。这年秋天，村头来了一个身披红箩、手持双剑的卖艺女郎。说是能降魔伏怪。于是，便和蟹王斗起法来，鏖战了三天三夜，女郎终因体力不支，被蟹王吞掉。但事情并没有完结。此后，连续数日，大雾弥天。天晴后，人们发现蟹王死在岸边，从此，妖怪就平息了。

这当然是神话传说，但据群众讲，至今螃蟹还很怕大雾，却是事实。老辈人口耳相传，道光年间中秋节过后，一个浓雾弥漫的晚上，突然，河里"唰唰唰"响成一片，螃蟹成群结队急急下海，顿时，河面上黑压压一片铺开，有的小渔船都被撞翻了。

螃蟹雅号"无肠公子"，又称"铁甲将军"，千百年来，一直活跃在诗人词客的笔下。有对它进行嘲骂的（当然是借物讽人）："眼前道路无经纬，皮里春秋空黑黄"；"常将冷眼观螃蟹，看你横行到几时"。也有加以赞美的："未游沧海早知名，有骨还从肉上生。莫道无心畏雷电，海龙王处也横行。"

有些诗感喟身世，寄慨遥深："怒目横行与虎争，寒沙奔火祸胎成。虽为天上三辰次，未免人间五鼎烹。""勃窣蹒跚任涉波，黄泥出没尚横戈。也知觳觫元无罪，奈此樽前风味何！"有人把黄庭坚这两首诗比作《史记·项羽本纪》，实属过誉；但指出诗人意在咏叹叱咤风云的悲剧人物，也似有些道理。

还有些诗借题发挥，咏怀抒愤。吾乡近代诗人于天墀，出于对横行乡里、鱼肉人民的高俅式的恶棍的痛恨，乘着酒兴，写下了一首《捕蟹》七绝："爬沙响处费工程，隔岸遥闻下簖声。毕竟世间无辣手，江湖多少尚横行！"人们从不同角度咏蟹寄怀，见仁见智，独具只眼。

但是，"口之于味，有同嗜焉"。对于蟹味的鲜美，古往今来，认识却是一致的。在现代国内外市场上，河蟹与海参、鲍鱼平起平坐，被誉为"水产三珍"。其实，早在一千年前，人们就很抬高它的位置。东晋时期的毕茂世，经常左手持螯，右手把酒，说是"真堪乐此一生"。

后世还有个叫冯梦桢的，敬事紫柏大师，潜心奉佛。一天，两人同赴筵席。冯因贪食蟹鲜，痛遭师尊的棒喝，但终竟不改其馋。据他在日记中记载："午后复病，盖疟也。不知而啖鱼蟹，益为病

选入教材：

九年义务教育四年制初级中学语文
自读课本 第七册 发现世界的艺术
1992年
人民教育出版社

魔之助矣。"即此，亦足证蟹味之鲜美。大诗人李白是很喜欢吃蟹的。他写过"蟹螯即金液，糟丘是蓬莱，且须饮美酒，乘月醉高台"的诗句。在曹雪芹笔下，连那个温文尔雅的苏州姑娘林黛玉，也还啧啧称赞"螯封嫩玉双双满，壳凸红脂块块香"哩！

不过，就我体察，蟹味美则美矣，但随着情况的不同，人们的感觉也时有差异——

半个多世纪以来，我曾实践过多种多样的捕蟹办法：比较轻巧，并且凭借某种智力支持，或者带有一点诗性特征的，是编插苇帘，设"迷魂阵"，诱蟹就范；拦河挂索，迫蟹上岸；在秋粮黄熟的田埂，提灯照捕；驾一叶扁舟，设饵垂钓。而方式比较原始，操作起来却需冒一点风险的，是在临河大堤边上掏洞捉蟹。原以为洞中捉蟹，手到擒来，谁知这绝非易事。我刚把手探进去，就被双钳夹住，越躁动夹得越紧，疼得我叫了起来。父亲告诫我：悄悄地挺着，别动。果然，慢慢地蟹钳松开了，但食指已被夹破。父亲过来从洞中把螃蟹捉出，并做了示范：用拇指和中指紧紧掐住蟹壳后部，这样，双螯就无所施其技了。吃法也有些特殊，父亲把捉来的大蟹一个个用黄泥糊住，架在干柴枝上猛烧，然后，摔掉泥壳，就露出一只只青里透红的肥蟹。吃起来鲜美极了。

我想，未必河堤边的螃蟹就风味独佳，恐怕还是主观上的感觉在起作用：得之易者其味淡，得之难者其味鲜。王安石说过："世之奇伟瑰怪非常之观，常在于险远。"把这番道理推演一下，是不是也可以说：甘食美味，往往出现在艰辛劳动之后啊。

1982 年

大 禹 陵

　　为神奇丰富的古代传说和色彩斑斓的历史画卷所吸引,我在来到"文物之邦"绍兴的第二天,就专程探访了大禹陵和南宋诸陵。

　　禹陵在会稽山下。一条青石铺就的长长甬道,把游客引向一座建于明代嘉靖年间的碑亭,石碑上镌刻着"大禹陵"三个雄浑壮美的大字。碑亭右侧就是禹陵,古称禹穴。据《越绝书》记载,禹的墓地"穿圹深七尺,上无泻泄,下无邸水,坛高三尺,土阶三等,周方一亩"。今天看到的情况,与古籍所载,十分接近。

　　想那"汤汤洪水方割,荡荡怀山襄陵,浩浩滔天"的远古洪荒时代,这位伟大的治水英雄,栉风沐雨,茹苦含辛,日夜奔波于田野之间,"三过家门而不入",率领民众通山川,疏江河,历经十三年的艰苦奋斗,终于制伏了水害,理出了可供群黎居住的九州。然后，聚会诸侯于会稽山下，总结经验，计功行赏。由于多年辛苦，积劳成疾，庆功表彰大会刚告结束，这位治水英雄就长眠不起了，以其震古烁今、惊天动地的英雄业绩和"鞠躬尽瘁，死而后已"的献身精神，为中华民族留下了宝贵的精神财富。望着那神奇、迷茫的古穴和高耸的碑亭，一种肃然起敬的情怀，蓦然在心头涌起。

　　禹庙紧靠着禹陵，是一组规模宏大、气象巍峨的建筑群，始建于梁大同年间。现存的主体结构保持着清代早期的建筑风格。从西辕门进庙，迎面就是那座赫赫有名的岣嵝碑，亦称禹碑。原在湖南衡山云密峰，早已佚失，这里的碑文实系摹刻。传为夏禹所写，也属后世伪托。但字形确是非常奇特，类似古篆，又似符箓。唐代大文学家韩愈形容它："科斗拳身薤倒披，鸾飘凤泊拿虎螭"。明代学者杨慎对碑文做过考释，认为是颂扬大禹治水业绩的。

　　向北穿行，登上百步金梯，进入拜厅，

选入教材：

新课程初中语文读本
八年级 上册
2007年
山东教育出版社

这是历代帝王将相祭祀大禹的场所。左右两庑立着许多歌颂大禹的历代刻石。过了拜厅，便是金碧辉煌、重檐飞角的大殿。屋脊上塑有背插利剑的逆龙的造型，当是象征这位治水英雄治平水土的功业的。

殿堂正中，矗立着六米高的大禹塑像。古书上说："禹之王天下也，身执耒锸以为民先，股无完胈，胫不生毛，虽臣虏之劳，不苦于此矣。"所以，在我的想象中，大禹应是一个道地的体力劳动者形象。可是，眼前出现的却是身着华衮、手捧玉圭、头戴冕旒的龙凤之姿，不免有些诧异。据说，这是根据著名学者章太炎的考证而设计的。

孔老夫子论述大禹时讲过这样的话："恶衣服而致美于黻冕，卑宫室而尽力乎沟恤"。就是说，平常劳动穿粗糙的衣服，上朝、祭祀则着华美的衣冠，因为他毕竟是君临天下的帝王。太炎先生设计的塑像，取其朝会时的装束。这样一想，似乎也有一定道理。但是，"卑宫室"还是事实。可以肯定，大禹生前也会像帝尧一样住着"茅茨土阶"，绝不能像后代的君王那样，征集万千民夫为其兴修宫殿、营造陵寝。至于现在的禹庙、禹陵如此之华丽，不过是后世人民用以寄托其怀念与崇敬之情而已。

千百年来，无数英雄豪杰、文人学者、黎民百姓，只要来到绍兴，总不肯放过参谒禹陵、瞻仰禹庙的机会，因而，留下了无数的诗文轶话。鲁迅先生曾来过多次，特意写了以大禹治水为题材的小说《理水》。1939年春，肩负着民族解放斗争重任的周恩来，在百对战疆、戎马倥偬之际，也曾拜谒过禹陵、禹庙，一幅珍贵的照片，向我们揭示了这个信息。我们前来，正值黄叶飘飞的暮秋时节，参谒的游客从早到晚络绎不绝。为了满足人们景仰先贤、摄影留念的要求，摄影师竟忙得汗流满面，应接不暇。

辞别了禹陵，我们乘车来到城东南四十里外的攒宫山下。史书记载，南宋偏安临安后，先后有高宗、孝宗、光宗、宁宗、理宗、度宗六个皇帝的陵寝建在这里。远远望去，群山拱抱，古树苍苍，地势沉雄，环境幽雅，确有一种庄严肃穆的气氛。只是过分荒凉了，不用说游客，连过往行人也少得可怜。等了好长时间，才遇到一个戴毡帽的中年农民，但当问到六陵位置时，他竟茫然不晓。最后，还是一位七十多岁的老人，指了指赵家岙的几个坟包，淡淡地说："陵墓早就废了，听老辈人说，每座坟包里都有一个昏庸无道的皇帝。可是，已经尸骨无存了，只是葬了几堆猪羊骨头。"

人民群众骂这六个皇帝昏庸无道，是有事实根据的。越州一带紧靠临安，这里还曾做过南宋的临时首都，连"绍兴"二字都是高宗赵构改的。"纸墨之寿，永于金石。"史书上煌煌记载着：高宗"恬堕猥懦，偷安忍耻"，"信任权奸，残害忠良"；光宗乃"万世之罪人"；理宗"嗜欲怠政，权移奸臣"；度宗"荒于酒色，拱手权奸，丧权失地，天怒人怨"。

他们统治的一百五十年，可说是历史上最黑暗的时期之一。

至于说帝王陵寝里葬了几堆猪羊骨头，也并非"齐东野语"。原来，元世祖至元年间，西藏恶僧、江南释教总头目杨琏真珈，为了掠夺珍珠财宝，经过朝廷特许，盗发了绍兴、钱塘一带南宋皇帝、后妃、大臣坟墓一百多座。在挖掘六陵前，消息传到了一些南宋遗民耳朵里。他们便事先潜入陵寝，用猪羊骨头把帝王遗骸换出，迁葬于绍兴城西南的兰渚山天章寺前。但因理宗头骨特大，怕调换后被发觉惹出大乱子，就没敢动。结果，杨琏真珈盗墓之后，把理宗的颅骨锯开，作为酒器，玩耍取乐。明太祖灭元后，下诏将理宗头骨归葬旧陵，其余五陵也迁回攒宫山，再兴土木，重树碑石。

但是，时间仅仅过去了六百多年，巍巍六陵于今已荡然无存。而四千年前的禹陵、禹穴，却安然无恙；禹王的光辉形象和伟绩丰功，已经永远植根于后世人民的心中。

时间公正，历史无情。在大禹陵和南宋诸陵那里，我看到了历史的抉择。

青天一缕霞

从小我就喜欢凝望碧空的云朵，像清代大诗人袁枚说的："爱替青天管闲事，今朝几朵白云生？"尤其是七八月间的巧云，如诗如画如梦如幻，对我有极大的吸引力，我能连续几个小时眺望云空而不觉厌倦。虽然眺者自眺，飞者自飞，霄壤悬隔互不搭界，但在久久的深情谛视中，通过艺术的、精神的感应，往往彼此间能够取得某种默契。

我习惯于把望中的流云霞彩同接触到的各种事物作类比式联想。比如，当我读了女作家萧红的传记和作品，了解其行藏与身世后，便自然地把这个地上的人与天上的云联系起来——

看到片云当空不动，我会想到一个解事颇早的小女孩，没有母爱，没有伙伴，每天孤寂地坐在祖父的后花园里，双手支颐，凝望着碧空。

而当一抹流云掉头不顾地疾驰着逸向远方，我想，这宛如一个青年女子冲出封建家庭的樊笼，逃婚出走，开始其痛苦、顽强的奋斗生涯。

有时，两片浮游的云朵亲昵地叠合在一起，而后又各不相干地飘走，我会想到两个叛逆的灵魂的契合——他们在荆天棘地中偶然遇合，结伴跋涉，相濡以沫，后来却分道扬镳，天各一方。

当发现一缕云霞渐渐地融化在青空中，悄然泯没与消逝时，我便抑制不住悲怀，深情悼惜这位多思的才女。她，流离颠沛，忧病相煎，一缕香魂飘散在遥远的浅水湾……这时，会立即忆起她的挚友聂绀弩的诗句："何人绘得萧红影，望断青天一缕霞！"

正是这种深深的忆念，和出于对作品的热爱而希望了解其生活原型，即所谓"因蜜寻花"的心理，催动着我在观赏巧云的最佳时节——八月中旬，来到这神驰已久的呼兰，追寻六十年前女作家的青涩岁月。

呵，呼兰河，这条流淌过血泪的河，充溢着欢乐的河，依然夹带着两岸泥土的芬芳，奔腾不息，跳搏着诱人的生命之波。

穿过大桥，满目青翠中，一条宽阔的马路把我引入了县城。东二道街，十字路口，茶庄，药店，一切都似曾相识，一切又都大大地变了样。

但是，可能因为期望值过高，当我踏进萧红故居，却未免有些失望。寥寥几幅灰暗模糊的照片，一些作家用过的旧物，疏疏落落地摆在五间正房里。原有的两千平方米的后花园，这印满了萧红的履痕、泪痕和梦痕的旧游地，如今已盖上了一列民宅。更为遗憾的是，留下百万字作品的著名女作家，陈列室中竟没有收藏一页手稿、一行手迹。

联想到坐落在圣彼得堡的普希金就读过的皇村学校，虽然经过一百七八十年的沧桑变化，包括战乱与兵燹，但是，普希金当年的作业簿和创作诗稿，依然完好无损地保存在那里。相形之下，深感我们在搜集、保存作家的手稿、遗物方面没有完全尽到责任。

当然，也可以顺着另一条思路考虑：这位叛逆的女性的前尘梦影原本不在家里。在她自己看来，这块土地沦于敌手之前，"家"就已经化为乌有了。她像白云一样飘逝着，她的世界在天之涯地之角。"昔人已乘白云去，此地空余黄鹤楼"，如此而已。云，是萧红作品中的风景线。手稿没有，何不去读窗外的云？

"白云犹是汉时秋"。仰望云天，同女作家当年描述的没有什么两样，天空依旧蓝悠悠的，又高又远。大团大团的白云，像雪山，像羊群，像棉堆，像撒了花的白银似的。我想，如果赶上傍晚，也一定能看到那变化俄顷，令人目不暇接的"火烧云"。

记得沈从文先生说过，云有地方性，各地的云颜色、形状各异，性格、风度不同。在浪迹天涯的十年间，萧红走遍大半个中国，而且，曾远涉东瀛。她不会看不到沈先生盛赞不已的青岛上空的彩云，肯定领略过那种云的"青春的嘘息"和轻快感、温柔感、音乐感；她也该注意到关中一带抓一把下来似乎可以团成窝窝头的朵朵黄云。透明、绮丽的南国浮云，素朴、单纯，仿佛用高山雪水洗涤过的热带晴云，樱花雨一般的东京湾上空的绮云，这些恐怕都能引发女作家的奇思玄想。然而，她全没有记在笔下。

当豪爽的江湖行、亢奋的浪游热宣告结束，"发着颤响、飘着光带"的胸境和"用钢戟向晴空一挥似的笔触"，渐次消磨，而难堪的寂寞、孤独与失落感袭来的时候，她便像《战争与和平》中曾是战斗主力的安德烈公爵，受伤倒在地下，深情地望着高远的苍穹，随着飘飞的白云，回到梦里家园去寻求慰藉，慢慢地咀嚼着童年的记忆——这人生旅途中受用不尽的财富。

对萧红来说，尽管童年生涯是极端枯燥、寂寞的，家园并无温馨可言，甚至经常感到扞格不入；但是，"人情恋故乡"，就像一首诗中描述的："满纸深情悲仆妇，十年断梦绕呼兰。"一颗远悬的乡心，痴情缱绻，离开得越远，回音便越响。于是，"一篇叙事诗，一幅多彩的风土画，一串凄婉的歌谣"，便在"永久的憧憬与追求"中孕育诞生了。

时代造就了萧红。难能可贵的是，她不仅在"五四"

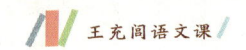

新文化运动影响下，冲破了封建枷锁，离家出走，成为中国北方的一个勇敢的娜拉；而且，由于亲炙了反帝反封建的民主主义精神和得到一批革命作家及其作品的滋养，同时也接触了世界近代以来人文主义思潮和人道主义、个性主义的文化觉醒意识，她在文学创作伊始，就显示了崭新的精神世界，以稚嫩的歌喉唱出了时代的强音和民众的愿望。

对于乡园，她没有沉浸在一般层次上的眷恋、遐想与梦幻之中，而是超越了"五四"新文学的美学思索，在现实主义与个性主义、人道主义交叠的文化视点上，力透纸背地写出了"北方人民的对于生的坚强，对于死的挣扎"，深入地开掘其关于"国民性"的哲理反思和病态社会的无情清算。

她"以女性作者特有的细致的观察和越轨的笔致"，以充分的感性化、个性化的认知方式，通过散化情节、淡化戏剧性、浓化情致韵味的艺术手法，揭露帝国主义、封建势力造成的弥天灾难，展示病态人生、病态社会心理的形成，以引起人们疗救的注意。

作为一个植根于现实土壤的现代文化追求者和思想先驱，她始终以其深邃的思考和"另一个世界"的眼光，审视着这块古老而沉寂的大地，呼唤着"别样人生"，期待着黎明的曙色。而且，为这一"永久的憧憬和追求"，付出了沉重的代价。

同那些跨越时代的文坛巨匠相比，萧红算不上长河巨泊。她的生命短暂，而且身世坎坷，迭遭不幸。她失去的不少，而所得却可能更多；她像冷月、闲花一样悄然陨落，却长期活在后世读者的心里；她似乎一无所有，却在文学史上留下了一串坚实、清晰的脚印，树起了一座高耸的丰碑。她是不幸的，但也可以说，她是很幸运的。

像萧红一样，呼兰河既没有长江的波澜浩荡，也不像黄河那样奔腾汹涌，呼兰县城更是普通至极的一个北方城镇。但是，地以人传，河以文传，由于这里诞生了一位著名女作家，它们已被镌刻在文学碑林上，因此，名闻遐迩。这里的小桥流水、窄巷长街，都一一注入了生命的汁液，鲜活起来，充溢着灵性，吸引着无数中外游客。

而前来探访的客子、学人，也必然要对照萧红的作品去"按图索骥"，溯本寻源。这样，人文与自然相辅相成，历史和现实交辉互映，就益发强化了景观的魅力。

流光似水。如今，那被女作家诅咒过的岁月，远逝了；那没有人的尊严和独立人格的牛马般的生活，一去不复返了；女作家及其作品中的主人公血泪交迸的"生死场"，已经照彻了灿烂的阳光。

十字街头拐弯处，当年萧红读书的小学校还在。微风摇曳中，几棵饱经风霜的老榆树似在发出岁月的絮语。下

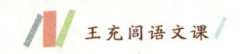

课铃声响起,一群闪着澄澈、亲切的目光的活泼可爱的女孩子,野马般地拥向了操场,有的竟至和来访的客人撞了个满怀,随之而喧腾起一阵响亮的笑声。

我蓦然想起,《呼兰河传》中老胡家的团圆媳妇,不也是这般年纪、这样天真吗?可是,只因为她太大方了,走起路来飞快,头天到婆家吃饭就吃三碗,一点也不知害羞,硬是被活活地"管教"死了。

从"两眼下视黄泉,看天就是傲慢,满脸装出死相,说话就是放肆"的死寂无声的黑暗年代,到能够在阳光照彻的新天地里自由地纵情谈笑,这条路竟足足走了几千年!

如果萧红有幸活到今天,故地重游,看看呼兰河畔翻天覆地的变化,听劫后余生的王大姐讲讲她的苦尽甘来,再赏鉴一番故乡的"火烧云",也许会用她那珠玑般的文字,写出一部《呼兰河新传》哩!

1990 年

亲近泥土

昔日的顽憨少年，一回头，已经华发盈颠，千般都成了过去，一股脑儿地进入了苍茫的历史。而我儿时的亲热伙伴——双台子河，这漂流着我的童心、野趣的河，带领我回归家的审美之途的河，却还是那么姿容韶秀，静静地载浮着疲惫了的时间，滚滚西流。那清清的涟漪，汩汩的波声，亲昵依旧，温馨依旧，日日夜夜、不倦不休地喁喁絮语。只是不晓得，她是向远方的客人述说着祖辈传留的古老童话，抑或是已经认出了我这当年的昵友，尽情倾诉着蓄积了六十载的别绪离情。

游子归来，原都是为着寻觅，有所追怀的，更何况在这冷露清秋时节，在这忽而霏霏、忽而潇潇、忽而滂沱的秋雨里。此情此境，无疑是触发忆念与遐思的一种发酵剂。带着深沉的凉意，荒疏的逸趣，它使望中的一切都变得有情有意了。

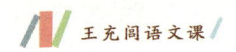

"我们回家吧！"每当读到科普斯这句简单不过的话，我都觉得它圣洁，亲切，警策，灼人。此刻，我正在还乡的路上。"人老莫还乡，还乡须断肠。"面对着熟悉而又陌生的一切，我忆起了"弃我去者不可留"的悠悠岁月，忆起了童年，忆起了母亲，默诵着艾青的诗句："为什么我的眼里常含泪水？因为我对这土地爱得深沉……"

是呀，自从我离开了故园，也就割断了同滚烫的泥土相依相偎的脐带，成了虽有固定居所却安顿不了心灵的形而上意义上的漂泊者。整天生活在高楼狭巷之中，目光为霓虹灯之类的奇光异彩所眩惑，身心被十丈埃尘和无所不在的噪声污染着，生命在远离自然的自我异化中逐渐地萎缩。真是从心底里渴望着接近原生状态，从大自然身上获取一种性灵的滋养，使眼睛和心灵得到一番净化。

当然，我也清楚地知道，故乡的一切并非我所独有。就说这多灾多难又多

选入教材：

普通高中课程标准实验教科书
语文 选修 中国现代诗歌散文欣赏
2006年
人民教育出版社

姿多彩的双台子河吧，不知有多少人从小就吸吮过她的乳汁。然而，对于她的每个游子来说，它又是百分之百的心灵独占，而绝非多少万分之一。

《庄子·在宥》篇有这样一句话："今夫百昌皆生于土而反于土。"意思是，而今万物都生长于泥土而又复归于泥土。但是，应该说明，我的恋土情结的形成，却并非来自书本，而是自小由母亲灌输的。母亲没有进过学堂，无从知道先贤笔下的高言俇论，更没有读过源于西方文明的《圣经·创世纪》，可是，她却郑而重之地告诉我，人是天帝用泥土制造出来的，看着一个个动来动去却呆头呆脑，天帝便往他们鼻孔里吹气，这才有了灵性。这个胎里带来的根基，使得人一辈子都要和泥土打交道，土里刨食，土里找水，土里扎根。最后，到了脚尖朝上、辫子翘起那一天，又复归于泥土之中。

母亲还说，不亲近泥土，孩子是长不大的。许是为了让我快快长大吧，从落生那天起，母亲就叫我亲近泥土——不是用布块裁成的襁子包裹，而是把我直接摊放在烧得滚热、铺满细沙的土炕上，身上随便搭一块干净的布片。沙土随时更换，既免去了洗洗涮涮的麻烦，又可以增进身体健康，据说，这样侍候出来的孩子，长大之后不容易患关节炎。到了能够在地上跑了跳了，我就成了地地道道的泥孩儿，夜晚光着脚板在河边上举火照蟹，白天跳进池塘里

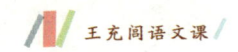

捕鱼捉虾，或者踏着黑泥在苇丛中钻进钻出，觅雀蛋、摘苇叶，再就是成天和村里的顽童们打泥球仗。

记得有一次，我和另一个"淘气包"跑到村外一个烂泥塘边，脱光了衣裳，滚进泥坑里，把脸上、身上连同带去的棍棒通通涂满了黑泥，然后，一头钻进青纱帐，在一条"看青人"必经的小道上，分左右站定，静候着他的到来，届时突然大吼一声："站住！拿出买路钱！"直把人家吓得打了个大趔趄，我们则满怀着快意，若无其事地扬长而去。

一般情况下，母亲是不加管束的，只是看到我的身子太脏，便不容分说，将我按在一个过年时用来宰猪煺毛的大木盆里，里面灌满了水，再用丝瓜瓤蘸着肥皂沫，在我全身上下搓洗一通。泥土伴着童年，连着童心，滋润着蓬勃、旺盛的生机活力。可以说，我的整个少年时代都是在泥土中摔打过来的。

可是，人们有个坏习惯，就是长大了之后常常忘记本源，我也同样。一经走进青涩的年岁，我们便开始告别泥土，进城读书、谋事，尔后竟然掉头不顾，一眨眼就是几十年。离乡伊始，游子们还常常通过泥土的梦境向故乡亲近、靠拢，随着时日的迁移，"忘却的救主"降临，便渐行渐远渐模糊了。久而久之，个人时空全部为公共时空所分割和占领，连那种模糊的影像也不复在梦中出现了。偶尔机缘凑巧，故乡重到，也是坐在车里，"唰、唰、唰"，从柏油马路上疾驰而过，然后，就一头钻进直耸云霄的大厦高楼里，根本想不到还有亲近泥土这码事。

亏得这次参加了中国散文学会组织的采风团，也亏得连宵的风雨使陆路车行不便，改为泛舟河上，使我有机会尽览辽河三角洲湿地的无限风光。环境、氛围十分理想，这是那种撩拨诗怀、氤氲情感的天气，它没有晴空一碧那样的澄明或者迅雷疾风般的激烈，而是略带一丝感伤意绪的缠绵悱恻。飘飘洒洒的雨丝风片，缝合了长空和大地，沟通着情感与自然。

轻舟在微荡涟漪的双台子河上静静地飘游着。望着水天无际的浩浩茫茫，蓦地，我涌起了缕缕乡思。我对作家同行们复述了母亲那句"不亲近泥土，孩子长不大"的话，深得采风团团长林非先生的赞同。或许由于对泥土的情怀过于热切了吧，船刚刚靠岸，我就第一个冲向雨幕，跳上堤边，急匆匆地踏上这阔别数十载的泥涂。可是，两脚没有站稳，一个大滑溜，便闹了个仰面朝天，彻头彻尾地与泥土亲近了。

见我突然滑倒，几个小伙子赶忙跑过来把我拉起，发现除了满身挂了"泥花"，并没有丝毫伤损，大家才放下心来。调皮的散文家红孩忽然来了一句："没有亲近过泥土的孩子是长不大的。"逗得同行们哈哈大笑。于是，一路上，这句意味深长的话便乘着一波又一波的笑浪，浮荡在人们的耳鼓里。

　　这里地当双台子河入海口，没有沉甸甸的历史记忆，积淀了久远而深厚的冷落与荒凉，自然也饱藏着开拓和创造的无穷潜力。

　　这里蕴蓄着强大的生命力，本能地存在着一种热切的生命期待。

　　这里的泥土肥沃得踩上一脚就会"滋滋"地往外流油，她是一切生命翠色的本源。任何富有生机的物质都想在她肥腴的胴体上开出绚丽之花，而这绚丽的花朵则是这黝黑泥土的生命表现。

　　当东风吹拂大地，双台子河重新唱起流水欢歌的时节，她便睁开蒙眬的睡眼，充满着柔情蜜意，慢慢地舒展腰肢，以一种天生的母性亲和力和生命活力，为乡亲们奉献出源源不竭的物质资源和精神财富。她，朝朝暮暮、历久常新地向乡亲播放着芬芳，灌注着清气。我忽发奇想：只要在泥涂里久久地凝神伫立，当会自然有一种旺盛的生命力，顺着翠绿的苇丛，潜聚到我们的脚下，然后像气流一样，通过经络慢慢地升腾到人们的胸间、发际，遍布全身。

　　这是一次心灵的回归，像一位俄国诗人所咏赞的："心灵完成了一个伟大的循环，看，我又回到童年的梦幻。"这里没有理性、概念的遮蔽，没有菩提树，也没有野玫瑰，有的只是清醇的、本真的感觉和原生的状态。人们在这里有幸接触到生命的原版，看到了未被物欲贪求所修改过的生命初稿，体验到不曾被剪裁、被遮蔽的，宛如童年时代那未经世俗灰尘所污染的心灵状态。有了这番经历，便有了对大自然的尊崇，对生命的敬畏，对环境保护的担当，对人间一切美好事物的眷恋。

2002 年

法布尔的忠告

一个青年向法国昆虫学家法布尔请教,说他每天都不知疲倦地把全部精力用在自己爱好的事业上,可是收效甚微,这是因为自己低能,还是成才之路太难走呢?法布尔赞许地说:"看来你是一位立志献身科学的有为青年。"

青年的答复却是:"我不只是热爱科学,还很喜欢文学,我还爱好音乐和美术。就是这么多的兴趣和爱好,占用了我的全部时间。"

"噢,是这么回事。"法布尔找到了这个青年事倍功半的症结所在。他从口袋里拿出一只放大镜,给青年示范,说:"把你的精力集中到一个焦点去试试,就像这块透镜一样。"

在人才学中,"聚焦成才"是一条重要的规律。它的含义是,要在认识自己的最佳才能,选准成才目标的前提下,集中精力去做重点突破。就像通过凸透镜把众多光束集中到一个焦点,从而引起燃烧一样,人的智慧和力量也可以在"聚焦效应"作用下形成成才所需的必要能量。实践表明，美国大作家马克·吐温的论点是无比正确的：

> 人的思维是了不起的，只要专注某一项事业，那就一定会做出使自己都感到吃惊的成绩来。

"聚焦"，这是治学的需要。任何一门学问都不可能一蹴而就。清代诗人曾世霖说："学问尚精专，研摩贵纯一"，"专力则必精，分途恐两失"。一些青年人精力充沛，求知欲强，兴趣广泛，这是正常现象。但是，由于思想缺乏稳定性，往往控制不住自己，贪多旁骛，浅尝辄止，今天学习这个，明天钻研那个，造成注意力不断地转换，这是很难跨上成功的彼岸的。

古往今来，除了少数具有特殊才能的人物可以在众多领域同时做出杰出的贡献以外，绝大多数人的智力常态，都要靠"聚焦效应"来取得一定的成果。有些人可能在几个方面表现出一定的才能，但并不等于在这些方面都能达到平均水准以上的高度，更不要说尖端水平了。由于目标分散，四面出击，不但固有的某些优势得不到充分发挥，而且会暴露出更多的缺陷，以致捉襟见肘，穷于应付。

我国古代思想家庄周说过："吾生也有涯，而知也无涯。以有涯随无涯，殆已！"世路无穷，人生有限。每条事业与学问之路，又都是"漫漫其修远兮"，不付出毕生的精力去探求，很难窥其堂奥。而任何人都不是千手千眼佛和掌握"分身法"的孙悟空，面对着千支万派的学问，只能尝其一脔。如果撒网太宽，胃口过大，硬要去一手抓十个跳蚤，最终可能一个也抓不到。

明代著名科学家宋应星有一首《怜愚》诗，讲的正是这种情况，语重心长，发人深省。

> 一个浑身有几何，学书不就学兵戈。
> 南思北想无安着，明镜催人白发多。

当然，法布尔说的把精力集中到一个焦点上，并不意味着主攻方向之外绝不涉及其他事物。知识的偏枯，同样是治学的大忌。一切知识都是互相联系，互相影响的。问题的关键在于，应该主次分明，重点突出，而不要目标分散，平均使用力量。专与博是相辅相成的。无博，专则孤立无依；无专，博则泛滥无归。两者结合起来，才能相得益彰。许多人的成才实践证明，在确定一项专业之后，再按照专业的需要去钻研与涉猎其他各种知识，这样，专中有博，博而能专，就可以收到更好的效果。

1987 年

碗 花 糕

一

小时候，一年到头，最欢乐的日子要算是旧历除夕了。

除夕是亲人欢聚的日子。行人在外，再远也要赶回家去过个团圆年。而且，不分穷家富家，到了这个晚上，都要尽其所能痛痛快快地吃上一顿。母亲常说："打一千，骂一万，丢不下三十晚上这顿饭。"老老少少，任谁都必须熬过夜半，送走了旧年、吃过了年饭之后再去睡觉。

我的大哥在外做瓦工，一年难得回家几次，但是，旧历年、中秋节却绝无例外地必然赶回来。到家后，第一件事是先给水缸满满地挑上几担水，然后再抡起斧头，劈上一小垛劈柴。到了除夕之夜，先帮嫂嫂剁好饺馅，然后就盘腿上炕，陪着祖母和父亲、母亲玩纸牌。剩下的置办夜餐的活，就由嫂嫂全包了。

一家人欢欢乐乐地说着笑着。《笑林广记》上的故事，本是寥寥数语，虽说是笑话，但"包袱"不多，笑料有限。可是，到了父亲嘴里，敷陈演绎，踵事增华，就说起来有味、听起来有趣了。原来，自幼他曾跟"说书的"练习过这一招儿。他逗大家笑得前仰后合，自己却顾自在一旁"吧嗒、吧嗒"地抽着老旱烟。

我是个"自由民"，屋里屋外乱跑，片刻也停不下来。但在多数情况下，是听从嫂嫂的调遣。在我的心目中，她就是戏台上头戴花翎、横刀立马的大元帅。此刻，她正忙着擀面皮、包饺子，两手沾满了面粉，便让我把摆放饺子的盖帘拿过来。一会儿又喊着："小弟，递给我一碗水！"我也乐得跑前跑后，两手不闲。

到了亥时正点，也就是所谓"一夜连双岁，五更分二年"的时刻，哥哥领着我到外面去放鞭炮，这边饺子也包得差不多了。我们回屋一看，嫂嫂正在往锅里下饺子。估摸着已经煮熟了，母亲便在屋里大声地问上一句："煮挣了没有？"嫂嫂一定回答："挣了。"母亲听了，格外高兴，她要的就是这一句话。"挣了"，意味着赚钱，意味着发财。如果说"煮破了"，那就不吉利了。

热腾腾的一大盘饺子端了上来，全家人一边吃一边说笑着。突然，我喊："我的饺子里有一个钱。"嫂嫂的眼睛笑成了一道缝，甜甜地说："恭喜，恭喜！我小弟的命就是好！"旧俗，谁能在大年夜里吃到铜钱，就会长年有福，一顺百顺。哥哥笑说，怎么偏偏小弟就能吃到铜钱？这里面一定有说道，咱们得检查一下。说着，就夹起了我的饺子，一看，上面有一溜花边儿，其他饺子都没有。原来，铜钱是嫂嫂悄悄放在里面的，花边也是她捏的，最后，又由她盛到了我的碗里。谜底揭开了，逗得满场轰然腾笑起来。

父母膝下原有一女三男，早几年，姐姐和二哥相继去世。大哥、大嫂都长我二十岁，他们成婚时，我才一生日多。嫂嫂姓孟，是本屯的姑娘，哥哥常年在外，她就经常把我抱到她的屋里去睡。她特别喜欢我，再忙再累也忘不了逗我玩，还给我缝制了许多衣裳。其时，母亲已经年过四十了，乐得清静，便听凭我整天泡在嫂嫂的屋里胡闹。后来，嫂嫂自己生了个小女孩，也还是照样地疼我爱我亲我抱我。有时我跑过去，正赶上她给小女儿哺乳，便把我也拉到她的胸前，我们就一左一右地吸吮起来。

但我印象最深刻的，还是嫂嫂蒸的"碗花糕"。她有个舅爷，在京城某王府的膳房里混过两年手艺，别的没学会，但做一种蒸糕却是出色当行。一次，嫂嫂说她要"露一手"，不过，得准备一个大号的瓷碗。乡下僻塞，买不着，最后，还是她回家把舅爷传下来的浅花瓷碗捧了过来。

一个面团是嫂嫂事先和好的，经过发酵，再加上一些黄豆面，搅拌两个鸡蛋和一点点白糖，上锅蒸好。吃起来又甜又香，外暄里嫩。家中每人分尝一块，其余的全都由我吃了。

蒸糕做法看上去很简单，可是，母亲说，剂量配比、水分、火候都有讲究。嫂嫂也不搭言，只在一旁甜甜地浅笑着。除了做蒸糕，平素这个浅花瓷碗总是嫂嫂专用。她喜欢盛上多半碗饭，把菜夹到上面，然后，往地当央一站，一边端着碗吃饭，一边和家人谈笑着。

二

关于嫂嫂的相貌、模样，我至今也说不清楚。在孩子的心目中，似乎没有俊丑的区分，只有"笑面"或者"愁面"的感觉。小时候，我的祖母还在世，她给我的印象，是终朝每日愁眉不展，似乎从来也没见到过笑容；而我的嫂嫂却生成了一张笑脸，两道眉毛弯弯的，一双水灵灵的大眼睛总带着甜丝丝的盈盈笑意。

不管我遇到怎样不快活的事，比如，心爱的小鸡雏被大狸猫捕吃了，赶庙会母亲拿不出钱来为我买彩塑的小泥人，只要看到嫂嫂那一双笑眼，便一天云彩全散了，即使正在哭闹着，只要嫂嫂把我抱起来，立刻就会破涕为笑。这时，嫂嫂便爱抚地轻轻地捏着我的鼻子，念叨着："一会儿哭，一会儿笑，小鸡鸡，没人要，娶不上媳妇，瞎胡闹。"

待我长到四五岁时,嫂嫂就常常引逗我做些惹人发笑的事。记得一个大年三十晚上,嫂嫂叫我到西院去,向堂嫂借枕头。堂嫂问:"谁让你来借的?"我说:"我嫂。"结果,在一片哄然笑闹中被二嫂"骂"了出来。二嫂隔着小山墙,对我嫂嫂笑骂道:"你这个闲X,等我给你撕烂了。"我嫂嫂又回骂了一句什么,于是,两个院落里便伴随着一阵阵爆竹的震响,腾起了"叽叽嘎嘎"的笑声。原来,旧俗:三十晚上到谁家去借枕头,等于要和人家的媳妇睡觉。这都是嫂嫂出于喜爱,让我出洋相,有意地捉弄我,拿我开心。

还有一年除夕,她正在床头案板上切着菜,忽然一迭连声地喊叫着:"小弟,小弟!快把荤油罐给我搬过来。"我便趔趔趄趄地从厨房把油罐搬到她的面前。只见嫂嫂拍手打掌地大笑起来,我却呆望着她,不知是怎么回事。过后,母亲告诉我,乡间习俗,谁要想早日"动婚",就在年三十晚上搬动一下荤油坛子。

嫂嫂虽然没有读过书,但十分通晓事体,记忆力也非常好。父亲讲过的故事、唱过的"子弟书",我小时在家里"发蒙"读的《三字经》《百家姓》,她听过几遍后,便能牢牢地记下来。我特别贪玩,家里靠近一个大沙岗,整天跑到那里去玩耍。早晨,父亲布置下两页书,我早就忘记背诵了,她便带上书跑到沙岗上催我快看,发现我浑身上下满是泥沙，便让我就地把衣服脱下，光着身子坐在树荫下攻读，她就跑到沙岗下面的水塘边，把脏衣服全部洗干净，然后晾在青草上。

我小时候又顽皮，又淘气，一天到晚总是惹是生非。每当闯下祸端父亲要惩治时，总是嫂嫂出面为我讲情。这年春节的前一天，我们几个小伙伴随着大人到土地庙去给"土地爷"进香上供，供桌设在外面，大人有事先回去，留下我们在一旁看守着，防止供果被猪狗扒吃了，挨过两个时辰之后，再将供品端回家去，分给我们享用。所谓"心到佛知，上供人吃"。

可是，两个时辰是很难熬的，于是，我们又免不了起歪作祸。家人走了以后，我们便悄悄地从怀里摸出几个偷偷带去的"二踢脚"（一种爆竹），分别插在神龛前的香炉上，然后用香火点燃，只听"噼——啪"一阵轰响，小庙里面便被炸得烟尘四散，一塌糊涂。我们却若无其事地站在一旁，欣赏着自己的"杰作"。

选入教材：

高中语文自读课本
第三册
2002年
中华工商联合出版社

普通高中课程标准实验教科书
语文 选修4 中国现代散文选读
2006年
广东教育出版社

自以为神不知鬼不觉，哪晓得，早被邻人发现了，告到了我的父亲那里。我却一无所知，坦然地溜回家去。看到嫂嫂等在门前，先是一愣，刚要向她炫耀我们的"战绩"，她却小声告诉我：一切都"露馅"了，见到父亲二话别说，立刻跪下，叩头认错。我依计而行，她则"爹长爹短"地叫个不停，赔着笑脸，又是装烟，又是递茶，父亲渐渐地消了气，叹说了一句："长大了，你能赶上嫂嫂一半，也就行了。"算是结案。

我家养了一头大黄牛，哥哥春节回家度假时，常常领着我逗它玩耍。他头上顶着一个花围巾，在大黄牛面前逗引着，大黄牛便跳起来用犄角去顶，尾巴翘得老高老高，吸引了许多人围着观看。这年秋天，我跟着母亲、嫂嫂到棉田去摘棉花，顺便也把大黄牛赶到地边去放牧。忽然发现它跑到地里来嚼棉桃，我便跑过去扬起双臂轰赶。当时，我不过三四岁，胸前只系着一个花兜肚，没有穿衣服。大黄牛看我跑过来，以为又是在逗引它，便挺起了双角去顶我。结果，牛角挂在兜肚上，我被挑起四五尺高，然后抛落在地上，肚皮上划出了两道血印子，周围的人都吓得目瞪口呆，母亲和嫂嫂"呜呜"地哭了起来。

事后，村里人都说，我捡了一条小命。晚上，嫂嫂给我做了"碗花糕"，然后，叫我睡在她的身边，夜半悄悄地给我"叫魂"，说是白天吓得灵魂出窍了。

三

每当我惹事添乱，母亲就说："人作有祸，天作有雨。"果然，乐极悲生，祸从天降了。

在我五岁这年，中秋节刚过，回家休假的哥哥突然染上了疟疾，几天下来也不见好转。父亲从镇上请来一位安姓的中医，把过脉之后，说怕是已经转成了伤寒。于是，开出了一个药方，父亲随他去取了药，当天晚上哥哥就服下了，夜半出了一身透汗。

清人沈复在《浮生六记》中，记载其父病疟返里，寒索火，热索冰，竟转伤寒，病势日重，后来延请名医诊治，幸得康复。而我的哥哥遇到的却是一个"杀人不用刀"的庸医，由于错下了药，结果，第二天就死去了。人们都说，这种病即使不看医生，几天过后也会逐渐痊复的。父亲逢人就讲："人间难觅后悔药，我真是悔青了肠子。"

他根本不相信，那么健壮的一个小伙子，眼看着生命就完结了。在床上停放了两整天，他和嫂嫂不合眼地枯守着，希望能看到哥哥长舒一口气，苏醒过来。最后，由于天气还热，实在放不住了，只好入殓，父亲却双手捶打着棺材，破死命地叫喊。我也呼着号着，不许扣上棺盖，不让钉上铆钉。尔后又连续几天，父亲都在深夜里到坟头去转悠，幻想能听到哥哥在坟墓里的呼救声。由于悲伤过度，母亲和嫂嫂双双病倒了，东屋卧着一个，西屋卧着一个，屋子里死一般的静寂。原来雍雍乐乐、笑语欢腾的场面再也见不到了。我像是一个团团乱转的卷地蓬蒿，突然失去了家园，失去了根基。

冬去春来，天气还没有完全变暖，嫂嫂便换了一身月白色的衣服，衬着一副瘦弱的身躯和没有血色的面孔，似乎一下子苍老了许多。其实，这时她不过二十五六岁。父亲正筹划着送我到私塾里读书。嫂嫂一连几天，起早睡晚，忙着给我缝制新衣，还做了两次"碗花糕"。不知为什么，吃起来总觉着味道不及过去了。母亲看她一天天瘦削下来，说是太劳累了，劝她停下来歇歇。她说，等小弟再大一点，娶了媳妇，我们家就好了。

一天晚上，坐在豆油灯下，父亲问她下步有什么打算。她明确地表示，守着两位老人、守着小弟弟、带着女儿过一辈子，哪里也不去。

父亲说："我知道你说的是真心话，没有掺半句假。可是……"

嫂嫂不让父亲说下去，呜咽着说："我不想听这个'可是'。"

父亲说："你的一片心情我们都领了。无奈，你还年轻，总要有个归宿。如果有个儿子，你的意见也不是不可以考虑。可是，只守着一个女儿，孤苦伶仃的，这怎么能行呢？"

嫂嫂说："等小弟长大了，结了婚，生了儿子，我抱过来一个,不也是一样吗?"

父亲听了长叹一声:"咳,真像'杨家将'的下场,七狼八虎,死的死,亡的亡,只剩下一个无拳无勇的杨六郎,谁知将来又能怎样呢?"

嫂嫂呜呜地哭个不停,翻来覆去,重复着一句话:"爹,妈!就把我当作你们的女儿吧。"嫂嫂又反复亲我,问"小弟放不放嫂嫂走",我一面摇晃着脑袋,一面号啕大哭。父亲、母亲也伤心地落下了眼泪。这场没有结果的谈话,暂时就这样收场了。

但是,嫂嫂的归宿问题,终竟成了两位老人的一块心病。一天夜间,父亲又和母亲说起了这件事。他们说,论起她的贤惠,可说是百里挑一,亲闺女也做不到这样。可是,总不能看着二十几岁的人这样守着我们。我们不能干那种伤天害理的事,我们于心难忍啊!

第二天,父亲去了嫂嫂的娘家,随后,又把嫂嫂叫过去了,同她母亲一道,软一阵硬一阵,再次做她的思想工作。终归是"胳膊拧不过大腿",嫂嫂勉强地同意改嫁了。两个月后,嫁到二十里外的郭泡屯。

我们那一带的风俗,寡妇改嫁,叫"出水",一般都悄没声的,不举行婚礼,也不坐娶亲轿,而是由娘家的姐妹或者嫂嫂陪伴着,送上事先等在村头的婆家的大车,往往都是由新郎亲自赶车来接。那一天,为了怕我伤心,嫂嫂

碗花糕

选入教材：

新课程 高中语文读本
（高二上学期用）
2005年
山东教育出版社

是趁着我上学，悄悄地溜出大门的。

午间回家，发现嫂嫂不在了，我问母亲，母亲也不吱声，只是默默地揭开锅，说是嫂嫂留给我的，原来是一块碗花糕，盛在浅花瓷碗里。我知道，这是最后一次吃这种蒸糕了，泪水唰唰地流下，无论如何也不能下咽。

每年,嫂嫂都要回娘家一两次。一进门，就让她的侄子跑来送信，叫父亲、母亲带我过去。因为旧俗，妇女改嫁后再不能登原来婆家的门，所谓"嫁出的媳妇泼出的水"。见面后，嫂嫂先是上下打量我，说"又长高了"，"比上次瘦了"，坐在炕沿上，把我夹在两腿中间，亲亲热热地同父母亲拉着话，像女儿见到爹妈一样，说起来就没完，什么都想问，什么都想告诉。送走了父亲、母亲，还要留我住上两天，赶上私塾开学，早晨直接送我到校，晚上再接回家去。

后来，我进县城、省城读书，又长期在外工作，再也难以见上嫂嫂一面了。听说，过门后，她又添了四个孩子，男人大她十几岁，常年哮喘，干不了重活，全副

75

担子落在她的肩上，缝衣，做饭，喂猪，拉扯孩子，莳弄园子，有时还要到大田里搭上一把，整天忙得"脚打后脑勺子"。由于生计困难，过分操心、劳累，她身体一直不好，头发过早地熬白，腰也直不起来了。可是，在我的梦境中、记忆里，嫂嫂依旧还是那么年轻，俊俏的脸庞上，两道眉毛弯弯的，一双水灵灵的大眼睛总带着甜丝丝的盈盈笑意……

又过了两年，我回乡探亲，母亲黯然地说，嫂嫂去世了。我感到万分地难过，连续几天睡不好觉，心窝里堵得慌。觉得从她的身上得到的太多太多，而我所给予她的又实在太少太少，真是对不起这位母亲一般地爱我、怜我的高尚女性。引用韩愈《祭十二郎文》中的话，正是"汝病吾不知时，汝殁吾不知日，生不能相养以共居，殁不能抚汝以尽哀，敛不凭其棺，窆不临其穴"，"彼苍者天，曷其有极！"

一次，我向母亲偶然问起嫂嫂留下的浅花瓷碗，母亲说："你走后，我和你父亲加倍地感到孤单，越发想念她了，想念过去那段一家团聚的日子。见物如见人。经常把碗端起来看看，可是，你父亲手哆嗦了，碗又太重……"

就这样，我再也见不到我的嫂嫂，再也见不到那个浅花瓷碗了。

2000 年

泛泛水中凫

　　从前，读到《楚辞》《庄子》中的"将泛泛若水中之凫，与波上下"和"泛若不系之舟，虚而遨游"，虽然也领略了其中或反说或正说的丰富内涵，但是，对于那种随波逐流、逍遥游世的心态，毕竟缺乏切身的体验。这次的大雅河漂流，算是补上一堂生活的实验课。

　　如果说，面对废垒残墟这凝固的历史，是探求静中消息，那么，漂流则是在动态中悟解生之真诠。

　　漂流，古称"泛泊""泛游"。就是像野凫、闲鸥一样，顺着江河的流向，在水中自在自如地浮游着，多见于文人雅士遣兴消闲之际，普通民众是很少参与的。如今，随着旅游事业的发展、人们暇豫的增多，这种集游观、遣兴、健身于一体的活动，逐渐成为老少咸宜、雅俗共赏的一个"热门"项目。

　　大雅河是辽东山区的一条内河，除了具备一般的漂流条件,如水清、流急、河道较为平浅外,还拥有一种特殊的优势,就是普乐堡一段的十里清溪,曲折有致,而且,峭石壁立,奇松虬蟠,层峦耸翠,宛如一道异彩纷呈的迷人画廊。漂流其间,赏心快意,如行山阴道上,令人目不暇接。

我们乘坐的是双人舱的普通橡皮船,也可以说是一种"蚱蜢舟"吧。随波上下,自在漂流,无须复杂的驶船技术,也没有覆舟没顶的风险,当然,溅湿衣袜是难免的。有时遇到洄流急湍,只需稍一荡桨,便又导入中流,回复常态。

旅游,顾名思义,重在一个"游"字,这是没有疑义的。但是,许多人却是只求游目而未游心,仅仅停留在怡神悦目的层面上,没能在寻幽览胜之中渗入自己独特的感受,做到有所启悟,有所发现,忽略了庄子"乘物以游心"的奥蕴。

其实,这种一舟容与,清溪浅泛的漂流,由于它的弛张莫拘,任情适性,优哉游哉,恰恰提供了寄怀遣兴的条件。尽可解开"思想飞舟"的系缆,放纵奔流,

选入教材:

现当代散文诵读精华
(高中卷)
2003年
人民教育出版社

以一条心丝穿越时空的界隔,深化对于人生的体悟。

漂流,可说是人生历程的缩微版,既是消磨生命也是享受生命的现场演习。真个是逝水流年!看是漂游在滔滔汩汩的大雅河上,实际又何尝不是穿行在岁月的洪波、生命的溪流里!在这种闲情泛泊中,人们往往只注意到河水的流动,而忽略了正是我们的实实在在的生命,连带着筋骨与气血,在分分秒秒中悄然逝去。

漂流一似人生,逝者如斯,瞬息不止,都是一次性的。江河一去无回浪,前头永远是陌生的水域。所不同的是,橡皮舟到了指定地点之后,还可以由汽车运回;而人生却是一条不归之路,没有哪一辆汽车能够把"过去"的人再载运回来。

时时刻刻,命运长与生命同在。回首前尘,是活得充实、潇洒,抑或无聊、窝囊,都没有更新的余地。这实在是很遗憾的。米兰·昆德拉在作品中曾引述过一句德国的谚语:"只活一次,等于未尝活过。"这里包含着两层意思:一是反映了事业无穷,人生有限的悲慨;二是抒发出对于生命不可重复的憾恨——"毫发无遗憾"的人生是不存在的,人们无不渴望着再次获得生命予以补偿,怎奈这是不能兑现的空想。

前几年,有人曾就"假如重新选择"的命题,分别向知名学者、文艺家金克木、季羡林、罗大冈、吴祖光、吴冠中征询意见，五位老人不约而同地一律笑而不答。为什么？也许是因为他们知道"来生"并不存在，所以，也就无从谈起"重新选择"的问题。

由是，我倒想起李大钊的那句掷地有声的名言："世间最可宝贵的就是'今'。"生命的密度远比生命的长度更重要，更值得追求。我们应该使现实的人生富有价值，充满亮色。

传说，古罗马的门神长着两副面孔，为的是一面省察过去，一面展望未来。可是，它却偏偏忘记了最有意义的现在。忽略了"当下"的惨痛后果，是城池没有守住，罗马被敌人攻陷了。其实，过去是现在的已往，未来是现在的继续，如果无视于"当下"，纵使对过去、未来把握得再好，又有多少实际的价值呢？

一个小时过去了，漂流即将到达终点。这时，我才觉察到，沿途只顾思考人生的妙谛，而忽视了周围景物的观赏，有负于水态云容，林峦佳致。现在，后悔已无及了。东道主欢迎我下次重来。我说，如果有机会再来，希望能够坐在竹筏子上。竹排不挡水，更稳更平，自在漂游的意味当会更浓一些。

1999 年

我的第一个老师

小时候,我有一个近支族叔,本来有名有字,可是人们却总是叫他"魔怔"。其实,他在当地,算得是最有学识、最为清醒的人,只是说话、处事和普通人不一样,因而不为乡亲们所理解。正所谓:"行高于人,众必非之。"

早年,他在外面做事,由于性情骨鲠、直率,不肯屈从上司的旨意,又喜欢"叫真",凡事都要争出一个"理"来,因而,无端遭受了许多白眼。千般的苦闷全都窝在心里,没有发抒的渠道,致使精神受到很大的刺激,多年来一直"僵卧孤村",在家养病。

他那种凄苦、苍凉的心境,留给我很深的印象,却又找不出恰当的话语来表述。后来,读了鲁迅的作品,看到先生说的,总如野兽一样,受了伤,并不嗥叫,挣扎着回到林子里去,倒下来,慢慢地自己去舔那伤口,求得痊愈和平复——心中似有所感,觉得大体上很相似。当然,这里只是就事论事，没有涉及更为广泛的内容。魔怔叔作为一介凡夫，是不能同思想家与战士相提并论的。

魔怔叔的面相，一如他的心境，一副又瘦又黄的脸庞，终日阴沉沉的，很难浮现出一丝笑容，眼睛里时时闪烁着迷茫、冷漠的光。年龄刚过四十，头发就已经花白，腰杆也有些弓了。动作中带着一种特有的矜持，优雅的懒散和惝惶的凝重，有时，却又显得过度的敏感。几片树叶飘然地坠落下来，归雁一声凄厉的长鸣，也会令他惊心触目，四顾怆然。刚说了一句"悲哉，此秋声也"，竟然莫名其妙地流下来几滴泪水，呜咽着，再也说不出话来。

他感到空虚、怅惘和无边的寂寞。老屋里挂着一幅已经被烟尘熏得黝黑的字画，长长的字句很少有人念得出来。在我认得许多字之后，他耐心地一个字一个字地说给我听，原来是唐代诗人杜甫的七律。记得最后两句是："鱼龙寂寞秋江冷，故国平居有所思。"

他有满腹经纶，却得不到人们的赏识，心里自然感到苦闷。我父亲读的书虽然没有他多，思想感情上倒是和他有相通之处，所以，两个人还能谈得来。只是，父亲每天都要从事笨重的体力劳动，奔走于衣食，闲暇时间太少。魔怔叔便把我这个毛孩子引为"忘年交"，这叫作"蜀中无大将，廖化作先锋"。但是，对我来说，却有幸结识一位真正的师长。

魔怔叔像一个不食人间烟火的方外之人，整天生活在精神世界里，对于物质生活从不讲究。他把各种资财、物品都看得很轻，不加料理；甚至连心爱的书籍也随处放置，被人借走了也想不到索还。他常常对我说，人情之常是看重眼前的细微小事，而对于大局、要务则往往态度模棱，无可无不可。这是人生的普遍失误。接着，就给我诵读一段韵语："子弟遇我，亦云奇缘。人间细事，略不留连。还问老夫，亦复无言。伥伥任运，已四十年。"开始，我以为这是他自己的述志诗，后来读书渐多，才知道是录自明末遗民傅青主的一篇小赋。

魔怔叔不愿与人交往，他认为，与其同那些格格不入的人打交道，莫不如孑然独处。有时一个人木然地坐在院子里，像一个坐禅的僧侣，甚至像一尊木雕泥塑。目光冷冷的，手里擎着一个大烟袋，吧嗒吧嗒，一个劲儿地抽烟。任谁走进身旁，他都不会抬眼瞧瞧。一天，本地一个颇有资财的表嫂去他家串门，见他那副孤高、傲慢的架子，便拍手打掌地说："哎哟哟，我的老弟呀，就算是'贵人语话迟'吧，也不能摆出那副酸样儿！难道是哪一个借你黄金还你废铁了？"魔怔叔睃了她一眼，现出一脸不屑的神情，冷笑着说："样儿不好，自家瞧。也没抬上八抬大轿请你来看。"

他平素不怎么喝酒，只有一次，到一个多年不见的朋友家，喝得酩酊大醉。摔了人家的茶壶，骂了半响糊涂街，最后跟跟跄跄地走出来，居然在丧失清醒意识的情况下，不费力气地找回了自己的家门。我问他是怎么找回来的，他说，不知道。这恐怕是因为以前无数次的回家记忆，已经内化在他的思维里，形成了一种无意识的自在机制。

　　童年的我，求知欲特别强，接受新鲜事物也快，正像法国大作家都德说的，"简直是一架灵敏的感觉机器，就像身上到处开着洞，以利于外面的东西随时进来"。我整天跟在魔怔叔身后，像个小尾巴似的，听他讲"山海经""鬼狐传"。有时说着说着，他就戛然而止，同时用手把我的嘴捂上，示意凝神细听草丛间的唧唧虫鸣，这时，脸上便现出几分陶然自得的神色。

　　有时，我们去郊外闲步。旧历三月一过，向阳坡上就可以看到，各色的野花从杂草丛中悄悄地露出个小脑袋。他最喜欢那种个头很小的野生紫罗兰，尖圆的叶片衬着淡紫色的花冠，花瓣下面隐现着几条深紫色的纹丝，看去给人一种萧疏、清雅的感觉。

　　春天种地时，特别是雨后，村南村北的树上，此起彼伏地传出"布谷、布谷"的叫声。魔怔叔便告诉我，这种鸟又拙又懒，自己不愿意筑巢，专门把蛋产在别的鸟窝里。更加令人气恼的是，小布谷鸟孵出来后，身子比较强壮，心眼却特别坏，总是有意把原有的雏鸟挤出巢外，摔在地下。

魔怔叔说，燕子生来就是人类的朋友，它并不怎么怕人。随处垒巢，朱门绣户也好，茅茨土屋也好，它都照搭不误，看不出受什么世俗的眼光的影响。燕子的记性也特别好，一年过后，重寻旧垒，绝对没有差错。回来以后，唯一要做的事就是修补旧巢。只见它们整天不停地飞去飞来，含泥衔枝，然后就是产卵育雏，不久，一群小燕就会挤在窝边，齐簌簌地伸出小脑袋等着妈妈喂食了。平日里，它们只是呢喃着，似乎在热烈地闲谈着有趣的事情，可惜我们谁也听不懂。

鸟雀中，我最不喜欢的是猫头鹰，认为它是一种"不祥之鸟"，因为听祖母说过，它是阎王爷的小舅子，一叫唤就会死人。叫声也很难听，有时像病人的呻吟，有时发出"咯咯咯"的怪笑，夜空里听起来很吓人。样子也很古怪，白天蹲在树上睡觉，晚间却拍着翅膀，瞪起大而圆的眼睛。

魔怔叔耐心地听我诉说着，哈哈地大笑起来。显然，这一天他特别畅快。他问我："你知道古时候它的名字叫啥吗？"我摇了摇头。他在地上用树枝书写一个"枭"字，他说，从前称它"不孝之鸟"，据说，母鸟老了之后，它就一口口地啄食掉，剩下一个脑袋挂在树枝上。所以，至今还把杀了头挂起来称为"枭首示众"。

我还向魔怔叔问过：有些鸟类，立夏一过，满天都是，很多很多，可是，两三天过后，却再也不露头了，这是怎

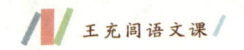

么回事？他侧着脑袋想了一想，告诉我：这些可能是过路的候鸟。它们路过这里飞往东北的大森林和蒙古草原去度夏，在这里不想久留，只是补充一点粮食和饮水，还要继续它们的万里征程。

说着，魔怔叔便领我到大水塘边上，去看鸬鹚捕鱼。只见它们一个个躬身缩颈，在浅水滩上缓慢地踱着步，走起路来一俯一仰的，颇像我这位魔怔叔，只是身后没有别着大烟袋。有时，它们却又歪着脑袋凝然不动，像是思考着问题，实际是等候着鱼儿游到脚下，再猛然间一口啄去。意兴盎然的鸟趣生机，给我带来无穷的乐趣。

我进了私塾以后，仍然和魔怔叔保持着亲密的关系。他和我的塾师刘璧亭先生是挚友，每逢刘先生外出办事，总要请他代理课业，协助管束我们。由于魔怔叔是一位地地道道的"博物学家"，讲授的都是些活的学问，所以，我们特别感兴趣。

在这天午后的课堂上，他随手拿起一本《千家诗》，翻到"双双瓦雀行书案，点点杨花落砚池"这几行，又用手指着窗外枝头的家雀，说：因为家雀常常栖止于檐瓦之上，所以，这里称作"瓦雀"。

接着，他又告诉我们，李清照的《武陵春》词中有这样两句："只恐双溪舴艋舟，载不动许多愁"。"舴艋"是一种形体很小的昆虫，用它来形容，说明这种船是不大的。

蚱蜢的名字，听起来生疏，其实，你们都见过。说着，他就到后园里捉回一只翅膀和腹部都很长的飞虫，手指捏住它的双腿，它便不停地跳动着。我们认出来了，这是大蚂蚱，俗称"扁担勾"的，当即高兴地齐声念起儿歌："扁担扁担勾，你担水，我熬粥。熬粥熬得少，送给刘姥姥。姥姥她不要，我就自己造（辽西方言，吃的意思）。"

我从一部"诗话"中看到"一样枕边闻络纬，今宵江北昨江南"这样两句诗，便问魔怔叔："络纬是不是蟋蟀？"他说，络纬俗名莎鸡，又称纺织娘，蟋蟀学名促织，二者相似，却不是一样东西。说着，便引领我们走向草丛，耐心地教授如何根据鸣声来分辨这两种鸣虫。因为不能出声，他便举手为号：是促织叫，他举左手；络纬叫了，便举右手，直到我们能一一辨识为止。

夏天一个傍晚，气闷得很，院里成群成阵地飞着一些状似蜻蜓、形体却小得多的虫子。魔怔叔告诉我们：这就是《诗经·曹风》"蜉蝣之羽，衣裳楚楚；蜉蝣之翼，采采衣服"中的蜉蝣。这种飞虫的生命期极短，只有几个小时；可是，为了传宗接代，把物种延续下去，却要经历两次蜕壳和练飞、恋爱、交尾、产卵的整个历程。当这一切程序都完成之后，它们已经是疲惫不堪了，便静静地停下来，等着死掉。

《诗经》里的"岂其食鱼，必河之鲂"，鲂就是河里的鳊花，扁身缩颈，鳞细味美。这也是从魔怔叔那里听来的。

但是，后来读书渐多，发现他所讲的有的也并不准确。比如，他说《诗经》中的"螟蛉有子，蜾蠃负之"，蜾蠃就是土蜂，这大概是不错的。可是，他依据旧说："蜂虫无子，负桑虫（即螟蛉）而为子"，把蜾蠃捕捉螟蛉等害虫为其幼虫的食物说成是收养幼虫，这就是谬误了。

不管怎样说，长大以后，我之所以能够"多识于虫鱼草木之名"，和童年那段经历是有着直接关系的。我要特别感谢那位魔怔叔的指教，他是我的第一位老师。

2000 年

两个李白（节选）

一

在中国古代诗人中，李白确实是一个不朽的存在。他的不朽，不仅由于他是一位负有世界声誉的潇洒绝尘的诗仙，那些雄奇、奔放、瑰丽、飘逸的千秋绝唱产生着超越时空的深远魅力；而且，因为他是一个体现着人类生命的庄严性、充满悲剧色彩的强者。他一生被登龙入仕、经国济民的渴望纠缠着，却困踬穷途，始终不能如愿，因而陷于强烈的心理矛盾和深沉的抑郁与熬煎之中。而"蚌病成珠"，这种郁结与忧煎恰恰成为那些天崩地坼、裂肺摧肝的杰作的不竭的源泉。

一方面是现实存在的李白，一方面是诗意存在的李白，两者构成了一个整体的不朽的存在。它们之间的巨大反差，形成了强烈的内在冲突，表现为试图超越却又无法超越，顽强地选择命运却又终归为命运所选择的无奈，展示着深刻的悲剧精神和人的自身的有限性。

解读李白的典型意义，在于他的心路历程及其穷通际遇所带来的苦乐酸甜，在很大程度上反映了几千年来中国文人的心态。

二

李白的精神风貌及其诗文的内涵，是中国文化精神哺育的结晶。清代诗人龚自珍认为，他是并庄、屈以为心，合儒、仙、侠以为气的。太白飘逸绝尘、驱遣万象的诗风，显然导源于《庄子》和《离骚》。单就人生观与价值取向来看，屈原的热爱祖国，憎恨黑暗腐朽势力，积极要求参与政治活动、报效国家的政治抱负，庄周的浮云富贵、藐视权豪，摆脱传统束缚、张扬主体意识的精神追求，对李白的影响也是极为深刻的。除了儒家、道家这两种主导因素，在李白身上，游侠、神仙、佛禅的影子也同时存在。

本来，唐代以前，儒家、道家、佛禅以及神仙、游侠等方面的文化，均已陆续出现，并且逐渐臻于成熟；但是，很少有哪一位诗人能够将它们交融互汇于个人的实际生活。只有李白——这位一生主要活动于文化空气异常活跃的唐代开元、天宝年间的伟大诗人，将它们集于一身，完成了多元文化的综合、汇聚。

当然，这里也映现了盛唐文明涵融万汇、兼容并蓄的博大气魄和时代精神。正如嵇康、阮籍等人的精神风貌反映了"魏晋风度"一样，李白的精神风貌也折射出盛唐士子所特有的丰神气度。这是盛唐气象在精神生活方面的一个重要组成部分。

三

早在春秋时期，就有"三不朽"的说法："太上有立德，其次有立功，其次有立言，虽久不废，此之谓不朽。"

我们固然不能因为李白有过"吟诗作赋北窗里，万言不值一杯水"的诗句，就简单地断定他并不看重立言；但比较起来，在"三不朽"中，他所奉为人生至上的、兢兢以求的，确确实实还是立功与立德。既然如此，那他为了实现经邦济世，治国安民，创制垂法，惠泽无穷的宏伟抱负，就要为其创造必要的条件，首要的是必须拥有一定的社会地位与政治权势。

因此，他热切地期待着："长风破浪会有时，直挂云帆济沧海"，时刻渴望着登龙门，摄魏阙，据高位。但这个愿望，对他来说，不过是甜蜜蜜的梦想，始终未曾付诸实践。他的整个一生历尽了坎坷，充满着矛盾，交织着生命的冲撞、挣扎和成败翻覆的焦灼、痛苦。从这个角度看，他又是一个道道地地的悲剧人物。

他自视极高，尝以搏击云天、气凌穹宇的大鹏自况："大鹏一日同风起，扶摇直上九万里。假令风歇时下来，犹能簸却沧溟水。"认为自己是凤凰："耻将鸡并食，长与凤为群。一击九千仞，相期凌紫氛。"与这种以其长才异质极度自负的傲气形成鲜明的对照，他对历史上那些建不世之功、创回天伟业，充分实现其自我价值的杰出人物，则拳拳服膺，倾心仰慕，特别是对他们崛起于草泽之间，风虎云龙，君臣合契，终于奇才大展的际遇，更是由衷地歆羡。

他确信，只要能够幸遇明主，身居枢要，大柄在手，则治国平天下易如反掌。在他看来，这一切作为和制作诗文并无本质的差异，同样能够"日试万言，倚马可待"。显而易见，他的这些宏誓大愿，多半是基于情感的蒸腾，无非是诗性情怀，意气用事，而缺乏设身处地、切合实际的构想；并且，对于政治斗争所要担承的风险和可能遇到的颠折，也缺乏

选入教材：

解读大师 教科文读本
文学卷 阅读
2005 年
中国文联出版社

透彻的认识，当然更谈不上有足够的思想准备。

四

李白有过两次从政的经历：天宝元年秋天，唐玄宗接受玉真公主和道士吴筠的举荐，下诏征召李白入京。这年他四十二岁。当时住在南陵的一个山村里，接到喜讯后，他即烹鸡置酒，高歌取醉，乐不可支。告别儿女时，写有"仰天大笑出门去，我辈岂是蓬蒿人"的诗句，可谓意气扬扬，踌躇满志。他原以为，此去定可酬其为帝王师、画经纶策的夙愿，不料，现实无情地粉碎了他的幻想。进京陛见后，只被安排一个翰林院供奉的闲差，并没有像他想象的那样，接之以师礼，委之以重任。

原来，这时的玄宗已经在位三十年，腐朽昏庸，纵情声色，信用奸佞，久疏朝政。看到这些，李白自然感到万分失望。以他的宏伟抱负和傲岸性格，怎么会接受"以俳优蓄之"的待遇，甘当一个跟在帝王、贵妃身后，赋诗纪盛、歌咏升平的"文学弄臣"角色呢？但就是这样，也还是"君王虽爱蛾眉好，无奈宫中妒杀人"，"谗言忽生，众口攒毁"。最后的下场是上疏请归，一走了事。在朝仅仅一年又八个月，此后，再没有登过朝堂。

天宝十四载冬天，李白正在江南漫游。是时，安禄山起兵反唐,次年攻陷潼关,玄宗逃往四川。途中下诏,以第十六子李璘为四道节度使、江陵郡大都督。野心勃勃的永王李璘,招募将士数万人,以准备抗敌、平定"安史之乱"为号召,率师东下,实际是要乘机扩张自己的势力。对于国家颠危破败,人民流离失所的现状,李白早已感到痛苦和殷忧。恰在此时,永王李璘兵过九江,征李白为幕佐。诗人认为建功立业、报效国家的机会已到,于是,又一次激扬志气,充满了"欲仰以立事"的信心,在永王身上寄托着重大期望:"诸侯不救河南地,更喜贤王远道来。"以为靖难杀敌、重整金瓯,非永王莫属。

哪里料到,报国丹心换来的竟是一场灭顶之灾,糊里糊涂地卷入了最高统治层争夺皇权的斗争,结果是玄宗第三子、太子李亨即位,李璘兵败被杀,追随他的党羽多遭刑戮,李白也以附逆罪被窜逐夜郎,险些送了性命。这是李白第二次从政,为时不足三个月。

尽管政治上两遭惨败,但李白是既不认输也不死心的,总想找个机会重抵政坛,锋芒再试。六十一岁这年,他投靠族叔、当涂县令李阳冰,定居于采石矶。虽然已经处于生命的尾声,但当他听到太尉李光弼为讨伐叛将史朝义,带甲百万出征东南的消息,一时按捺不住心潮的狂涌,便又投书军中,表示"懦夫请缨,冀申一割之用",无奈中途病还,未偿所愿。

五

　　表面上看，两番政治上的蹉跌，都是由于客观因素，颇带偶然性质；实际上，李白的性格、气质、识见，决定了他在仕途上的失败命运和悲剧角色。他是地地道道的诗人气质，情绪冲动，耽于幻想，天真幼稚，放纵不羁，习惯于按照理想化的方案来构建现实，凭借直觉的观察去把握客观世界，因而在分析形势、知人论世、运筹决策方面，常常流于一厢情愿，脱离实际。

　　关于李白第一次从政的挫折，论者有两种看法：一种认为，玄宗召李白入京，最初很有几分看重，但很快就发现他并非"廊庙之材"，便只对他的文学才能加以赏识。所以后来李白要求离开，玄宗也并不着意挽留。这是说，李白并不是摆弄政治的材料。第二种意见是，李白看错了人。本来，唐玄宗已不再是一个励精图治的开明君主了，而李白却仍然对他寄予厚望，最后，希望当然要落空了。这又说明李白缺乏政治的眼光。可以认为，两种意见，殊途而同归。

　　关于李白"从璘"的教训，论者一致认为，他对"安史之乱"中的全国政局，缺乏准确的分析，就是说，他把局势的动乱看得过于严重。他在诗中写道："颇似楚汉时，翻覆无定止"；"三川北虏乱如麻，四海南奔似永嘉"，显然

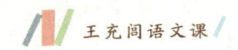

是违反实际的。由于对形势做出了错误的判断，行动上必然举措失当。在他看来，当时朝廷应急之策，是退保东南半壁江山，苟延残喘；而永王正好陈兵长江下游，自然可以稳操胜券，收拾残局。这是他毅然"从璘"的真正原因所在。显然，在李璘身上，他把"宝"押错了，结果又一次犯下了知人不明的错误——他既未发觉其拥兵自重、意在割据的野心，更没有认识到这是一个刚愎自用，见识短浅，不足以成大事的庸才，把立功报国的希望寄托于这种角色，未免太孟浪了。

看来，一个人的政治抱负同他的政治才能、政治识见并不都是统一的。归根到底，李白并不是一个出色的政治家，大概连合格也谈不上。他只是一个诗人，当然是一个伟大的诗人。虽然他常常以政治家傲然自诩，但他并不具备政治家应有的才能、经验与素质，不善于审时度势，疏于政治斗争的策略与艺术。其后果如何，不问可知。对此，宋人王安石、苏辙、陆游、罗大经等，都曾有所论列。这种主观与客观严重背离、实践与愿望相互脱节的悲剧现象，在中国历代文人中并不鲜见，值得我们深长思之。

六

客观地看，李白的官运蹭蹬，也并非完全种因于政治才识的欠缺。即以唐代诗人而论，这方面的水准远在李白之下的，稳登仕进者也数不在少。要之，在封建社会里，一般士子都把个人纳入社会组合之中，并逐渐养成对社会政治权势的深深依附和对习惯势力的无奈屈从。如果李白能够认同这一点，甘心泯灭自己的个性，肯于降志辱身，随俗俯仰，与世浮沉，其实，是完全能够做个富于文誉的高官的。

可是，他是一个自我意识十分突出的人，时刻把自己作为一个自由独立的个体，把人格的独立视为自我价值的最高体现。他重视生命个体的外向膨胀，建立了一种志在牢笼万有的主体意识，总要做一个能够自由选择自己命运与前途的人。

他反对儒家的等级观念和虚伪道德，高扬"不屈己、不干人"的旗帜。由于渴求为世所用，进取之心至为热切，自然也要常常进表上书，锐身自荐，但大前提是不失去自由，不丧失人格，不降志辱身、出卖灵魂。如果用世、进取要以自我的丧失、人格的扭曲、情感的矫饰为代价，那他就会毅然决绝，毫不顾惜。

他轻世肆志，荡检逾闲，总要按照自己的意志去塑造自我，从骨子里就没有对圣帝贤王诚惶诚恐的敬畏心情，更不把那些政治伦理、道德规范、社会习惯放在眼里，一直闹到这种地步："长安市上酒家眠，天子呼来不上船，自

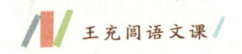

称臣是酒家仙",痛饮狂歌,飞扬无忌。这要寄身官场,进而出将入相,飞黄腾达,岂不是南其辕而北其辙吗?

七

不仅此也。正由于李白以不与群鸡争食的凤凰、抟扶摇而上九万里的大鹏自居,因此,他不屑于按部就班地参加科考,走唐代士人一般的晋身之路;他也不满足于做个普通僚属,而要"为帝王师",以一介布衣而位至卿相,做吕尚、管仲、诸葛亮、谢安一流人物。他想在得到足够尊崇与信任的前提下,实现与当朝政治势力的合作,而且要保持一种不即不离的关系,"合则留,不合则去",有相当大的自由度。

他在辞京还山时,吟出:

> 严陵不从万乘游,归卧空山钓碧流。
> 自是客星辞帝座,原非太白醉扬州。

从这里可以看出,他把自己与皇帝视为东汉隐士严光与汉光武帝刘秀的朋友关系,而不是君臣上下的严格的隶属关系,是可以来去自由的,是彼此平等的。这类诗章,没被人罗织成"乌台诗案"之类的文网,说明盛唐时期的文化环境还是十分宽松的。如果李白生在北宋时期，那他的"辫子"可比苏东坡的粗多了。

这种想在新的历史条件下重新争得"士"的真正社会地位，在较高层次上维护知识阶层的基本价值和独立性的期望，不过是严重脱离现实的一厢情愿的幻想。李白忽略了一个基本的现实：他处身于大一统的盛唐之世，而不是王纲解纽、诸侯割据、群雄并起的春秋战国时期，同两汉之交农民起义军推翻王莽政权，未能建立起新的朝廷，南阳豪强集团首领刘秀利用农民军的成果，恢复汉朝统治的形势，也大不一样。

春秋战国时期，"士"属于特殊阶层，具有特殊作用、特殊地位，那种诸侯争养士、君主竞揽贤的局面，在盛唐时期已不复存在，也没有可能再度出现。当此之时，天下承平，宇内一统，政治上层建筑高度完备，特别是开科取士已使"天下英雄尽入彀中"，大多数士子的人格与个性愈来愈为晋身仕阶和臣服于皇权的大势所雌化，"帝王师"反过来成了"天子门生"，"游士"阶层已彻底丧失其存在条件。

李白既暗于知人，又未能明于知己，更不能审时度势，偏要"生今之世，返古之道"，自然是"大道如青天，我独不得出"，自然就免不了到处碰壁了。归根结底，李白还是脱不开他的名士派头与浪漫主义的诗人气质。

八

　　壮志难酬，怀才不遇，使李白陷入无边的苦闷与激愤的感情漩涡里。尽管庄子的超越意识和恬淡忘我、虚静无为的处世哲学，使李白在长安放回之后，寄情于皖南的锦山秀水，耗壮心，遣余年，徜徉其间，流连忘返，尽管他从貌似静止的世界中看出无穷的变态，把漫长的历史压缩成瞬间的过程，能够用审美的眼光和豁达的态度来看待政治上的失意，达到一种顺乎自然，宠辱皆忘的超然境界，使其内心的煎熬有所缓解；但他毕竟是一个豪情似火的诗人，只要遇到一种触媒，悲慨之情就会沛然倾泻。

　　史载，晋代袁宏少时孤贫，以运租为业。镇西将军谢尚镇守牛渚，秋夜趁月泛江，听到袁宏在运租船上咏诗述怀，大加赞赏，于是把他邀请过来细论诗文，直到天明。由于得到谢将军的赞誉，从此袁宏声名大著。李白十分羡慕袁宏以诗才受知于谢尚的幸运，联想到自己怀才不遇的遭际，因而在夜泊牛渚时，触景伤情，慷慨悲吟：

　　　　牛渚西江夜，青天无片云。
　　　　登舟望秋月，空忆谢将军。
　　　　余亦能高咏，斯人不可闻。
　　　　明朝挂帆去，枫叶落纷纷。

由于诗是有感而发，所以，就显得格外凄婉动人。

他的心境是万分凄苦的，漫游秋浦，悲吟"白发三千丈，缘愁似个长"；登谢朓楼，慨叹"抽刀断水水更流，举杯消愁愁更愁"；眺望横江，惊呼"白浪如山那可渡，狂风愁杀峭帆人"。眼处心生，缘情状物，感慨随地触发，全都紧密结合着自己的境遇。

他通常只跟自己的内心情感对话，这种收视反听的心理活动，使他与社会现实日益隔绝起来；加上他喜好大言高调，经常发表悖俗违时的见解，难免招致一些人的白眼与非议，正如他自己所言："时人见我恒殊调，闻余大言皆冷笑"，这更加剧了他对社会的反感和对人际关系的失望，使他感到无边的怅惘与孤独。《独坐敬亭山》只有二十个字，却把他在宣城时的孤凄心境绝妙地刻画出来：

众鸟高飞尽，孤云独去闲。
相看两不厌，只有敬亭山！

大约同时期的作品《月下独酌》，对这种寂寞的情怀反映得尤为深刻，堪称描写孤独心境的千秋绝唱。

花间一壶酒，独酌无相亲。

> 举杯邀明月，对影成三人。
> 月既不解饮，影徒随我身。
> 暂伴月将影，行乐须及春。
> 我歌月徘徊，我舞影凌乱。
> 醒时同交欢，醉后各分散。
> 永结无情游，相期邈云汉。

"茕茕孑立，形影相吊"。孤独，到了邀约月亮和影子来共饮，其程度之深自可想见。这还不算，他甚至认为，在以后的悠悠岁月中，也难于找到同怀共饮之人，以致只能与月光、身影鼎足而三，永结无情之游，并相期在那邈远的云空重见。这在孤独之上又平添了几许孤独。结末两句，写尽了诗人的侧身天地，踽踽凉凉之感。

九

"三百六十日，日日醉如泥"；"处世若大梦，胡为劳其生？所以终日醉，颓然卧前楹"。这类"夫子自道"式的描形拟态、述志达情，显示出诗人对现实的强烈愤慨与深深绝望。他要彻底地遗落世事，离开现实，回到醉梦的沉酣中忘却痛苦，求得解脱。晚清诗人丘逢甲在《题太白醉酒图》中，对这种心境作了如是解释：

> 天宝年间万事非，禄山在外内杨妃。
> 先生沉醉宁无意？愁看胡尘入帝畿。

不管怎么说，佯狂痛饮总是一种排遣，一种宣泄，一种不是出路的出路，一种痛苦的选择。他要通过醉饮，来解决悠悠无尽的时空与短暂的人生、局促的活动天地之间的巨大矛盾。在他看来，醉饮就是重视生命本身，摆脱外在对于生命的羁绊，就是拥抱生命，热爱生命，充分享受生命，是生命个体意识的彻底解放与真正觉醒。

当然，作为诗仙，李白解脱苦闷、排遣压抑，宣泄情感、释放潜能，表现欲求、实现自我的最根本的渠道，还是吟诗咏怀。正如清初著名文人金圣叹所说："诗者，诗人心中之轰然一声雷也。"诗是最具个性特征的文学形式。李白的诗歌往往是主观情思支配客观景物，一切都围绕着"我"的情感转。"当其得意，斗酒百篇"，"但用胸口，一喷即是"。有人统计，在他的千余首诗歌中，出现我、吾、予、余或"李白""太白"字样的竟达半数以上，这在中国文学史上是仅见的。

诗，酒，名山大川，使他的情感能量得到成功的转移，一定程度上缓解了精神上的重压。但是，际遇的颠折和灵魂的煎熬却又是最终成就伟大诗人的必要条件。以自我为时空中心的心态，主体意识的张扬，超越现实的价值观同残酷现实的剧烈冲突，构成了他的诗歌创造力的心理基础与内在动因，给他带来了超越时代的持久的生命力和极高的视点、广阔的襟怀、悠远的境界、空前的张力。

就这个意义来说，既是时代造就了伟大的诗人，也是李白自己的性格、自己的个性造就了自己。当然，反过来也可以说，他的悲剧，既是时代悲剧、社会悲剧，也是性格悲剧。

历史很会开玩笑，生生把一个完整的李白劈成了两半：一半是，志不在于为诗为文，最后竟以诗仙、文豪名垂万古，攀上荣誉的巅峰；而另一半是，醒里梦里，时时想着登龙入仕，却坎坷一世，落拓穷途，不断地跌入谷底。

具有讽刺意味的是，李白一生中最高的官职是翰林待诏，原本没有什么值得夸耀于世的，可是，在官本位的封建社会，连他的好友魏万也不能免俗，在为他编辑诗文时仍要标上《李翰林集》。好在墓碑上没有挂上这个不足挂齿的官衔，而是直书"唐名贤李太白之墓"，据说出自诗圣杜甫之手，终竟不愧为他的知音。

1997 年

淡写流年

伴随着人生阅历的增加，知识的拓展，人们心目中的宇宙会不断地向外扩张开去，所谓思接千载，视通万里；而就个体生命历程来说，相对于这种外在的无限扩张，人生的风景却将逐渐地缩微与收敛。从前曾经喧啸灵海的汐潮，在时序的迁流中，已如浅水浮花，波澜不兴了；过往的许多生活图像，在记忆里或则了无踪影，或则漫漶模糊，经过世事与心灵的内外两界的长期地浸染，无情地磨砺，它的釉彩，它的光华，也会变得斑斑驳驳，成为一种前尘梦影，旧时月色。

岁月无情，它每时每刻都在销蚀着生命；自然，它也必不可免地要接受记忆力的对抗——往事总要竭力挣脱流光的裹挟，让自己沉淀下来，留存些许痕迹，使已逝的云烟在现实的屏幕上重现婆娑的光影。而所谓解读生命真实，描绘人生风景，也就是要捕捉这些光影，设法将淹没于岁月烟尘中的般般情事勾勒下来。

回忆是中老年人的一种特有的专利。一般来说，它常常是重新感受年轻，追忆逝水年华的一种无可奈何的心灵履约，是对于昔日芳华的斜阳系缆，对于遥远的童心的痴情呼唤，当然，也是对于眼前的衰颓老病所造成的心灵创伤的一种抚慰。

普通的人们毕竟还都天机太浅，既不具备佛家的顿悟，也没有道家坐忘的功夫，总是像《世说新语》中所说的，"未免有情"。因此，在回首前尘，也就是展现飞逝的生命的过程中，在感受几丝甜美，几许温馨的同时，难免会带上一些淡淡的流连，悠悠的怅惋。而且，由于想象中的完美和过于热切的期待终究代替不了实际上的近乎无情的变迁，所以，回忆常常带有感伤的味道，"于我心有戚戚焉"。

当然，回忆终竟是有价值，有必要的。心灵慰藉之外，回忆还有更深一层的意义在。"前事不忘，后事之师。"人们可

选入教材：

学生现代诗文
鉴赏辞典 下册
2006 年
上海辞书出版社

以通过平静而真切的回忆,去解读那多彩多姿的生命流程,揭示已不复存在的事物本相,汲取宝贵的人生经验。如果再进一步,能够把它写在纸上,形诸文字,那就无异于重现一番鲜活的生命真实,描绘出种种生灭流转的人生风景。

应该说,这种书写,无论其为何种题材,处于怎样心境,都是缘情而发的,无一不通连着自己的灵肉,浸染着作者的心血。此刻的心境自然也是恬淡而冲和的,如同前人所说:"百年心事归平淡","勉磨圭角过中年"。所谓"淡写流年",正以此也。

不过,事情总不像想象的那样简单。流年,便是飞逝的生命,回忆的都是已经过往的事。人逢老境,可说是百无一健了,唯有一桩例外,那就是常常健忘。在这种情势下,要捕捉那飞鸟、流云一般的往事,常常会有一种迷离扑朔,疑幻疑真的感觉。

其实,早在一千一百多年前,玉溪生就在《锦瑟》诗中慨乎言之:"此情可待成追忆,只是当时已惘然。"当时即已惘然,何谈事后追忆!况且,追忆终竟属于想象的领域,它是在时空变换条件下的一种新的综合,一种事后的加工与复制。许多飘逝了的过眼云烟,通过回忆,获得一种以新的形态再次亮相的机缘,包括有些当时未必具备,而是由追忆者赋予的新的意蕴,新的感受,新的认知。

就是说,凡是追忆,都或多或少、或显或隐地夹杂着叙述主体对于过往情事的重新诠释。实际上，不要说过往，即使是当时，由于各个当事人诸多方面的差异，也往往是"智者见智，仁者见仁"，记述其所见所知，而略去其未见未知。一个典型的事例，便是朱自清与俞平伯两位散文名家，原本同时同地，同在桨声灯影里畅游了秦淮河，可是，他们所感知、所记述的，却是或抒诗怀，或重"主心主物的哲思"，存在着明显的差异。

在朱先生眼中，那是"疏疏的林，淡淡的月，衬着蔚蓝的天，颇像荒江野渡光景"，"岸上原有三株两株的垂杨树，淡淡的影子，在水里摇曳着。它们那柔细的枝条浴着月光，就像一支支美人的臂膊，交互的缠着，挽着；又像是月儿披着的发"。而在俞先生笔下，则为："又早是夕阳西下，河上妆成一抹胭脂的薄媚"；"朦胧之中似乎胎孕着一个如花的笑——这么淡，那么淡的倩笑。淡到已不可说，已不可拟，且已不可想；但我们终究是眩晕在它离合的神光之下的。我们没法使人信它是有，我们不信它是没有。勉强哲学地说，这或近于佛家的所谓'空'，既不当鲁莽说它是'无'，也不能径直说它是'有'"。

最有趣的还是平伯先生在文章结尾处的交代："说老实话，我所有的只是忆。我告诸君的只是忆中的秦淮夜泛。至于说到那'当时之感'，这应当去请教当时的我。而他久飞升了，无所存在。"先生作此散文时，离"秦淮夜泛"那天，还不到一个星期,而他就已经这样讲了;如果往事越过十年、二十年,甚至半个世纪,又当如何呢?

由此可见,无论回忆也好,捕捉光影、勾勒情怀也好,充其量只是粗具形体的原始素描,而绝非摄影机下原原本本的照相,更不可能是那种记录三维空间整体信息的全息影片。

其实,就算是原原本本的摄像,或者是记录三维空间整体信息的全息影片,又能够怎么样?年光裹挟着鲜活的时事,已经飞鸟一般远哉遥遥地飘逝了,留下来的只是一个个空巢,高挂在随风摇荡的树梢头,任由他人去指认、评说。有人说得更为形象:照片这东西不过是生命的碎壳,纷纷的岁月已经过去,瓜子仁一粒粒咽了下去,滋味各人自己知道,留给大家看的唯有那满地狼藉的黑白瓜子壳。

2000 年

驯 心

一

清初，曾流传过这样一首"打油诗"：

> 圣朝特旨试贤良，一队夷齐下首阳。
> 家里安排新雀领，腹中打点旧文章。
> 当年深悔惭周粟，此日翻思吃国粮。
> 非是一朝忽改节，西山蕨薇已精光。

诗中讽刺、挖苦的是，康熙皇帝在大兴文字狱的同时，首次开设博学鸿词科，以吸引那些自负才高，标榜孤忠，或不屑参加科考，隐居山林，又确实有些声望的文人、逸士，前来参加面试，以谋取升斗之禄。当时，确有许多年高德劭的硕学鸿儒，包括有些称病在家、一旁观望的所谓"前朝遗老"，都曾报名应试，最后，康熙皇帝从一百五十多人中遴选出五十人,授予高官厚禄。有幸得中者自是感激涕零,那些落第的人也不再好意思继续以"孤忠"自命了。

读后,心有所感,我便仿效它的旨趣与格调,也随之诌了一首:

圣朝设考选奴才,衮衮诸公入彀来。
号舍真堪寒士进,侯门岂为广文开?
经纶满腹成何用?蹭蹬终生究可哀。
地下若逢吴敬梓,儒林外史出新裁。

所谓"圣朝",当然指的是清朝。这是康、雍、乾祖孙三代所极力标榜的。

"圣代无隐者,英灵尽来归"。英灵或曰英才,原是无须要待设考才来"入彀"的。野无遗贤,方能显示出治平之世的强大感召力与吸引力;如果英才遍野,要靠设考加以选拔,那么,皇上的"盛德""圣明"还怎么体现呢?当然,奴才属于例外。

其实,清朝的主子向来是不承认"天王圣明"之外还会有什么"英才"的。在那些雄鸷、精明的最高封建统治者眼里,作为适应型角色的汉族官员,原本都是一些奴才胚子,一些只供驱使的有声玩具,是无所谓"英",无所谓"杰"的。他们一向厌恶那些以"贤良方正"自居的臣子,尤其是看不上那些动辄忧心忡忡、感时伤世的腐儒、骚客。因为设若臣下可以为圣为贤，或者人人都那么"忧患"起来，那岂不映衬出君王都是晋惠帝那样的白痴、宋徽宗那样荒淫无道，说明其时正遭逢乱世吗？乾隆皇帝就否定过"天下兴亡，匹夫有责"的说法，他的意思显然是，如果责任都放在村野匹夫身上，那他这个皇帝岂不形同虚设！所以，"圣朝设考"，物色奴才，当无疑义。

不过，说是"圣朝设考选奴才"，也有一个不易绕过去的障碍。在清朝，投考的举子绝大多数都是汉人。而汉人在清朝是不称为"奴才"的。清朝规定，给皇帝上奏章，如果是满臣，应该自称为"奴才"；如果是汉臣，则要自称为"臣"，若是稍一不慎，或者故意谦卑自抑，以"奴才"自称，就算是"冒称"，那是要问罪的。不是有个汉族官员马人龙，偏要自我贬损，在奏章中以"奴才"自称，结果遭到乾隆皇帝一通臭骂吗？套用鲁迅先生把历史上的时代分作"想做奴隶而不得的时代"和"暂时做稳了奴隶的时代"的说法，我们也可以说，对于汉族士子来说，清朝就是"想做奴才而不得的时代"。

当然，就广义上讲，满人也好，汉人也好，在清朝主子眼中，一例都是专供驱使的奴仆——明清时期，奴仆就常常被称作"奴才"。他们不要说人格，连起码的人身自由也谈不到。至于那个所谓的"臣"，本来也有奴隶、奴仆之

义;而且,这个"臣"的地位也并非就高过"奴才",实际上,恰恰相反。我们不妨听听鲁迅先生有关"臣"字的解释:

> 这并非因为是"炎黄之胄",特地优待,锡以嘉名的,其实是所以别于满人的"奴才",其地位还下于"奴才"数等。奴隶只能奉行,不许言议:评论固然不可,妄自颂扬也不可,这就是"思不出其位"。……一乱说,便是"越俎代谋",当然"罪有应得"。倘自以为是"忠而获咎",那不过是自己的糊涂。

手头恰好就有个实例:清代名臣纪昀是乾隆帝的宠臣。曾经受命主编《四库全书》,可说是旷代殊荣。但他终究不脱文人习气,不善于收敛锋芒,有时还忘乎所以,结果有一次冲了乾隆爷的"肺管子",登时勃然大怒,骂道:"朕以汝文学尚优,故使领四库书,实不过以倡优蓄之,汝何敢妄谈国事?"倡优,不过是奴才的代称。

至于那类名副其实的奴才,就更是等而下之了。有一本书上讲,一天,雍正帝在宫廷里看戏,看得高兴了就破例要对扮演主角的小太监赏赐一番,把他叫到身边来夸赞几句,并要赏赐御膳。也是这个小奴才受宠若惊,竟然得意忘形,不知深浅,忽然向皇帝问了一句:"现在的常州刺

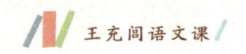

史是谁呀？"估计可能是他所扮演的角色也是什么"常州刺史"一类人物，所以才连类而及，顺便这么问了一句。这一下乱子可就出来了。登时，雍正帝勃然大怒，破口大骂道："你是个什么东西？一个优伶贱辈，怎么竟敢动问国家的名器！"

这可把小太监吓傻了，心里纳闷儿：啊？我怎么动了国家的名器？什么是"名器"呀？名器，犹如人们常说的大器，泛指朝廷的命官、国家的栋梁。在皇帝的眼里，你们这些奴才胚子，只能干奴才的勾当，怎么可以"越俎代庖"，过问这类政治大事？如果哪个人竟然忘记了固有的身份，所言非当，遭来不测之灾，那是咎由自取，势所必然。果然，当下雍正帝便传旨：着即杖毙。结果，这个小太监当场就死在乱棒之下。

二

"太宗皇帝真长策，赚得英雄尽白头。"一个"赚"字，把封建统治者通过推行科举制，牢笼士子，网罗人才，诱使其终世沉迷，难于自拔，刻画得淋漓尽致。"以饵取鱼，鱼可杀；以禄取人，人可竭。"科举制度就是以爵禄为诱饵，把读书、应试、做官三者紧密联结起来，使之成为封建士子进入官场的阶梯，捞取功名利禄的唯一门径。

驯心

选入教材：

中等职业学校文化课教学用书
语文读本 第四册
2006年
高等教育出版社

若说唐太宗当日的设想，确实也是想要选拔英才。因为他若想创不世之功，谋惊天伟业，如果不能罗致大批英才，则只能是一番空想。"济时端赖出群材"，这是千古不易的真理。而且，作为一种拔擢人才的制度，科举制从唐代开始，把过去的拘于门第改变为自由竞争，不再需要长官察举、中央九品中正评定，大开仕进之门，无分寒门、阀阅，凡读书士子都有参加官府考试，从而被选拔做官的机会，这总是一种历史的进步。

只是，科举选士制度，无异于层层递减的多级宝塔，无数人攀登，最终能够爬到顶尖的却寥寥无几。许多人青灯黄卷，蹭蹬终生，熬得头白齿豁，老眼昏花，也未能博得一第。临到僵卧床头，奄奄一息，还放不下那份拳拳之念、眷眷之心。而那些有幸得中的读书种子，一当登上庙堂之高，便会以全副身心效忠王室，之死靡他。这真是一笔大有赚头的买卖。因此，当太宗皇帝李世民看到黑压压的人头攒动，乖乖地涌进号舍应试的时候,不禁喜形于色,毫不掩饰地说:"天下英雄尽入我彀中矣。""彀"者,圈套也。封建统治者可以从中收"一石三鸟"之效,因此说它是"长策":一是网罗了人才,能够凭借这些读书士子治国安邦;二是有望获得"圣代无隐者"的盛名;三是把那些在外面有可能犯上作乱的不稳定分子吸引到朝廷周围,化蒺藜为手杖。

对于以少数民族入主中原的清朝征服者来说,这个问题尤其尖锐。他们清醒地认识到,坐天下和取天下不同,八旗兵、绿营兵的铁骑终竟踏平不了民族矛盾和思想方面的歧异。解决人心的向背,归根结底,要靠文明的伟力,要靠广泛吸收知识分子。他们自知在这方面存在着致命弱点:作为征服者,人口少,智力资源匮乏,文化落后;而被征服者是个大民族,拥有庞大的人才资源、悠久的文化传统和高度发达的文化实力。因此,从一开始就把主要精力放在两件事上:不遗余力地处置"夷夏之大防"——采取行之有效的民族政策;千方百计使广大汉族知识分子俯首就范,心悦诚服地为新主子效力。

但是,这里也明显地存在着一个难于处置的矛盾,或者说是哲学上的悖论:一方面是治理天下需要大批具有远见卓识、大有作为的英才;而另一方面,又必须严加防范那些才识过人的知识分子的"异动",否则,江山就会不稳,社稷就会摇动。最佳的方案,就是把那些"英才"统统炮制成百依百顺、俯首帖耳的"奴才"。

在牢笼士子，网罗人才方面，清朝统治者是后来居上，棋高一着的。他们从过往的历史经验和现实的特殊环境中悟解到，仅仅吸引读书士子科考应试，以收买手段控制其人生道路，使其终身陷入爵禄圈套之中还不够；还必须深入到精神层面，驯化其心灵，扼杀其个性，斫戕其智能，以求彻底消解其反抗民族压迫的意志，死心塌地地作效忠于大清帝国的有声玩偶。有鉴于此，所以，著名学者钱穆先生下个定语："若说（科举）考试制度是一种愚民政策，清代是当之无愧的。"

清初的重要谋士、汉员大臣范文程曾向主子奉献过一句掏心窝子的话："治天下在得民心，士为秀民，士心得，则民心得矣。"从"驯心"的角度看，他正是一个理想的制成品，这番话可视为"夫子自道"，现身说法。回过头来，这个"理想的制成品"，又按照主子的意图，在针对其他"秀民"的"驯心"工程中，为虎作伥。

松山战役中，明朝大将洪承畴兵败被俘，起初，骂詈连声，唯求速死。皇太极派遣范文程前去劝降。洪本进士出身，虽久在兵戎，读书不废。范大学士便围绕着出处进退之类话题，同他出经入史，谈古论今。经过一番艰苦的心灵软化，洪承畴的情绪渐渐缓和下来，谈话间，忽见梁上积尘飘落在袍袖上，便随手拂拭两下。机敏的范文程注意到这一细节,马上报告皇太极说:"皇上请放心,洪承畴不会死的。连身上的衣服都那样爱惜,何况身躯呢!"果然,很快他就降服了。

借助这类"理想的制成品"的筹谋策划,满族统治者从内外两界加强了思想文化方面的钳制。他们通过用八股文取士,把应试者的思想纳入符合封建统治规范的轨道,完全局限在"四书五经"和朱熹集注的范围之内;把知识、思想、信仰范畴的喧哗与骚动控制在固有的格式、现成的语义之中。应试者只能鹦鹉学舌般地编串经书,不能联系社会实际,更不准发挥自己的见解,渐渐地成为不再有任何新知灼见和非分想望的"思想植物人"。所以有"秦坑儒不过四百,而八股坑人极于天下后世"之说。

与控制内心相配合,还要严酷整治外部社会环境。本来,晚明时期一度出现过相当自由的思想空间,书院制度盛极一时,聚社结党,授徒讲学,刊刻文集,十分活跃,思想信仰与日常生活交融互渗,世俗情欲同心灵本体彼此沟通。而清朝立国之后,便把这一切都视为潜在的威胁,全部加以封禁。

在这里,清初统治者扮演着君主兼教主的双重角色,把皇权对于"真理"的垄断,治统对于道统的兼并结合起来;同时强化文字狱之类的高压、恐怖手段,全面实现了对于异端思想的严密控制,从而彻底取缔了知识阶层所依托的逃避体制控制和思想压榨的相对独立的精神空间，导致了读书士子靠诠释学理以取得社会指导权力的彻底消解。应该说，这一着是非常高明，也是十分毒辣的。

三

说到清王朝对付士子的"驯心"手段，令人记起农村的"熬鹰"场景：

村中有绰号"二混"者，平素不务正业，种地地荒，经商蚀本，唯一的拿手好戏是抓鹰、驯鹰，长年靠着这把身手混碗饭吃。深秋一到，地面铺上了厚重的霜华，树叶也全都脱落了，这时候，他便背起一张架子网，到平坦的山坳间，拣一块树木稀少的林间空地，把架子网支起来，围成四面带窟窿眼的绳墙，正中间插上一根矮木桩，上边拴上一只毛色鲜亮的大公鸡。当苍鹰在半空掠过时，远远地就能看见它的猎物，经过往复盘旋、侦察，最后下定狠心，扑腾着翅膀自空而下，向公鸡扑去，却又难以叼走。结果，翅膀挂到了网眼上，滑子一动，整个网就"刷拉"一声全部罩了下来，把苍鹰实实地扣住。

苍鹰的脾性非常暴躁，任你怎样拴缚，也要乱闯乱撞，弄得头破血出，还常常一两天绝食、拒饮。待到苍鹰饿得没有多少力气了，"二混混"便开始施展他的驯化功夫。先喂它香喷喷的"热食",主要是活鸡活兔,任它吃饱喝足,满足其贪馋无度的欲望,使它觉得比在自由状态下吃得更好。这样一连喂上几天,鹰的体重显著增长,此后就开始折腾它了。

第一步,像填鸭那样,掰开老鹰的嘴,往里面生塞硬填。但填鸭用的是玉米面、高粱面,而填鹰用的是线麻或苘麻做成的小手指头般大小的"麻花",填进去不能消化,结果是越填越瘦。每次填三四个,两个钟头后再扯出来,上边沾满了带血痕的黄色油脂。一连填上几次,再喂它一点用水浸过的兔肉等解饿而不产生脂肪的食物。然后,再往里硬填"麻花",再一个个扯出,直到见不到丝毫油脂为止。这时候的苍鹰已经瘦得皮包着骨头。

然后开始第二步——"熬神"。连续几个昼夜,不让老鹰闭眼睡觉,两个人换班守着,发现它闭眼了就立刻弄醒。就这样,饥不得食,困不能睡,再猛鸷的雄鹰最后也都"精神崩溃"了,变得驯顺无比,服服帖帖地听人摆布,而且,飞出去之后,能够听从主人调遣,及时返回。这是"驯心"取得成功的主要标志。

驯鹰第三步,叫"抓生"。找来一只活兔或者活鸡,把它的一条腿折断(勉强能跑,但跑不快),放在老鹰面前,让它去捕捉,抓住了就任它饱餐一顿,以示鼓励。然后,再把它拴在架上,狠狠地饿上几天,只给一些水浸过的兔肉,暂可充饥却得不到餍足。这样,它就会时刻想念着前日捕食鸡、兔后的美餐享受,盼望着早日出击,以博一饱。到这种程度,"熬鹰"的任务算是全部完成,只等着上市向玩鹰带犬的富绅或者猎户出售了。

看来,人也真是够残酷、可怕的。在一只苍鹰身上,竟然使出这么多狠毒的心计,而要驯服一条猛虎呢,还不知要施展何等毒辣手段,使出什么样的浑身解数,更不要说对付"万物之灵"的人,对付"人中之英"——知识分子了。其实,只要仔细地剖析一番清朝统治者对付封建士子(换句话说,就是炮制奴才)的不二法门,就会发现,其手段与驯虎、熬鹰极其相似。招法千变万化,但万法归一,都是在"驯心"二字上做文章,都是"大棒加胡萝卜",屠杀、高压与利诱、笼络相结合。

清朝皇帝对于广大知识分子(主要是汉族士人),有一套高明的策略,最基本的手段就是设饵垂钓,通过开科取士,使广大读书士子堕入功名利禄的圈套。规定先要取得秀才资格,然后,再参加三年一次的乡试(又叫秋闱),考中了的成为举人。这是科举考试中一个十分重要的环节。许多人就是卡在这个关口上,蹭蹬终生,不得出人头地。取得举人资格后,再进京赶考,参加三年一次的会试(亦称春闱)。九天时间,共考三场,命中率达不到十分之一。通过会试,有望取得进士的称号。这样,才有做官资格。一个

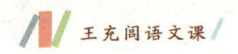

人从考中秀才到考取进士,没有几十年工夫是过不来的。因此,百岁老人、九十几岁才考中举人、进士的,并非特例。乾隆时代,有个老书生谢启祚,屡试不第,直到九十九岁才侥幸中举。他写了一首自嘲诗,以老处女自喻,抒写考中举人之后百感交集的心情:

> 行年九十九,出嫁弗胜羞。
> 照镜花生面,光梳雪满头。
> 自知真处女,人号老风流。
> 寄语青春女,休夸早好逑!

由于官职得来艰难,这些封建官吏便视之如命,唯恐失去。结果,许多人只好"十分精神,三分办事,七分奉上",唯恐稍有疏怠,前功尽弃。正如清代著名思想家龚自珍所尖锐指出的:虽有耆寿之德,老成之典型,亦足以为新进之楷模,但往往因阅历已深,顾虑重重,畏葸惧事,以致尸位素餐,玩忽职守,整天懒懒散散混日子,更不肯自动请求去官,直到老死为止。而那些埋没下层,无缘得进的英才奇士,却不能直接取而代之,照例要循官阶、按资格,一步一步地往上蹭。这就是当时有用之才奇缺的根本原因。

对于读书士子,清代统治者施行的另外还有几种策略:

——不时发出严厉制裁的信号,大兴文字狱,毫不留情地惩治、打击那些心存异念的桀骜不驯者；

——寓监视、牢笼于纂述，组织大批学者纂修《四库全书》，编撰《明史》，把他们集中到皇帝眼皮底下，免得一些人化外逍遥，聚徒结社，摇唇鼓舌，散布消极影响；

——整合思想，提倡程朱理学，推行八股制艺，扼杀读书人的个性，禁锢性灵，加重道德约束力。

有件小事，颇堪耐人寻味。一天，顺治帝向弘文院大学士陈名夏发问：中国历代帝王以谁为最好？陈名夏按照通常的评价标准，答说是唐太宗。顺治帝一个劲儿地摇头，说：不对，明太祖才是最好的。这使陈名夏大感意外，但稍加思索也就懂得了，朱元璋通过严刑峻法包括可怕的文字狱，建立了牢固的大明一统政治，实现了对于读书士子有效的思想钳制。这是清朝统治者所拳拳服膺的。

其实，朱元璋也是"药方长贩古时丹"，真正拥有这项专利权的，是战国时期思想家韩非。此人智算超群，以专门为帝王提供对付"游士"的权术见长。他有一句十分警策的话，为历代统治者所心仪：驯服那种凶鸷的乌鸦，要把它翅膀的下翎折断，这样，它就必须依恃人的饲养而得食，自然就驯顺了。他还率先提出严惩隐逸之士，认为古时的许由、务光、伯夷、叔齐之流，都是一些不听命令、不供驱使的"不令之民"，很难对付，赏之、誉之，不为所动，处罚、诋毁，也不感到畏惧。这四种通行手段在他们面前全都失效。怎么办？干脆杀掉！后世不少君主都曾接受过韩非的衣钵，明太祖与清初帝王乃其尤者。

清代开始于顺治一朝的文字狱，延续到康熙、雍正、乾隆三朝，步步升级，愈演愈烈。只要发现思想、言论上有越轨的，不管有意无意，或重或轻，立即处以重罪，立斩、绞杀、寸磔，甚至祸延九族，已死的还要开棺戮尸。乾隆帝在位期间，共兴文字狱七十余起。许多读书士子因为片言只字，招致身死族灭。一时，阴风飒飒，杀气森森，朝野上下到处充满了血腥味。"避席畏闻文字狱"，确是最典型的概括。

了解这些事实，是十分紧要的。鲁迅先生就曾说过，倘有心人将有关史料加以收集成书，则不但可以使我们看见统治者那策略的博大恶辣，手段的惊心动魄，还可以因此明白，我们曾经"怎样受异族主子的驯扰，以及遗留至今的奴性的由来"。

四

为了看清那些儒生是如何跳进清朝主子设下的"坑陷天下聪明才力之士"的陷阱，并进而适应那种牢笼式的文化环境，一步步地失去自我，养成奴性，不妨接触一下清代小说《儒林外史》中的一些人物：

老童生周进已经六十多岁了，一辈子苦读诗书，最后考到胡子花白，却连个秀才也不曾做得。为了找个活路，只好充当私塾先生。这天，正逢举人王惠来到学堂避雨，那副威风凛凛、目空一切的派头，吓得周老头大气都不敢出，只是一个劲地打躬作揖，自称"晚生"，逢迎凑趣。待到举人老爷用过丰盛的晚餐，大快朵颐之后，他才默默地用一碟老菜叶、一壶热水下了晚饭。次日起床，还得昏头昏脑地扫那满地的鸡骨头、鱼刺、瓜子壳。

　　这个日夜想望着爬上科举高梯而不得的可怜虫，终于有一天来到了省城，走进贡院门口，看到了做梦都想进去的考生答卷的号舍。一时百感交集，满怀凄楚，长叹一声，便一头撞在号板上，直僵僵不省人事。被人灌醒了以后，又连续猛撞号板，满地打滚，直哭得口里吐出鲜血来。倒是几个商人动了恻隐之心，答应出钱替他捐一个监生资格，以便可以同秀才一起临场赴试。他一听，竟然不顾廉耻地爬到地上磕了几个响头，说："若得如此，便是重生父母，我周进变驴变马，也要报效！"

　　还有一个范进，从二十岁考到五十四岁才侥幸取得资格，又跑到省城去考举人，回转来，家里已是两三天没有揭锅了。正当他抱着一只母鸡在街上叫卖时，一个邻居飞奔而来，告诉他"已经高中了"。起初他还不敢相信，待至回到家中见报帖已经升挂起来，一时悲喜交加，空虚脆弱

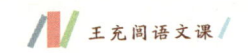

的神经再也经受不住这突如其来的狂潮起落,竟至达到精神崩溃的地步:

> 自己把两手拍了一下,笑了一声道:"噫!好了!我中了!"说着,往后一跤跌倒,牙关咬紧,不省人事。老太太慌将几口开水灌了过来。他爬将起来,又拍着手大笑道:"噫!好!我中了!"笑着,不由分说,就往门外飞跑,把报录人和邻居都吓了一跳。走出大门不多路,一脚踹在塘里,挣起来,头发都跌散了,两手黄泥,淋淋漓漓一身的水,众人拉他不住,拍手笑着,一直走到集上去了。众人大眼望小眼,一齐道:"原来新贵人欢喜疯了。"

吴敬梓笔下的两个儒生佯狂失据、洋相百出的丑态,在实际生活中也是屡见不鲜的。清代顺德县有个名叫梁九图的秀才,乡试之后,觉得自己的卷子答得十分出色,心中有些洋洋自得。发榜的前一天,他把梯子架在贡院的墙上,准备到时候登高看榜。

旧例:乡试填榜习惯从第六名填起,填完后座主退下休息,最后再回过头来补填前五名。梁九图看到座主已经退下,以为是全部填写完了,便赶忙登梯去看,却没有发现自己的名字,再看一遍,还是没有,不禁意冷心灰,嗒然若丧。又加上长时间跨梯登高,有些头昏眼晕。这时,突然听到下面有人唱名:"第一名,梁九图!"心中转悲作喜,竟然手舞足蹈起来,完全忘记了自己是架在半空中,结果掉在了墙下。家人赶忙过去搀扶,已经摔成了残废。

蒲松龄在《聊斋志异·王子安》中,写了类似情景。东昌名士王子安"困于场屋",入闱后,"期望甚切,近放榜时,痛饮大醉",眼前浮现出考中举人、进士以及殿试翰林的种种幻象,遭到了妻子、儿女的嘲笑。聊斋先生生动形象地揭露了,封建士子在名缰利锁羁绊下,灵魂所遭受的腐蚀和扭曲,控诉了科举制度对于人性的摧残。最后还通过"异史氏曰",更加淋漓尽致地刻画出这种科场的悲剧:

> 秀才入闱,有七似焉:初入时,白足提篮,似丐。唱名时,官呵隶骂,似囚。其归号舍也,孔孔伸头,房房露脚,似秋末之冷蜂。其出场也,神情惝恍,天地异色,似出笼之病鸟。迨望报也,草木皆惊,梦想亦幻。时作一得志想,则顷刻而楼阁俱成;作一失意想,则瞬息而骸骨已朽。此际行坐难安,则似被絷之猱。忽然而飞骑传人,报条无我,此时神情猝变,嗒然若死,则似饵毒之蝇,弄之亦不觉也。初失志,心灰意败,大骂司衡无目,笔墨无灵,势必举案头物而尽炬之,炬之不已,而碎踏之;

> 踏之不已,而投之浊流。从此披发入山,面向石壁,再有以且夫尝谓之文进我者,定当操戈逐之。无何,日渐远,气渐平,技又渐痒;遂似破卵之鸠,只得衔木营巢,从新另抱矣。
>
> 如此情况,当局者痛哭欲死,而自旁观者视之,其可笑孰甚焉。

吴、蒲两位文学大师笔下的这些可怜的举子,之所以会造成这种可悲的处境,说来和圈中的驯虎、架上的笼鹰有些相似。司马迁说过:"猛虎在深山,百兽震恐;及在槛井之中,摇尾而求食,积威约之渐也。""约"字为文中之眼。正由于它们的威严受到制约,日渐积累,才造成这种心态的变化。无论是志行高骞的封建士子,还是咆哮长林的山中大王、搏击苍空的鹰隼,在长时期的圈养过程中,自由被剥夺了,天性被戕残了,心态被扭曲了,一句话,经历艰苦的"驯心"磨炼,最后,都习惯于这种虽生犹死的屈辱生涯,服服帖帖地跟着主子的指挥棒转。

所不同的是,猛虎入槛、苍鹰上鞲,都是自身无奈,迫不得已,是由多舛的命运把它们抛入悲惨境地的;而周进、范进、王子安者流,则是为了显亲扬名、立德立功而自投罗网,心甘情愿地觅饵吞钩。因而,其可鄙、可怜、可悲,自是更进一层。当然,在"哀其不幸,怒其不争"的同时,我们也应该来个刨根问柢：这悲惨的结局究竟是怎么造成的？"孰实为之？孰令致之？"

五

知识者理应是思想者。专业知识、技能之外，还应具备社会批判精神和心灵的自由度。而我国封建社会中的士人，更多的却是奉行儒学传统的修齐治平、立功名世，因而，他们多是专制制度下炮制出来的精神侏儒。

在两千多年漫长的封建社会中，士是一个特殊的阶层。作为民族的灵魂与神经，道义的承担者，文化的传承者，他们肩负着阐释世界、指导人生、推动社会进步的庄严使命。可是，封建社会却没有先天地为他们提供应有的地位和实际政治权力。若要获取一定的权势来推行自己的主张，就必须解褐入仕，并取得君王的信任和倚重；而这种获得，必须以丧失思想独立性、消除心灵自由度为其惨重的代价。即是说，他们参与社会国家管理的过程，实际上就是驯服于封建统治权力的过程，最后，必然形成普泛的依附性，而完全失去自我，"民族的灵魂与神经"更无从谈起。这是一个"二律背反"式的难于破解的悖论。

如果有谁觉得，这样只能用划一的思维模式来思考问题，以钦定的话语方式"代圣贤立言"，未免太扭曲了自己，丧失了独立人格,想让脑袋长在自己的头上,甚至再"清高"一下,像李太白那样,摆一摆谱儿:"长安市上酒家眠,天子呼来不上船",那就必然也像那个狂放的诗仙那样,砸了饭碗,而且,可能比诗仙的下场更惨——丢掉"吃饭的家伙"。

唐代诗人柳宗元有句云:"欲采蘋花不自由"。已故著名学者陈寅恪,作为自由知识分子的代表,反其意而用之,改作"不采蘋花即自由",显示他的另一种人生选择,另一种生存状态。然而,谈何容易,即便自愿"不采蘋花",自由恐怕也是难于得到的。

较之其他任何朝代,清代的政治、思想专制,要严酷得多,惨烈得多。有清一代二百余年,盛世自不必说,即使朝政糜烂的晚期,也没有发生过一起满汉官员叛乱的事件,所谓"只有叛民,而无叛官"。即此,足以看出清朝统治者"治术"的高明。这样的专制社会越持久,专制体制越完备,专制君主越"圣明",那些降志辱身的封建士子的人格,就越是萎缩,越是龃龉。难怪有人说,专制制度是孕育奴才的最佳土壤。明乎此,就可以理解:在封建社会中,何以无数智能之士,一经跻身仕宦,便都"磨损胸中万古刀",泯灭个性,模糊是非,甚至奴性十足了。

而且,奴才的代价很低,只要甘心付出不值多少钱的尊严,肯于交出自由思考的权利,便可以飞黄腾达,获得一切。奴才的门槛儿也不高,任何人都可以迈过去。没有头脑、没有才干不要紧，重要的是"听话"。要善于迎合，学会服从，能够揣摩主子意旨，"终日不违如愚"。对于任何独裁者、专制者，这都是最舒服、最惬意的。他们可以从百依百顺的下属身上，获得一种胜利感、安全感、荣誉感。

史载，康熙皇帝素以骑术专精自诩，一次出郊巡游，坐骑受到惊吓，突然尥起了蹶子，奔突腾跃不止，到底将他掀了下来，使他在众人面前丢了面子，心里觉得特别窝囊。随从大臣高士奇见此情状，立刻偷偷地跑到污水坑旁，滚上一身臭泥，然后，踉踉跄跄，走到康熙面前。皇帝被这副狼狈相逗笑了。高士奇随即跪奏道："臣拙于骑技，刚一跨上马鞍就掉了下来，正巧跌落在臭泥坑里。适才听说皇上的马受惊了，臣未及更衣，便赶忙过来请安。"一副奴才丑态，令人作呕。可是，康熙皇帝听了，却龙颜大悦，哈哈大笑说："你们这些南方人（高为浙江人）啊，竟然懦怯到这种地步，连匹烈马也摆布不了！你看，我这匹马该有多么厉害呀，尥了半天蹶子，也没能把我怎么样。"从此，便对高士奇宠信有加，经常同他一起研习书画，竟至形影不离。

原来，奴才如同主子肚里的蛔虫，主子心里有什么想法，即使是十分隐秘的，他们也都能琢磨得一清二楚；关键时刻，能够不失时机、恰到好处、天衣无缝地先意承旨，谄媚逢迎。史料上记载，高士奇为了讨好康熙皇帝，争得信任，特别注意笼络那些宫廷内侍，经常向他们详细询问：皇帝近日在读哪些书？都关注一些什么事情？然后就回去预先做好准备，以备答问。对于这种"遥体圣衷"、媚上取宠的卑劣行径，他不以为耻，反而引为荣耀，洋洋自得，就是说，优越感已经压倒了耻辱感，表现出典型的"奴才心态"。

当然，也还有一些坚贞之士是不肯俯首就范的。黄宗羲、顾炎武等大学者把人格独立看得至高无上，重于功名利禄，甚至重于生命，立志终身不仕，潜心著述，粹然成为一代宗师。黄宗羲在《明夷待访录》中猛烈鞭挞封建君主专制，断言"为天下之大害者，君而已矣"。明确指出，专制王朝的法律是帝王一家之法，非天下之法；法乃天下之公器，应该以天下之法取代一家之法。这比法国启蒙思想家孟德斯鸠在《法意》中论述近代资产阶级民主与法制，大约提前一个世纪左右。

康熙年间，陕西有个李二曲，抱定"宁愿孤立无助，不可苟同流俗；宁愿饥寒是甘，不可向人求怜"的志概，称病在家，不去应试博学鸿词，官吏一再催逼，他便以拔刀自裁相威胁，只好作罢。后来，干脆把自己反锁屋中，"凿壁以通饮食"，不与任何人见面，朝廷也拿他没有办法。山西的傅青主不肯赴京应试，官员们让役夫抬着他的卧床前往，到了京师，拒不进城，硬被塞进轿子抬着入朝，他仍是不肯出来叩见皇上，被人强行拉出，一跤跌倒，权作伏地谢恩，最后只好放回。接下来，还有蒲松龄、郑板桥、曹雪芹等文坛巨擘，有的根本就不买这个账，不咬这个钩；有的进到圈子里来，晃了一圈，打个照面，又"遛之乎也"。

但遗憾的是，在茫茫史影中，这种灿若星辰的坚贞之士，终属凤毛麟角；而更多的则是庸才、驽才，甚至是寡廉鲜耻的奴才。这是社会制度与艰难时势使然，不必苛责于前人的。

2003 年

寂寞濠梁

一

从小我就很喜欢庄子。

这里面并不包含着什么价值判断,当时只是觉得那个古怪的老头儿很有趣儿。庄子是一个名副其实的"故事大王",他笔下的老鹰、井蛙、蚂蚁、多脚虫、龟呀、蛇呀、鱼呀,都是我们日常所能接触的,里面却寓有深刻的人生哲理。他富有人情味,渴望普通人的快乐,有一颗平常心,令人于尊崇之外还感到几分亲切。

不像孔老夫子,被人抬到了吓人的高度。孔夫子是圣人,他的弟子属于贤人一流。连他们都感到,这位老先生"仰之弥高,钻之弥深,瞻之在前,忽然在后",带有一种神秘感,说"夫子之墙数仞,不得其门而入",我们这些庸常之辈就更是摸不着门了。老子也和庄子不一样,"知雄守雌,先予后取",可说达到了众智之极的境界。但一个人聪明过度了,就会给人权谋、狡狯的感觉；而且，一部《道德经》多是为统治者立言，毕竟离普通民众远了一些。

若是给这三位古代的哲学大师来个形象定位，我以为，孔丘是被"圣化"了的庄严的师表，老聃是智者形象，庄周则是一个耽于狂想的哲人，当然也是一个浪漫派诗人。

老子也好，孔子也好，精深的思想，超人的智慧，只要认真地去钻研，都还可以领略得到；可是，他们的内心世界、个性特征，却很不容易把握。这当然和他们的人格面具遮蔽得比较严实，或者说，在他们的著作中自身袒露得不够，有直接关系。特别是老子，五千言字字珠玑，可是，除去那些"微言大义"，其他就"无可奉告"了。

庄子却是一个善于敞开自我的人。尽管两千多年过去了，可是，当你打开《庄子》一书，就会觉得一个鲜活的血肉丰满的形象赫然站在眼前。他的自画像是："思之无涯，言之滑稽，心灵无羁绊。"他把生活的必要削减到了最低的程度，住在"穷闾陋巷"之中，瘦成了"槁项黄馘"，穿着打了补丁的"大布之衣"，靠打草鞋维持生计。但他在精神上却是万分富有的，他"独与天地精神相往来"，万物情趣化，生命艺术化。他把身心的自由自在看得高于一切。

他厌恶官场，终其一生只做过一小段"漆园吏"这样的芝麻绿豆官。除了辩论，除了钓鱼，除了说梦谈玄，每天里似乎没有太多的事情可干。一有空儿就四处闲游，"乘

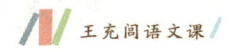

物以游心",或者以文会友,谈论一些不着边际的看似无稽、看似平常却又富有深刻蕴涵的话题。

一天,庄子和他的朋友惠施一同在濠水的桥上闲游,随便谈论一些感兴趣的事儿。

这时,看到水中有一队白鱼晃着尾巴游了过来。

庄子说:"你看,这些白鱼出来从从容容地游水,这是鱼的快乐呀!"

惠施不以为然地说:"这就怪了,你并不是鱼,怎么会知道它们的快乐呢?"

庄子立刻回问一句:"若是这么说,那你也不是我呀,你怎么会知道我不晓得鱼的快乐呢?"

惠施说:"我不是你,当然不会知道你了;你本来就不是鱼,那你不会知道鱼的快乐,理由是很充足的了。"

庄子说:"那我们就要刨刨根儿了。既然你说'你怎么知道它们的快乐',说明你已经知道我晓得了它们,只是问我从哪里知道的。从哪里知道的呢?我是

选入教材:

中学生阅读文选
高中二年级用
2001年
山东教育出版社

从濮水之上知道的。"

还有一次，庄子正在濮水边上悠闲地钓鱼，忽然，身旁来了两位楚王的使者。他们毕恭毕敬地对庄子说：

"老先生，有劳您的大驾了。我们国王想要把国家大事烦劳您来执掌，特意派遣我们前来请您。"

庄子听了，依旧是手把钓竿，连看他们都没有看一眼，说出的话也好像答非所问：

"我听说，你们楚国保存着一只神龟，它已经死去三千年了。你们的国王无比地珍视它，用丝巾包裹着，盛放在精美的竹器里，供养于庙堂之上。现在，你们帮我分析一下：从这只神龟的角度来看，它是情愿死了以后被人把骨头架子珍藏起来，供奉于庙堂之上呢？还是更愿意像普通的乌龟那样，在泥塘里快快活活地摇头摆尾地随便爬呢？"

两位使者不假思索地同声答道："它当然愿意活着在泥塘里拖着尾巴爬了。"

庄子说："说的好，那你们二位也请回吧。我还是要好好地活着，继续在泥塘里拖着尾巴爬的。"

你看，庄子就是这样，善于借助习闻惯见的一些"生活琐事"来表述其深刻的思想。他的视听言动，以及人生观、价值观，都在《庄子》一书中得到了充分的展示。虽说"寓言十九"，但都切近他的"诗化人生"，活灵活现地画出了一个超拔不羁、向往精神自由的哲人形象，映现出庄子的

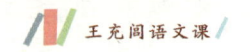

纵情适意、逍遥闲处、淡泊无求的情怀。

就这个意义上说，前面那两段记述是很有代表性的。后来，人们就把它概括为"濠梁之思"。而在崇尚超拔的意趣、虚灵的胸襟的魏晋南北朝人的笔下，还有个更雅致的说法，叫作"濠濮间想"。

典出南朝宋刘义庆的《世说新语》：晋简文帝到御花园华林园游玩，对左右侍从说，"令人领悟、使人动心之处不一定都在很远的地方，你们看眼前这葱葱郁郁的长林和鲜活流动的清溪，就自然会联想到濠梁、濮水，产生一种闲适、恬淡的思绪，觉得那些飞鸟、走兽、鸣禽、游鱼，都是要主动地前来与人亲近。"原文是：

> 简文入华林园，顾谓左右曰：会心处不必在远，翳然林水，便自有濠濮间想也，觉鸟兽禽鱼自来亲人。

东坡居士曾有"乐莫乐于濠上"的说法，可见，他对这种体现悠闲、恬淡的"濠濮间想"，是极力加以称许并不懈追求的。只是，后人在读解"乐在濠上"和"濠濮间想"时，往往只着意于人的从容、恬淡的心情，而忽略了"翳然林水"和"鸟兽禽鱼自来亲人"这种物我和谐、天人合一的自然环境。

作为赋性淡泊、潇洒出尘的庄周与苏轼，认同这种情怀，眷恋这种环境，应该说，丝毫也不奇怪。耐人寻味的是，素以宵衣旰食、劬劳勤政闻名于世的康熙皇帝，竟然也在万机之暇，先后于京师的北海和承德避暑山庄分别修建了"濠濮间"和"濠濮间想"的同名景亭，反映出他对那种淡泊、萧疏的闲情逸致和鱼鸟亲人的陶然忘机也持欣赏态度。这是否由于他久住高墙深院，倦于世网尘劳，不免对林泉佳致生发一种向往之情，所谓"久在樊笼里，复得返自然"呢？

据唐人成玄英的《庄子》注疏，濠梁在淮南钟离郡，这里有庄子的墓地，后人还建了濠梁观鱼台。其地在今安徽凤阳临淮关附近。去岁秋初，因事道经凤阳，我乘便向东道主提出了寻访庄、惠濠梁观鱼遗址的要求，想通过体味两位古代哲人观鱼论辩的逸趣，实地感受一番别有会心的"濠濮间想"。

没料到，这番心思竟引发了他们的愕然惊叹。他们先问一句："可曾到过明皇陵和中都城？"看我摇了摇头，便说，这两大名城胜迹都在"濠梁观鱼"附近，失之交臂，未免可惜。

看得出来，朋友们的意思是：抛开巍峨壮观、享誉中外的风景热线不看，却偏偏寄情濠上，去寻找那类看不见、摸不着的虚无缥缈的东西，岂不是"怪哉，怪哉！"为了不辜负他们的隆情盛意，首先安排半天时间，看了这两处明代的古迹。

二

原来,凤阳乃明朝开国皇帝朱元璋的家乡,又是他的龙兴故地。因此,在这里随处可见这位"濠州真人"的龙爪留痕。街头充斥着标有"大明""洪武"字样的各种店铺的广告、招牌;甚至菜馆里的酿豆腐都注明当年曾是朱皇帝的御膳。还有凤阳花鼓,更是名闻遐迩,不容小视。

听说,朱元璋虽然平素并不喜欢娱乐,却于故乡的花鼓戏情有独钟,自幼就喜欢哼哼几句。位登九五之后,凤阳的花鼓队曾专程前往帝都金陵祝贺。皇上看了,乐不可支,特颁旨令:"一年三百六十天,你们就这么唱着过吧!"这些人得了圣旨,自是兴高采烈,一年到头唱个没完,结果,人们都不再肯去出力种地。特别是由于连年修皇陵、建都城,劳役繁兴,造成土地荒芜,黎民无以为生。于是,花鼓戏最后唱到了皇帝老倌头上:

说凤阳,道凤阳,凤阳本是好地方。
自从出了朱皇帝,十年倒有九年荒。
大户人家卖骡马,小户人家卖儿郎。
奴家没有儿郎卖,身背花鼓走四方。

这里就牵涉到两处工程浩巨的"皇帝项目":一是明代

初年的中都城，一是朱元璋为其父母修建的皇陵。

朱元璋早在正式称帝之前，即尚在吴王位上，就命令刘伯温卜地择吉，建新宫于金陵钟山之阳，都城周长达五十余里。两年后即皇帝位，定鼎应天府，是为南京。不久，却又改变了主意，觉得虽说金陵为帝王之州，钟阜龙蟠，石城虎踞，但其地偏于一隅，对控制全国政局特别是征抚北方不利；因而圣驾亲临开封巡幸，准备在那里建都，作为北京。后经反复比较，仔细勘察，认为开封虽然从战国到北宋多次做过帝都，但是，经过长期战乱，城内生民困顿，人烟稀少，而且四面受敌，无险可守，也不是很理想的地方，于是打消了迁都于此的念头。第二年，朱元璋又就这一悬而未决的问题召集群臣计议，最后拍板定案，在家乡凤阳建都，是为中都城。

据史料记载，修建中都城整个工程大约动用工匠九万人，军士十四万人，民夫四五十万人，罪犯数万人，移民近二十万人，加上南方各省、府、州、县和外地卫、所负责烧制城砖的工匠、军匠，各地采运木料、石材、供应粮草的役夫，总数达百万之众。至于耗费的资财，已无法统计。经过六年的苦心经营，各项主体建筑已经基本完成。但是，就在即将竣工的前夜，由于各方面怨声载道，众谋臣一再进谏，为了不致激起民变，朱元璋才以"劳费"为由下令中止。经过六百多年的沧桑变化，而今城池、宫阙已经多半倾圮。但是，登高俯瞰，依然可以感受到它的气象的闳阔和宫观的壮伟。

皇陵工程也是在洪武二年始建的，历时九年完成。主要建筑有皇城、砖城、土城三道。皇城周长七十五丈，内有正殿、金门、廊庑、碑亭、御桥、华表和位于神道两侧长达二百五十多米的石雕群像；砖城、土城周长各为三公里和十四公里。现在，石雕群基本完好，刻工精细，壮丽森严，表现了明初强盛时期的恢宏气魄和劳动人民的高度智慧。

历史留给后人的，毕竟只是创造的成果，而不是血泪交迸的创造过程。尽管当时的异化劳动是非人的，但异化劳动的成果却可以是动人的；在这里，劳动者创造的辉煌昭昭地展现出来，而辉煌的背后却掩饰了反动统治者的暴政与凶残的手段。作为文物，自有其不朽价值；可是，就个人兴趣和思想感情来说，我却觉得嗒然无味。

说句心里话，对于明太祖朱元璋，我一向没有好感。这当然和他是一个阴险毒辣、残酷无情的政治角色有直接关系。他是一个典型的实用主义者，对人对事都是如此。眼下对我有用，眼下我觉得有用，三教九流、鸡鸣狗盗之徒我都兼容并蓄；一朝觉得你构成了威胁，不管是谁，照杀不误。他在位三十一年间，先后兴动几起大狱，牵连了无数文武臣僚，被诛杀者不下四五万人。大案之外，与他共同开基创业并身居显位的一代功臣名将，或被明令处置，或遭暗中毒害，除了主动交出兵权首先告老还家的信国公汤和等个别人，其余的都没有得到善终。

号称"开国功臣第一"的徐达也是濠州人，故里就在濠梁附近。自幼就跟随朱元璋身经百战，出生入死，曾经九佩大将军印，刚毅勇武，功高盖世，先后封信国公、魏国公，并和皇上作了儿女亲家。太祖曾赞誉他："受命出征，成功凯旋，不骄不夸，不近女色，也不取财宝，正直无瑕，心昭日月。"因为他功劳大，太祖要把自己当吴王时的旧宫赐予他，徐达固辞不受。有一次，他们一起饮酒，醉后，太祖叫人把他抬到自己的御榻上，徐达醒后吓得连连请罪。以后，太祖又对他进行过多次试探，表明其提防之严，猜忌之深。

这更加重了徐达的心理负担，整天紧张惶悚，有临深履薄之惧，以致气郁不舒，渐成痈疽。经过一年调治，病势逐渐好转。突然传来圣旨：皇上赐膳问安。家人打开食盒一看，竟是一只蒸鹅，徐达登时泪流满面。原来，太医早就告诫：此为禁食之物，否则命将不测。但是，君命难违，只好含悲忍泣吞食下去，几天后终于不起。

清代著名史学家赵翼说，明太祖"借诸功臣以取天下，及天下既定，即尽举取天下之人而尽杀之，其残忍实千古所未有"。为什么要这样做？雄猜嗜杀，固其本性，但主要还是出于巩固"家天下"的政治需要。

据查继佐《罪惟录》载，明初，太子朱标不忍心看着众多功臣受戮,苦苦进谏,太祖沉吟不语。第二天,把太子叫过去,让他把一根浑身带刺的枣枝用手举起来,朱标面有难色。于是,太祖说道:"这满是棘刺的树枝,你是无法拿起来的。我现在正在给你削掉棘刺,打磨光滑,岂不是好?"

一席私房话,和盘托出了太祖的机心:为了朱家王朝的"万世一系",不惜尽诛功臣,以绝后患。结果杀得人人心寒胆战,不知命丧何时。在这种极度残酷的血雨腥风中,皇权看似稳定了,皇室独尊的威势也建立了起来,但国脉、民气已经大大斫丧,人心也渐渐失去了。

明朝开国功臣许多都是朱元璋的同乡,他们来自淮西,出身寒苦,后来饱尝胜利果实,构成了一个实力雄厚的庞大的勋贵集团,所谓"马上短衣多楚客,城中高髻尽淮人"。这些能征惯战、功高震主的开国勋戚,自幼羁身戎幕,出入卒伍之间,一意血战疆场,没有接受知识文化、研习经史的条件。尽管靠近庄子的濠梁观鱼台,但我敢断言,不会有谁关注过什么"濠濮间想",也不懂得庄子讲过的"膏火自煎"(油膏引燃了火,结果反将自己烧干)、"山木自寇"(山木做成斧柄,反倒转来砍伐自己)的道理。他们的头脑都十分简单,最后在政治黑幕中扮演了人生最惨痛的悲剧角色,照旧也是懵里懵懂,糊里糊涂。

司马迁在《史记》中曾记下了这样一件事:楚王听说

庄子是个贤才，便用重金聘他为相。庄子却对使者说："你看到过祭祀用的牛吗？平日给它披上华美的衣饰，喂的是上好的草料，等到祭祀时就送进太庙，作为牺牲把它宰掉。到那时候，牛即使后悔，想作个孤弱的小猪崽，还能做得到吗？"

历史是既成的事实，不便假设，也无法假设；但后来者不妨做某些猜想。假如那些身居高位，享禄万钟，最后惨遭刑戮的明初开国功臣，有机会读到庄子的这番话，那又该是怎样一种滋味涌上心头呢？

三

皇城与濠上，相去不远，却划开了瑰玮与平凡、荣华与萧索、有为与无为、威加海内与潇洒出尘的界限，体现了两种截然不同的意蕴与情趣。

遥想洪武当年，金碧辉煌的皇陵、帝都，该是何等壮观，何等气派。与之相较，庄子的濠上荒台，冢边蔓草，却显得寂寞清寒，荒凉破败，而且恍兮忽兮，似有若无。但是，就其思想价值的深邃和美学意蕴的丰厚来说，二者也许不可同日而语。所以，尽管当地朋友一再说，两千多年过去了，时移事异，陵谷变迁，有关庄子的遗迹怕是什么也没有了，看了难免失望，可是，我却仍然寄情濠上。

我觉得，作为一种艺术精神，它的生命力是恒久的。庄子的思想，也包括"濠濮间想"之类的意绪，属于隐型文化，它与物质文明不同。它的魅力恰恰在于能够超越物象形迹，不受时空限隔。比如庄、惠濠梁观鱼的论辩中所提出的问题，看起来似乎十分简单，实际上却涉及认识方法、逻辑思维、艺术哲学、审美观念等多方面的重要课题，同时也把两位大哲学家的情怀、观念和性格特征鲜明地表现了出来。

庄子是战国时人，大约出生于公元前369年，卒于公元前286年，享年八十三周岁，属于上寿。要论他的才智，在当时弄个一官半职，混些功名利禄，可说是易如反掌的。无奈他脾气过于古怪，始终奉行他的"不为有国者所羁"的清虚无为的立身哲学，也看不惯官场的钻营奔竞、尔虞我诈的污浊风气，因而穷困了一生，寂寞了一生。

也正因为这样，他才能对当时黑暗的现实保持清醒的认识，才敢于呼号，敢于揭露，无所畏惧。因而，他的生活也是自由闲适、无住无待的，正如他自己所言，"就薮泽，处闲旷，钓鱼闲处，无为而已矣"。濠梁观鱼，正是他的这种闲适生活的真实写照。

要之，"濠濮间想"，有赖于那种悠然忘我的恬淡情怀和幽静、孤寂的心境。这种情怀和心境，不要说雄心勃勃、机关算尽的朱元璋不可能拥有，就连敏于事功、多术善辩，整天奔走于扰攘红尘中的惠施，也如隔重城，无从体认。

惠施是庄子最亲密的朋友，也是他的最大的论敌。论才学，庄、惠可说是旗鼓相当，两个人有些思想也比较相近；但就个性、气质与价值取向来说，却是大相径庭的。因此，他们走到一处，就要争辩不已，抬起杠来没完。一部《庄子》，记下了许多直接或间接批驳惠子的话。但是，由于他们是"对事不对人"的，因而，并未妨碍彼此成为真诚的朋友。惠子病逝，庄子前往送葬，凄然叹息说："先生这一死，我再也没有可以配合的对手了，再也没有能够对话的人了！"他感到无限的悲凉、孤寂。

当然，他们的分歧与矛盾还是特别鲜明的。《庄子·秋水》篇记下了这样一个故事：惠子做了梁国的宰相，庄子打算去看望他。有人便告诉惠子："庄子此行，看来是要取代你老先生的相位啊。"惠子听了很害怕，就在国内连续花了三天三夜搜寻庄子。到了第四天，庄子却主动前来求见，对惠子说：南方有一种鸟叫鹓雏，它从南海飞到北海，一路上不是梧桐不栖止，不是竹实不去吃，没有甘泉它不饮。当时，飞过来一只猫头鹰，嘴里叼着一只腐烂的老鼠，现出沾沾自喜的样子。忽然发现鹓雏在它的上方飞过，吓得惊叫起来，唯恐这只腐鼠被它夺去。现在，你是不是也为怕我夺取你的相位而惊叫呢？

另据《淮南子·齐俗训》记载，一次，庄子在孟诸垂钓，恰好惠子从这里经过，从车百乘，声势甚为煊赫。庄子看了，十分反感，便连自己所钓的鱼都嫌多了，一齐抛到水里。表现了他"不为轩冕肆志"，对当权者飞扬之势的轻蔑态度。

由于他高踞于精神之巅来俯瞰滚滚红尘，因而能够看轻俗人之所重，也能够看重一般人之所轻。他追求一种"逍遥于天地之间而心意自得"的悠然境界，不愿"危身弃生以殉物"，不愿因专制王权的羁縻而迷失自我、葬送身心的自由。

就思维动向和研究学问的路子来说，他们也是截然不同的。二人对于客观、主观各有侧重。惠子是向外穷究苦索，注重向客观方面探求；庄子则致力于向内开掘，喜欢在主观世界里冥想玄思。惠子认为庄子的学说没有用处，讥讽它是无用的大樗；庄子却对惠子耗损精神从事那种"一蚊一虻之劳"，大不以为然。

惠子著书，庄子说有五车，但一本也没有流传下来。在先秦诸子中，惠子可说是最有科学素质的人。从他的一些观念可以看到近现代的理论物理、数学、地理的胚芽。比如，惠子说，"日方中方睨，物方生方死"，意思是，太阳正在当中，同时也正在偏斜；万物正在生长，同时也正在死亡。"南方无穷而有穷，今日适越而昔来"，"我知天下之中央，燕之北、越之南是也"，这里体现了地圆学说。"南方"作为方位的概念，本无定限，南之南更有南，但如绕地球一周，则南极可成为初出发之点。惠子说"天下之中央在燕之北、越之南",可见,在他眼中地球并不是一块平板,这就超越了"天圆地方"的一般的传统性认识。

在濠上,庄子与惠子分别以两种不同的身份、不同的视角去看游鱼。惠子是以智者的身份,用理性的、科学的眼光来看,在没有客观依据的情况下,他不肯断定鱼之快乐与否。而庄子则是以具有浪漫色彩的诗人身份,从艺术的视角去观察,他把自己从容、悠闲的心情移植到了游鱼的身上,从而超越了鱼与"我"的限隔,达到了物我两忘、主客冥合的境界。

《庄子·齐物论》中记述了一个"梦为蝴蝶"的寓言,同样体现了这种超越主客界线、实现物我两忘的特征。寓言说:前些时候,我(庄子)曾做过一个梦,梦见自己变成了一只蝴蝶,在花丛中高高兴兴地飞舞着,不知道自己是庄周了。一忽儿,醒过来,发现自己仍是形迹分明的大活人。不觉迷惑了半晌:到底是我做梦变成了蝴蝶呢?还是蝴蝶做梦变成了我?

物我两忘的结果是客体与主体的合而为一。从美学的角度来剖析,观赏者在兴高采烈之际,无暇区别物我,于是我的生命和物的生命往复交流,在无意之中我以我的性格灌输到物,同时也把物的姿态吸收于我。我和物的界线完全消灭,我没入大自然,大自然也没入我,我和大自然连成一气,在一块生展,在一块震颤。

情趣，原本是物我交感共鸣的结果。庄子把整个人生艺术化，他的生活中充满了情趣，因而向内蕴蓄了自己的一往情深，向外发现了自然的无穷逸趣，于是，山水虚灵化了，也情致化了，从而能够以闲适、恬淡的感情与知觉对游鱼作美的观照，或如德国大哲学家康德所说的进行"趣味判断"。而惠子则异于是，他所进行的是理智型的解析，以他的认识判断来看庄子的趣味判断，所以就显得扞格不入。

在这里，"通感"与"移情"两种心理作用是必不可少的。有了"通感"，人与人之间的心灵沟通，人与物之间的冥然契合，才具备了可能性；而通过"移情"，艺术家才能借助自己的感知和经验来了解外物，同时又把自己的情感移到外物身上，使外物也仿佛具备同样的情感。

这类例证是举不胜举的。比如，在凤阳街头我看到一幅联语："华灯一夕梦，明月百年心。"内容十分深刻，涵盖性很强。但是，何以华灯如梦、明月有心？为什么它们也具有了人的思维和情感？原来，诗人在这里用了以我观物的"移情"手法。正是在这个意义上，一位现代的西方诗人说，一片自然风景就是一种心情。

见我执意要去濠梁，主人便请来当地的一位文史工作者为向导。车出凤阳城，直奔临淮关，来到了钟离故地。我记起了二百多年前著名诗人黄景仁题为《濠梁》的一首七律：

> 谁道南华是僻书？眼前遗躅唤停车。
> 传闻庄惠临流处，寂寞濠梁过雨余。
> 梦久已忘身是蝶，水清安识我非鱼。
> 平生学道无坚意，此景依然一起予。

当时黄景仁年仅二十四岁，与诗人洪稚存同在安徽学政朱筠幕中。他在这年初冬的一场雨后，凭吊了濠梁"遗躅"，写下了这首诗。

《南华经》就是《庄子》。"僻书"云云，引自《唐诗纪事》：令狐　曾就一个典故向温庭筠请教，温说："事出《南华》，非僻书也。"诗的头两句是说，谁说《庄子》是罕见、冷僻的书籍呢？里面涉及的遗迹随处可见呀！眼前，我就碰上了一处，于是，我就赶紧召唤把车子停了下来。三四两句交代地点、时间：这里就是传说中的庄子、惠子濠梁观鱼处；一场冷雨过后，石梁上杳无人迹，显得很寂寞、荒凉。五六两句通过《庄子》中庄蝶两忘、鱼我合一的两个典故，（后一句还反其意地暗用了"水至清则无鱼"的成语）来抒写自己的感慨，是全诗的意旨所在。结末两句是说，尽管我平素缺乏坚定的学道意念，但依然觉得此情此景对自己有深刻的启发。

这时，忽见一道溪流掠过，上有石梁飞架，我忙向向导问询：这就是濠梁吧？他摇了摇头。没过五分钟，眼前又现出类似的景观，我觉得很合乎意想中的庄、惠观鱼的场景，可是一打听，仍然不是。向导笑说：

"这种心情很像刘玄德三顾茅庐请诸葛，见到崔州平以为是孔明，见到石广元、孟公威以为是孔明，见到诸葛均、黄承彦以为是孔明，足见想望之急、思念之殷。想不到沉寂两三千年的濠梁故地，竟有如此巨大的吸引力，真使我这个东道主感到自豪。"

一番妙喻，一通感慨，博得车上人们同声赞许。

突然，汽车戛然刹住，原来，"庄惠临流处"就在眼前。

但是，不看还好，一看果真是十分失望。濠水滔滔依旧，只是太污浊了。黝黑的浊流泛着一层白色的泡沫，寂然无声地漫流着。周围不见树木，也没有鸣虫、飞鸟，看不出一丝一毫"诗意的存在"。庄周的墓地也遍寻未得，连这位专门从事文史研究的向导也茫然不晓。

我想，当年如果面对的竟是这样的浊流污水，这样令人沮丧的生态环境，庄老先生不仅无从看到"鯈鱼出游从容"的怡然景色，怕是连那点恬淡、闲适的心境也要荡然无存了。自然，后世就更谈不到赏识那种鱼鸟亲人、陶然忘机的"濠濮间想"。

1998 年

堂堂书阵百重关

一

现代是一个作者与读者相互寻找、相互选择的时代。正是通过阅读活动,读者的视域与作者的视域,当下的视域与历史的视域,实现了对接、激荡与融合,从而为彼此真正的理解、有效的沟通提供了条件。

读书看似接受他人的影响,其实,读书本身也是一种自我发现,是在唤醒自己本已存在但还处于沉睡状态的思想意识。所以,罗曼·罗兰说:"从来没有人读书,只有人在书中发现自己,检查自己,提升自己,超越自己。"可以说,一切能够使心灵发生震撼的、产生重大影响的作品,都是一种心理的共鸣和内在的思考。

英国大作家王尔德有一句名言:"作品一半是作者写的,一半是读者写的。"也就是说,一旦作品面世,它就变成公众的了,它不再仅仅为作者所有,同时也为读者所有;而

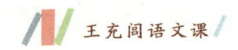

读者总是在自己所处的特定的社会环境中、现实的语境下接触作品，不可能与作者原初的意图尽合榫卯，完全一致。特别是文学作品的解读，不同于科学常识、科学结论的认同。任何时代、任何读者都必须承认，水的冰点是零度，圆周率是3.14159……；而文学作品的结论往往难以整齐划一，可能有多种解释，多种看法。最具文学性的往往是个性最独特的感受和体验。真正的艺术有着无限的内涵，存在着多种可阐释性。一部《红楼梦》，鲁迅说，单是命意，就因读者的眼光而有种种，经学家看见《易》，道学家看见淫，才子看见缠绵，革命家看见排满，流言家看见宫闱秘事……还有人谈到，堂·吉诃德这个艺术形象，也是言人人殊，用目的论的眼睛看他，觉得十分荒诞；用过程论的眼睛看他，觉得他很伟大；用世故的眼光看他，觉得他是疯子；用少年儿童的眼光看他，觉得他和自己差不多，是个天真的赤子。因为在阅读与鉴赏过程中，所展现的空间并不是单一的，这里有阅读对象（即作品）所展示的自在空间，同时还有由读者自身经验与想象力构成的主体空间。主体空间与客体空间的差异，导致了视角的不同，认识的悬殊，赏析结论的多样性。

《三国志·魏书》记载，曹操攻下邺城之后，亲临政敌袁绍墓地祭祀，"哭之流涕"，并慰劳袁绍妻子，还其家人、宝物。《三国演义》第三十三回也描述了曹操在袁绍灵前设祭,"再拜而哭甚哀"的场景。史实是这样,那么,后世读者如何看待曹操这一举动呢,可就众说纷纭了。北宋学者刘敞说,曹操之哭是真实的,因为他与袁绍当董卓之乱时曾结为同盟,回思过去的岁月,难免悲从中来,体现了慷慨英雄的气概。而毛宗岗在评点《三国演义》时,却认为这是奸雄手段,杀了人家的儿子,夺了人家的儿媳,占了人家的土地,还灵前大哭,虚假得很。当然,可能还有第三种解释。这就是所谓"艺术空筐"的效果。这里的奥秘在于,没有实现的可能是无限的。

二

伟大的精神产品,具有不可复制性和无限可能性的品格。艺术的魅力在于用艺术手段燃起人们探索未知领域的欲求。布莱希特在谈到自己的"叙述性戏剧"与传统戏剧观念的区别时说,传统的戏剧观念把剧中人处理成不变的,让他们落在特定的性格框架里,以便观众去识别和熟悉他们,而他的"叙述性戏剧"则主张人是变化的,并且正在不断变化着,因此不热衷于为他们裁定种种框范,包括性格框范在内,而把他们当成未知数,吸引观众一起去研究。

现代文学观念认为,文学的生命力在于能够使读者拉开心理距离,能够为读者提供一种契合其文化心态的情境或者思想。假如有一天,你拿起先前酷爱的一部作品重读,却发现它已经了无新意,也就是再也拉不开那段心理距离,这说明在你的心目中它的生命力已经开始枯萎,它已不能给出新的审美期待。

读书必须同思考结合起来。"学而不思则罔,思而不学则殆。"不思考,只是囫囵吞枣,死记硬背,必然是食而不知其味。无论是写作还是阅读,善于思索都是至关重要的。鲁迅说过,没有悲哀和思索的地方,就没有文学。思想大于存在。有人提倡作家学者化,实际上,更应倡导作家成为思想者,因为学者未必就是思想者。思想的自觉,是学者最高的自觉。有些书的作者很聪明,有才气,文章也流光溢彩,可就是思想含量不足,精神内涵空虚,像白开水一样,读过之后,获益无多。同样,作为读者,也应该善于思索。读书应该善于提问题,找话题,要有强烈的"问题意识",要有一种鲜明的研究姿态。年轻时我就养成了这一习惯,为此曾写下五首七绝,描绘读书中探险抉疑、攻关破阵的情景。其三曰:

　　缒幽探险苦般般,夜半劳思入睡艰。
　　设问存疑挥战帜,堂堂书阵百重关。

长时期以来,人们将读书、学习的基点定在掌握知识上,

"知识就是力量"成为公认的普遍真理。知识当然重要，但更值得珍视的，是人生智慧、哲学感悟。知识与智慧处于不同的层次。大部分知识是关于某一领域、某一科目、某一程序、某种思想方法、价值准则等方面的学问；而智慧则是在生命体验、哲学感悟的基础上，经过升华了的知识，它是知识的灵魂，是统率知识的，智慧是指能够把知识、感受转化为创造性的特殊能力。一般地说，知识关乎事物，而智慧则关乎人生，它的着眼点、落脚点是指引生活方向、人生道路，属于哲学的层次。在读书、思考中，悟性是至关重要的，但有了知识不一定就能具备悟性。知识只有化作对生命的一种观照能力时，它才能变成智慧。因此，智慧总是与内在生命感悟和创造性思维有关，知识则未必。

三

从前的史学只注重史实与过程的记述，着眼于历史的客体；而自从分析的历史哲学正式提出以来，历史哲学家们的重点就逐步转到历史思维上来，即转到了主体如何认识历史的客体上来。我国古代史学，以叙述为主，阐释为辅；而现代史学，则以阐释为主，叙述为辅。所谓"叙述"，主要是指翔实地记述史实、事件；而"阐释"则着眼于史论，重视历史研究。

中国史学文献《左传》中的"君子曰",《史记》篇末的"太史公曰",都是属于史论性质的文字。它们往往并不独立成章,只是附于书后,或者夹叙在行文中间。史论的大量出现和独立成篇,大体上肇始于宋代,到了清代有了进一步的发展。在这种发展进程中,有些饱学之士炫富矜博,腹笥不可谓不丰厚,占据史料也十分充足,但由于缺乏浓厚的研索意识,不善于发现问题,穷追苦诘,结果终其一生缺乏理论建树。这个教训我们应该认真地汲取。

思考重在找到一个准确的、独特的视角。其实,哲学研索本身就是一种视角的选择,视角不同,阐释出来的道理就完全不同。这是著名学者李泽厚说的。视角和眼光是联系着的。爱因斯坦看人看世界,用的是宇宙的眼光,因而能够跳出"人为中心"这个成见,得出人不过是宇宙中的一粒埃尘(没有骄傲的理由)这一结论。

没有艰难的思索,绝不会有独到的创造。应该说,每一次创新都是思考所绽放的鲜艳花朵。创造与思索是艰难的,有时甚至是痛苦的,但里面却蕴藏着一种特殊的魅力和幸福感。萧伯纳说:"人生有两大悲剧,一是没有得到你心爱的东西,另一个是得到了你心爱的东西。"这里讲的是占有会给人带来痛苦。未得到满足自然是痛苦的;已经得到满足又会感到索然无味。这是人生的悖论。破解之道在于不断地思索,不断地创新,这就会把两大痛苦变成两大快活。没有实现你所向往的，可以从潜心思索、奋力追求中得到快乐；已经实现了所向往的，可以在品味成功之余，进行新的思索、新的创造，这也同样可以获得欢乐。

堂堂书阵百重关。攻书阵之关，靠的是思考。所以，我们提出：读书要有问题意识。

2011 年

故园心眼

母亲——故乡，故乡——母亲，童年时期，二者原是融为一体，密不可分的。可是，那时节，母亲的印象弥漫一切，醒里梦里，随处都是母亲的身影，母亲的声音；而故乡，连同乡思、乡情、乡愁、乡梦一类的概念，却压根儿就没有。直到进了学堂，读书、识字了，也仍是没有觉察到"背井离乡"是怎么样一种滋味。

那时，虽然口头上也诵读着"羁鸟恋旧林，池鱼思故渊"，"举头望明月，低头思故乡"一类的诗句，但终竟是："小和尚念经——有口无心"。即便是读了冰心女士出国留学途中写的凄怆动人的诗句：

> 是翩翩的乳燕，
> 横海飘游，
> 月明风紧，

> 不敢停留——
> 在她频频回顾的飞翔里,
> 总带着乡愁!
>
> ——《往事》

也只是感到隽美、浏丽,而无从体味、也理解不了那种浓得化不开的去国怀乡之情。

存在决定认识。这种情况的出现,当然和童年时节整天接触的是母亲,是茅屋,却从来没有离开过乡园有直接关系。世间万般事物,只要它出现在眼前,你就会感知到它的存在;而故园则是唯一的例外,只有离开了它之后,它才现出身影,你才开始感知它,拥有它,眷恋它;在当时,我之所以没有"故园"的概念,是由于我并没有离开过它。

到了青壮年时期,束装南下,故乡已经远哉遥遥了,从这时开始,潜滋暗长了怀乡的观念。有一首歌叫作《好大一棵树》,故乡就是这样的好大一棵树。无论你在何时何地,只要一想起它来,它便用铺天盖地的荫凉遮住了你。特别是在黄昏人静时候,常常觉得故乡像一条清流潺潺的小溪,不时地在心田里流淌着;故乡又好似高悬在天边的月亮,抬起头来就可以望着,却没有办法抵达它的身边。

不过,那个时候,这种情怀往往淡似春云,轻如薄雾,稍微遇到一点什么干扰,就会消逝得杳无踪迹。事实上,当终朝每日置身于无止无休的"运动"之中,响彻耳边的都是那些"放眼全球""解放人类"的至高至大的课题,谁还好意思、谁还能有心绪去系念那一己的小我私情,想望着故乡之类的细事呢!即使偶尔遇到能够探望一下故乡的机会,也都因为意绪索然而交臂失之。

那时节,人们犹如一个旋转不停的陀螺,把个人的一切完全付与客观环境去支配,完全丧失了自己真正的内心生活,浑浑噩噩,风风火火,经年累月,旋转不止;又像是一列奔腾呼啸、全速驰行的列车,为着奔向一个邈远无定的目标,放弃了周边的一切风景。奔波、劳碌之余,有时也会蓦然抬起头来,撩起襟袖,抹一把头上的汗水,顺势瞄上一眼天边的冷月——这心目中的故乡,恰似旧时相识,却也没有更多的感觉。

故乡是一个人灵魂的最后的栖息地。游子像飘零的叶片一样,哪管你甩手天涯,飘零万里,最后总要像落叶归根一样,回归到生命的本源。正如清代诗人崔岱齐所抒写的:"鸟近黄昏皆绕树,人当岁暮定思乡",一个人越是老之将至,怀乡恋旧之情便越发浓烈。报刊上一则关于故乡的短讯,电视里一个似曾相识的镜头,一缕乡音,一种家乡特产,都会引起连绵不绝的长时间地回忆。每逢有人自故乡来,也总有尽多的逸闻轶事,足够通宵彻夜问个不停。

有人说,衰老是推动怀旧的一种动力。通过对于过往事物的淡淡追怀，常常反映出一种对于往昔、对于旧情的回归与认同的心理。虽然这也属于一种向往，一种渴望，但它和青少年时期那种激情洋溢、满怀憧憬的热望是迥然不同的。说起来这也许是令人感到沮丧的事。

老年人对于故乡的那种追怀与想望，往往异常浓烈而又执着，不像青壮年时期那样薄似轻云淡似烟。而且，这种追怀是朦胧的，模糊的。若是有谁较真地盘问一句："您整天把故乡放在心头，挂在嘴上，那您究竟留恋着、惦记着故乡的什么呀？"答案，十之八九是茫茫然的。就以我自己来说，故里处于霜风凄紧的北方，既无"着花未"的寒梅可问，也没有莼羹、鲈脍堪思，那么，究竟是记挂着什么呢？我实在也说不清楚。

有一回，一位近支的族弟进城来办事，饭桌上，我们无意中谈起了当年的旧屋茅草房。我说，傍晚时分，漫空刮起了北风烟雪，雪的颗粒敲打在刷过油的窗纸上铮铮作响，茅屋里火炕烧热了，暖融融的，热气往脸上扑，这时候把小书桌摆上，燃起一盏清油灯，轻吟着"昔我往矣，杨柳依依；今我来思，雨雪霏霏"……这种情景，真是永生难忘。

他苦笑着说："都什么年头了，你还想着那些陈年旧事？火炕再暖和，也赶不上城里的暖气呀！这雪亮的电灯还不比清油灯强？"族弟不以为然地摇摇头，"再说，那茅草屋又低矮又狭窄,站起来撞脑袋,回转身碰屁股,夏天返潮,冬天透风,人们早都住不下去了。也正是为了这个,说声'改造',呼啦一下,全部都扒倒重来。现在,你站在村头看吧,清亮亮,齐刷刷,一色的'北京平房'。"

追忆是昨天与今天的对接。对人与事来说,一番追忆可以说就是一番再现,一次重逢。人们追怀既往,或者踏寻旧迹,无非是为了寻觅过去生命的屐痕,设法与已逝的过往重逢。对故乡的迷恋,说得直截、具体一点,也许就是要重新遭遇一次已经深藏在故乡烟尘里的童年。既然是再现,是重逢,自然希望它最大限度地接近当时的旧貌,保持固有的本色。这样,才会感受到一种仿佛置身于当时的环境,再现昔日生活情景的温馨。特别是,由于孩提时代往往具有明显的美化外部环境的倾向,因而人们在搜寻少年时期的印象时,难免会带上一种抒情特色。

不过,世上又有哪一样东西能够永远维持旧观,绝不改变形色!乡关旧迹也同生命本身一样,随着岁月的迁流,必然要由风华靓丽变成陋貌衰颜,甚至踪迹全无,成为前尘梦影。更何况,故乡的那些茅屋,即以当时而论,也算不得光华灿烂呢!

作为观光者,也包括虽然曾在其间生活过,而今却已远远离开的人,无论他们出于何种考虑,是从研究古董、吊古凭今的鉴赏角度,还是抱着追思曩昔、重温宿梦的恋旧情怀，尽可以放情恣意地欣赏它的鄙陋，赞叹它的古朴，说上一通"唯一保持着东北民居百年旧貌"之类的褒奖的话，如果会写文章，还可以加进种种想象与回忆，使之充满诗意化的浪漫情调。但是，如果坐下来，耐心地听一听茅屋主人的想法，就会惊讶于它们的天壤之别了。

前者由于只是片刻的辗转流连，管它阴冷还是潮湿，低矮还是褊窄，都可以包涵、容忍，略而不计；可是，若是从后者——那些朝于斯夕于斯、久住其间的人群来讲，则要无时无刻都去忍受着般般不便，克服种种局外人想象不到的实际困难。为了同外间人一样享受着现代舒适的生活，他们巴不得立刻改变旧貌，改变得越彻底越好。在严峻的现实面前，"诗意化的浪漫情调"是苍白无力的。

这种差异，前不久，我就曾实际体验过一次。那天，我们一行人去南宁市郊区扬美村参观明清故居，踏着错落不平的石板路，穿行在狭窄、鄙陋的小巷之中，观赏着一户户的已经有些倾斜的明清时期的建筑，共同感到这些历尽沧桑的古建子遗，非常富有价值，无论如何也不能把它们毁掉。可是，当我们同当地居民攀谈起来，却发现他们的感觉竟与此大相径庭，甚至在内心深处对过往参观的游人有些反感。有的村民毫不客气地说："这有什么好看的？无非是夏天漏雨，冬天冒风，住着憋屈，出入不方便。"

从这里也悟出一番道理：若要切实体察个中的真实感

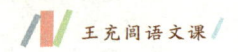

受,就必须设身处地,置身其间,局外人毕竟难以得其真髓。而要从事审美活动,则需拉开一定的距离,如果胶着其中,由于直接关系到切身的功利,既难以衡定是非,更无美之可言。

2001 年

走向大自然

"天地者万物之逆旅,光阴者百代之过客。"广义地说,人生就是一场旅行。

悠悠万物,生息繁衍,无始无终,而个体的人的存在不过是匆匆一瞬。为了使这短暂的居停超越瞬间,意义充盈而富于诗性,就理应把存在审美化,做到荷尔德林所说的"诗意地居住在大地上"。

可以说,世界上没有哪个民族能与中华民族对于自然美的感受力相比。庄子、屈原以降,历代无数诗哲终生行进在寻求存在的诗化和诗的存在化的漫漫长路上,留给我们对于自然无穷无尽的审美观照和"诗意地居住"情怀。因而,即使从旅行的狭义来说,人在旅途也是富有意蕴的。无论是"舟摇摇以轻扬,风飘飘以吹衣",还是万里驰烟驿路,杖藜徐步桥东,都足以令人心旌摇荡,体味无穷雅趣。

我是旅游的爱好者,一年强半,羁旅生涯。每当徜徉于浩瀚的大地上,总有一种生命还乡的欣慰与生命谢恩的热望。我把那种种感觉记录下来,于是便留下了笔底心音,留下探寻宇宙真源的心迹和设法走出有限的深悟。我把它看作在大自然的怀抱中居停的身份证。

当我面对山川胜景时,前人对于自然的盛赞之情便从心中沛然涌出。这些美的诗文往往导引我走向那些人与自然互相融合的审美境地,从古老的文明中寻求必然,探索内在的超越之路。于是,我"因蜜寻花",或如庄子所言,"乘物以游心"。脚踏在自在的敞开的大地上,一任尘封在记忆中的诗文涌动起来,同那些曾经驻足其间的诗人对话;心中流淌着时间的溪流,在溟蒙无际的空间的一个点上,感受着一束束性灵之光。

当我沿着历史的长河漫溯,极目望去,也常常会感受到生命之重,前思古人,后望来者,天地悠悠,心潮喷涌。作为地球上的暂住者,我习惯于饱蘸历史的浓墨,在现实风景线的长长的画布上去着意点染与挥洒,使自然景观烙上强烈的社会人文色彩,尽力反映出历史、时代所固有的纵深感、凝重感、沧桑感。

仁者乐山,智者乐水。在山水间,大自然与那一个个易感的心灵,共同构成了洞穿历史长河的审美生命、艺术生命,"天地精神"与现实人生结合,超越与"此在"沟通。大自然成为人们的生命之根、艺术之源。这样,当我站在一座座时空立交桥上，任心中波涛滚滚翻腾，那种凿穿了生命隧道的欢愉，那种超拔的渴望，飞腾的觉悟，走向自由、自在的轻松，又使我渐渐地有了对于儒、释、道以不同方式界说的"天人合一"的深悟。

当我行进在连天朔漠、茫茫瀚海之中，这些时间上悠远、空间上浩瀚的景物，往往成为可以与之直接对话的生命之灵，使你切实感悟到生命有涯而大块无涯。苍茫的大地托着浩渺的天穹，显得格外开阔，至此，才真正有了百年一瞬，万古如斯的感慨，才在灵魂深处与千百年前的那个声音和鸣：哀吾生之须臾，羡宇宙之无穷。

当我仰望星空，俯瞰大地，目既往还，心亦吐纳，许多人生感慨就会从胸中涌荡出来。宣泄心灵深处的欢乐与悲哀、沉重与轻松，物我双会，见物见心，还一个真实的完整的生命，这实在是一个召唤，一个诱惑。正是从这里出发，我读懂了许多作家、诗人，也读进了自己。青天云霞，让我看尽了女作家萧红的风景线，也隐约展现了自己内心的风景。绍兴沈园，梦雨潇潇，写下陆游一生"爱别离""求不得"的苦痛——近七十载的爱之梦和沈园那雅淡、萧疏的韵致，一起走到我的心灵深处。七夕牛女鹊桥会凄绝千古的动人传说和"巫山云雨"、恍兮惚兮的爱情神话，同样是在自然中倾注心声，也使我情动于中，思与境偕。

我也喜欢那些未经开发的、原始粗犷的自然景观，那里往往蕴藏着一种野性力量，一种蓬勃的生机，一种旺盛的生命活力。而当面对九寨沟的造化神工，又会忘情于清风白水般的自然天籁、荒情野趣。那淙淙飞瀑，飒飒松风，关关鸟语，唧唧虫鸣，那宛如娇羞不语、情窦初开的少女的笑靥的杜鹃花萼，那隐现在水雾氤氲的瀑面上，酷似七彩神龙夭矫天半的虹彩，那悬挂在枝头的一丝丝、一缕缕、随风飘荡，如新娘头上轻柔婚纱的长松萝，那五角枫、高山栎、黄栌木、青榨槭的如霞似火、燃遍天际的醉叶，那充盈着质朴的美、粗犷的美、宁静的美的梦之谷、画之廊，都在人类感情的琴弦上奏起美妙的和声，不期然而然地淹入了你的性灵。置身其间，真如裸体婴孩扑入母亲的怀抱，生发出一种重葆童真，宠辱皆忘，挣脱小我牢笼，返回精神家园，与壮美清新的自然融为一体的感觉。

　　保护、珍惜大自然的这些恩赐，是我们"诗意地居住"的前提，是我们以性灵之光驱逐黑暗，让大地不再被遮蔽的路径。然而，作为自然之子的人类，却往往忽视和忘却了大地母亲的恩泽，疯狂地掠夺它，野蛮地践踏它。有朝一日，（其实早已开始）失去了青春、活力与平衡的大自然，痛苦而愤怒地实施报复，从而使人类陷入难以摆脱的困境。为此，对于种种破坏大自然的行为，我表示无边的愤慨，为那些戕害大地母亲也贬低自己的人感到耻辱。有时，我甚至想，假如工业文明的物欲满足是以破坏生态平衡为代价，那么，宁愿让自然美景再沉睡百年、千年，直到人类的"居住"真正成为"诗意地居住"。

　　无论如何，山川万物总是与我们同在。诗人何为？诗人使人达到诗意的存在。此刻，似乎读懂了庄子，又仿佛与荷尔德林长谈，吟着他的诗句："我们每人走向和到达／我们所能到达的地方"。

1996 年

黄　昏

黄昏、夕照，景象是迷人的。自从人类把自然风物作为自己的审美对象，宇宙间的各种景观有了独立的美学意义之后，便有无数诗文咏赞它，描绘它。

南北朝诗人谢朓的"余霞散成绮，澄江净如练"，成了传诵千古的吟咏江南春晚的华章；而唐代画家兼诗人王维的"大漠孤烟直，长河落日圆"，则是一幅典型的北方风景画。

在现代作家的笔下，夕照、黄昏更是多采多姿。

它具有美的形象。泰戈尔说："黄昏时候的天空好像穿上了一件红袍，那沿河丛生的小树，看起来更像是镶在红袍上的黑色花边。"

它又是富有音乐感的。高尔基说，当太阳走到大地里面之后许久，"天空中还轻轻地奏着晚霞的色彩绚烂的音乐"。

它还有性格，有情感。在莫泊桑笔下，"那是一个温和而软化的黄昏，一个使人灵肉两方面都觉得舒服的黄昏"。

凡尔纳写道:"太阳在向西边的地平线下沉之前,还利用云层忽然开朗的机会射出它最后的光芒","这仿佛是对人们行着一个匆匆的敬礼"。

赫尔岑写得更是富有良知,"这美丽的黄昏,过一个钟头便会消失了。因此,更其值得留恋。它为了保护自己的声誉,在别人还没有厌倦之前叫他们珍惜自己,便在恰当的时候转变成黑夜。"

原来,黄昏竟是这样的充满情趣,难怪夏洛蒂·勃朗特称许它是"二十四小时中最可爱的一个小时"。

也许是因为从小就接受了这些教养与熏陶,所以,几十年来,我对于夕照、黄昏,一直保持着浓厚的兴趣。小时候,每年夏天都跟随父亲去牧场割草,那炎炎烈日烤得草原在呼呼地喘气,简直到了燎肌炙肤的程度,但我却百去不厌。一是为了到河沟旁掏洞捉蟹;再就是傍晚时分欣赏草原落日的奇景——

滚圆的夕阳酷似过年时檐头挂着的红灯笼,看去似近实远,似静实动。下面衬托着绿绒毯一样的芊芊茂草,成就一幅天造地设的风景画。晚霞像彩带一样横亘天际,风沉淀下来,草浪平息了,荒原寂静无声。牧归的羊群从远方游来,一团团,一片片,简直分辨不清是翠绿的"魔毯"收敛了白云、彩带,还是白云、彩带飘落在草地上。

我也曾沉醉于海上的黄昏。在水天相接处,耀眼的夕阳像正在爆发的火山一样，喷射出万道光焰，把天际烧得通红。海面上，滚滚惊涛犹如万马奔腾，比赛着向落日驰去，闯进那红宝石和炉火般的蒸腾滚动的霞辉里。

然而，最使我难忘的还是在万米高空之上看到的天上黄昏的景观。

那是在上海飞往北京的客机上。飞机起飞后，我习惯地透过舷窗玻璃向远方眺望。呀！一幅绚美的图画简直使我惊呆了。在苍茫的天地交接处，映现出类似日光七色的横亘西天的宽阔彩带。紧贴黛青色天穹的是翠蓝和绀紫，下面是一层碧绿，再下面是一色的橘黄，再下面呈淡金、橙红色，靠近地平线的是一抹丹红，彩带下面是暗黑的大地。

过去在茫茫的戈壁滩和一千八百米高程的黄山光明顶，在号称黄昏景色之最的"日本第一斜阳"——北海道留萌市海滨，我都欣赏过黄昏景色，但像这样的瑰奇伟丽，还是第一次看到。

宇宙实在太广袤了，尽管波音客机以九百公里的时速飞行，但视线内的景观几乎没有什么变化。二十分钟以后，天空开始变暗，七色不甚分明，而后，红色逐渐转暗，彩带全呈暗黄色，最后，与大地融合在一起。看去像薄暮中大片成熟的谷物，这使我想起了那句"如果说朝阳是一种创造，那么，黄昏便是一种丰收与成熟"的名言。

我陷入了沉思。

面对着如此壮美的黄昏景色，为什么古代诗人竟会吟出"日暮秋风起，萧萧枫树林"，"夕阳西下，断肠人在天涯"一类充满萧瑟、悲凉之感的诗句呢？我想，也许与他们所处的社会环境有关。在按门阀取士、靠恩荫选官、凭年资进阶的制度下，无数被褐怀玉之士难以酬其夙志，加上临风落泪、对月伤怀的旧知识分子特有的情感，于是，逢着友朋离别、世路艰辛、流离颠沛等复杂感情宣泄的机会，自然就要迁景于情，产生悲凉之感了。

北宋词人晁无咎说得直白："夕阳芳草本无恨，才子佳人空自悲。"也可以说，这种悲凉意绪是旧时代读书人普遍而深刻的失落心态的折射，反映了理想与现实不可调和的深层矛盾。

当然，也不应一概而论。同是古代诗人，旷达、乐观的刘禹锡，就吟出"莫道桑榆晚，为霞尚满天"的充满豪情的丽句。归根结底，与本人的精神境界或者说世界观紧密联系着。朱自清先生在五十一岁那年，特意反李商隐的诗意而用之，属就一副励志奋进的中堂对："但得夕阳无限好，何须惆怅近黄昏！"

陈老总的诗句："花信迟迟春有脚，夕阳满眼是桃红"，反映了伟大革命家在艰险环境中的革命乐观主义精神。叶帅"老夫喜作黄昏颂，满目青山夕照明"的佳什，更是振古励今，令人感发奋起。

夕阳也好，黄昏也好，在革命者眼中，原是同朝阳、晨曦一样清新可爱的。卢森堡的《狱中书简》告诉我们，这位伟大的革命家当透过铁窗玻璃看到玫瑰色的夕晖返照时，竟然"如释重负地长呼了一口气，不由自主地把双手伸向这幅富有魅力的图画"。认为，"有了这样的颜色，这样的形象，然后生活才美妙，才有价值"，"不论我到哪儿，只要我活着，天空、霞彩和生命的美便会跟我同在"。书简通篇透出思想的开拓和胸襟的博大，哪里有半点衰飒气氛！

捷克斯洛伐克革命者、著名作家伏契克被德国法西斯关进集中营。为了摧毁他的意志，秘密警察将他带到郊外去看夏日黄昏、红日西沉的景色，意在诱使他逐渐颓丧、沉沦下去。结果，这种阴险的居心遭到了伏契克的痛斥，他的斗争意志更加坚定了。

社会因素在这里固然起主导作用，但是，同时还有个对自然界事物的认识问题。在古代人眼里，日出日落，像人由少而壮、由壮而老一样，或者和花开花落相似。实际上，太阳除了自转而外，并未曾移动半步，倒是人们"坐地日行八万里"，跟随着地球以每秒四百六十五米的速度，由西向东不停地自转。人们每天傍晚，都同那位"兀坐不动"的太阳爷告别一次，到了第二天清早又见面了。日出、日落的概念，如同我们坐在疾驰的列车上，看铁路两旁的村庄、树木似乎在一齐后退一样，不过是一种错觉。认清这一点，再去看落日、黄昏，也就不会产生迟暮、萧瑟之感了。

科学地说，旭日东升与夕阳西下，原是同一事物的两种景象，只是观察的角度不同而已。记得一位著名作家在一篇散文中，叙述飞机上看日出的情景：当飞机起飞时，下面还是黑沉沉的浓夜，上空却已呈现微明，看去像一条暗红色长带。红带上面露出清冷的淡蓝色晨曦，逐渐变为磁蓝色，再上面簇拥着成堆的墨蓝色云霞，通体看去，有如七色日光那样绚丽。这种日出前的景象，竟与日落后的景观非常相似，证明了二者原本是同一的。

我常想，如果没有那次万米高空上的游目骋怀，我对于黄昏、夕照的印象，大概不会超出草原与海上的所见，自然也就不会产生上述新的认识。看来，人类要想不断认识更新更美的事物，就须不断地扩展自己的视野，开拓新的境界，进行新的探索。

今后，随着科学技术的飞速进步，人和自然的关系也将不断地发展。据说，当科学工作者观察微观世界时，无不为原子世界绝妙的排列而惊叹。在登上月球的宇航员的眼中，表面温度高达六千度的烈焰蒸腾的太阳，竟像金盘一样美丽，柔和，光亮。

但不知月球上的黄昏、夕照是怎样的景观。

1985 年

一夜芳邻

一

说来也是一桩人生幸事,我竟然有机会在一个半世纪之后与蜚声世界文坛的勃朗特三姊妹作了短暂的邻居。

来到哈沃斯已是暮色微茫了。远处的山影茫然,淡成似有若无的一袭青烟。广袤的荒原上一簇簇、一片片的石楠花开得正闹,视野所及,仿佛遍地覆盖着一层红紫斑驳的地毯。一条坡度较大的石头道把行人引向村街,两旁排列着积木般的住舍、酒馆、花店和杂货铺。衬着渐隐渐暗的霞晖,高耸的教堂钟楼微现出一层亮色,而对面的勃朗特纪念馆却显得十分暗淡了,好在里面已经多年如一日地按时亮起了灯光,使整座建筑凸显出大致的轮廓。夜幕徐徐地把小村落笼罩起来,枝头鸟雀的啁啾替换为草间鸣虫的合唱,像定音鼓似的每隔一刻钟教堂上空就要响起一次钟声。

纪念馆为砂石构筑的乔治安式二层小楼,原是勃朗特一家的住宅。听说，当日夏洛蒂、艾米莉、安妮三姊妹就住在左边的楼上，右边是她们父亲的书房，在这家里已待了三十年的龙钟女仆住在楼下。现在，当然已经是人去楼空了。

这座阅尽勃朗特一家兴衰、嬗变，经历过三个世纪风霜浸染的老屋，于今像是一座苔藓斑驳的古碑，一轴纸色已经泛黄了的画卷，载录了十九世纪上半叶三位才女留在英国文学史以至世界文坛上的深深印迹。

实在难以想象，这样几间看不出什么特色的普通石屋，从中竟升起了卓绝千古的文学之星，竟孕育出那些恢宏、壮美的传世杰作！凡是读过《简·爱》《呼啸山庄》和《阿格尼丝·格雷》的人，有谁不为三姊妹天马行空般的瑰奇诡异的想象力，为她们书中捍卫独立人格、表达强烈爱憎的蕴涵，美得苍凉、充满着诗情画意的文笔而倾倒呢！

纪念馆与教堂中间有一片空地，很久以前就成了村里的墓葬区，但三姊妹并未葬身其间。小妹妹死在几十英里外的一个市镇，骸骨没有运回；两个姐姐病逝之后即被安葬在这座教堂里，故乡父老毫无保留地接受了自己的诗魂。对于他们来说，教堂的意义与价值也许已经超越了一般宗教的内涵。由于这里成了两位天才女作家的终古长眠之地，乡亲们为之而骄傲，感到无比的自豪。

许多作家、艺术家生前颠沛流离，死后埋骨他乡，甚至葬身异域，勃朗特姊妹算是其中的例外，故居和葬地紧相毗连。这对于过早地失去三个女儿的老父亲，固然是一种心灵的慰藉；然而，生于斯，卒于斯，歌哭于斯，存亡异路，人天永隔，又不能不引发旷日持久的刺骨椎心般的伤痛。当然，在西方人的观念里，存殁、幽冥的界限似乎不像东方那样极度的分明。因此，也就没有那种临尸悚惧、与鬼为邻的感觉。

尤其是，当一个个被神话包装成辉煌圣殿的天体在天文望远镜下和宇宙飞船面前露出粗砺的沙荒本相，数千年来人们心目中的天国幻梦终归化为泡影的时候，倒反而觉得眼前这一方墓穴、几抔艳骨是更为实在，更可接近，更感亲切的。

我投宿的小客栈与教堂隔着一条小道，特辟的西窗斜对着三姊妹的故居，抬起头来便能望见里面的灯光。这个店主真是绝顶聪明，起码是一位文学爱好者，他懂得把视线引出石墙之外，投向那不平凡的小楼，对于专程前来的孺慕者未始不是一种欣慰。整日的旅途劳顿，我颇感两腿酸痛，眼睛也有些昏涩了，原以为只要脑袋贴上枕头就会呼呼睡去。谁知，躺下之后经过一番静息，困意反而消遁了，辗转反侧，优哉游哉，无论如何也摆脱不了对面那座小楼——那楼上不灭的光焰的诱惑。

不知什么原因，在这里住下，居然有一种岁月纷纷敛缩，转眼已成古人，自己被夹在史册的某一页而成了书中角色的奇异感觉。睡眼迷离中，我仿佛觉得来到一座庄园，一问竟是桑菲尔德府……忽然又往前走，进了一个什么山庄，随着一阵"得、得"的马蹄声，视线被引向一处峭崖，像是有两个人站在那里……翻过两遍身，幡然从梦境中淡出，我再也躺不下去了，看了看表，还差十分钟后半夜三点。

于是，起身步出户外，循着石径直奔纪念馆的灯光走去。夜风卷起了散落在阶前的黄叶，天空云幕低沉，不见一丝星月的毫光。视域里暗夜茫茫，即使没有墙垣遮蔽，左侧墓地上的碑碣也无法看清，只有几株高大的枫香、梧桐晃动着黑黝黝的树冠，发出阵阵林涛的喧响。两只寒鸦惊起后聒噪了几声，很快又在枝间落定，一切复归于静穆。

故居与教堂墓地之间的石径不过五六十米，一如勃朗特姊妹短暂的生命历程，而其内涵却是深邃而丰富的。其间不仅刻印着她们的淡淡屐痕，而且，也会浸渍着情思的泪血，留存下她们心灵的轨迹。

一遍又一遍，我往复漫步，觉得好像步入了十九世纪的三四十年代，渐渐地走进她们的绵邈无际的心灵境域，透过有限时空读解出它的无尽沧桑；仿佛和她们一道体验着至善至美而又饱蕴酸辛的艺术人生与审美人生，感受着灵海的翻澜，生命的律动。相互间产生了心灵的感应，一句话也没有说，却又像是什么都谈过了。

夜色无今古，大自然是超时间的。具体的空间一经锁定，时间的步伐似乎也随之静止，我完全忽略了定时响振的教堂钟声。脑子里不停地翻腾着三姊妹的般般往事，闪现出她们著作里的一些动人情节。在凄清的夜色里，如果凯瑟琳的幽灵确是返回了呼啸山庄，古代中国诗人哀吟的"魂来枫林青，魄返关塞黑"果真化为现实，那么，这寂寂山村也不至于独由这几支昏黄的灯盏来撑持暗夜的荒凉了。

噢，透过临风摇曳的劲树柔枝，朦胧中仿佛看到窗上映出了几重身影——或许三姊妹正握着纤细的羽毛笔在伏案疾书哩；甚至还产生了幻听，似乎一声声轻微的咳嗽从楼上断续传来。霎时，心头漾起一脉矜怜之情和深深的敬意。

二

天阴得更沉了，漫空飘洒起蒙蒙的雨雾，茫茫视域里一片潮天湿地。我简单地用过早餐，便急匆匆地一头钻进了想望已久的勃朗特纪念馆。这里资料比较丰富，实物也不少，几个展柜中都珍藏着手迹、书稿，衣橱里存放着夏洛蒂穿戴过的衣服、鞋、帽，厅堂里摆着艾米莉弥留之际躺过的沙发，还有安妮最珍爱的摇椅，各个居室的布置也都保持原貌。

当然，作为历史的再现，它所撄攫人心，令人徘徊瞻顾、穷究深索的，还不是主人一般的视听言动的遗迹，而是那种形而上的超越时空界隔、具有普遍意义的创造精神，是获得永恒价值的鲜活灵动的艺术氛围，是三位文学精灵的超常的智慧和恒久的魅力。

就艺术而言，作品对于作家及其创作背景具有相对的独立性，但它毕竟是某种现实的反映或心灵的再现。即使是一个普通的有机体，也还要考虑它的遗传基因和环境条件，何况一部作品乃是作家心血的结晶，灵魂的副本，是一个激情过于饱满的心灵的不可抑制的外溢。这样说来，人们自然会提出一个问题：三姊妹固然属于天纵奇才，但她们的成功是否也有现实的踪迹可寻呢？

从画像上看到，夏洛蒂一头短发，一双大而奇特的眼睛止水般的凝静，身材瘦小，举止稳重；艾米莉个头略高，一副神经质，不胜羞怯似的，显得落落寡合；她们的妹妹安妮长着一双略带紫罗兰色的蓝眼睛，面孔富于表情，意态有些矜持。三姊妹的体质都十分孱弱，患着同样的结核病。死神一直在这个家庭里猖獗肆虐，七年间三姊妹先后弃世，分别得年三十九岁、三十岁和二十九岁。

勃朗特一家基本上处于与世隔绝状态，一向清贫寒素，三姊妹童年是在寂寞与凄苦中度过的，但精神世界并不空虚。父亲是一位牧师，性格有些乖戾，却酷爱文学，出版过诗集，早岁周游各地，带回许多文学名著；母亲也是天资颖慧的，只是年纪很轻就去世了。三姊妹上过几年学校，由于赋性孤僻，与其他女孩子很少交往，更多时间是在家里自学，由父亲给她们讲课，或者跟随阅历丰富的女仆在荒原上闲步，听讲一些带有原始意味、充满离奇色彩的逸闻轶事。

从而她们相信，早些年仙女们经常在月色溶溶的夜晚来到溪边沐浴，后来山谷间种下了钢筋铁骨，长出一幢幢四四方方的厂房，仙女就再也不来了。她们从老女仆那里了解到社会上各色人等的生活方式和百式百样的人生厄运与家庭悲剧。

三姊妹的创作活动，早在十二三岁时就开始了。她们编撰了许多想象奇特、内容荒诞、语言夸肆的传奇、戏剧与诗歌，把它们刻印在自己编辑出版的"杂志"上。展柜中陈列的大量火柴盒、纸烟盒般大小，字迹像米粒似的纸片，便是夏洛蒂及两个妹妹当时的手稿。对于现实生活中所缺少的，孩子们大都喜欢通过想象编结一些美丽的幻梦来加以补偿；而孤独、寂静的环境又有利于孩子们养成沉思、幻想的习惯。她们把听来的外界的离奇诡异的传说，偶然接触到的各种社会现象，经过剪裁梳理、虚构夸饰，编织成有趣的文学"梦幻之网"。

长大之后，绝大多数时间，她们也还是离群索居。除了闷在房间埋头创作与绘画，就是在荒原上长时间地散步。走累了，便坐在山坡上石楠花丛，双手托腮，眼睛定定地盯着下面的村落，仿佛要把隐匿其间的一切神奇诡秘窥察个水落石出。或者仰首苍空，望着变幻多端的云朵，扑扇着幻想的羽翼，展开丝丝缕缕、片片层层的遐思。这时，她们就觉得心胸、眼界也像苍穹、碧海一般的辽阔。

看来，三姊妹都属于马赛尔·普鲁斯特所说的"用智慧和情感来代替他们所缺少的材料"的作家。她们常常逸出现实空间，凭借其丰富的想象力和超常的悟性遨游在梦幻的天地里。

她们的创作激情显然并非全部源于人们的可视境域，许多都出自有待后人深入发掘的最深层、最隐蔽、也是含蕴最丰富的内心世界。可以说，这大大的荒原和小小的石屋只是托起她们那波诡云谲、万象纷呈的内宇宙的一个支点，不过是在奇光幻影的折射下所展现的环境的真实。

在一个个寂寞的白天和不眠之夜里，她们挨着病痛，伴着孤独，咀嚼着回忆与憧憬的凄清、隽永。她们傲骨嶙峋地冷对着权势，极端憎恶上流社会的虚伪与残暴；而内心里却炽燃着盈盈爱意与似水柔情，深深地同情着一切不幸的人。她们一无例外地抱着理想主义的浪漫情怀，渴望得到爱神的光顾，切盼能像同时代的女诗人伊丽莎白·勃朗宁那样拥有一个情投意合的理想伴侣。

可是，她们却又高自标格，绝不俯就，要求"爱自己的丈夫能够达到崇拜的地步，以致甘愿为他去死，否则宁可终身不嫁"。这样，现实中的"夏娃"也就难于找到孪生兄妹般的"亚当"，而盛开在她们笔下的、经过她们浓重渲染的爱情之花始终不能在实际生活中展现，只能绽放于各自的蒸腾炽热却又虚幻渺茫的想象之中。这确实是最具悲剧意味、令人无限伤情的事，千载以还，谁人能不为之倾洒一掬同情之泪！

她们只是艺术家而不是思想家，作品中除去一些鲜活的形象和耐人寻味的意蕴，看不出什么微言大义，也谈不上号角和火把。里面也蒸腾着血的气流，飞扬着爱的旗帜，但总体来说，她们对于社会、人生、爱情、事业所持的往往是悲观的态度。

在当时特定的历史条件下，恰恰由于借助这种悲观的哲学视角，使清醒的头脑、冷峻的思维获得了独特的第二视力——从局部、暂时的平静想到整个社会的动荡不宁，鸡鸣风雨；透过花团锦簇的表面繁华看到人生背后的惨淡、悲凉；在看似正常的现象中察觉出荒诞的本质。

艾略特等西方现代诗人曾经从象征意义上写到了荒原，用以昭示资本主义繁荣景象后面人性的荒漠化。而勃朗特姊妹笔下的荒原则基本上是写实，却也同样是深邃的意象。

其实，艺术的力量说到底是生命的力量。任何一部成功之作，都必然是一种灵魂的再现，生命的转换。勃朗特三姊妹就是把至深至博的爱意贯注于她们至柔的心灵、至弱的躯体之中，然后一一熔铸到作品中去。这种情感、意念乃至血液与灵魂的移植，是春蚕般的全身心的献祭，蜡炬似的彻底的燃烧。

　　作品完成了，作者的生命形态、生命本质便留存其间，成为一种可以感知、能够抚摸到的活体。而当读者打开她们的作品时，便像是面对面地与之交谈，时时感受到她们的生命气息，在分享着生命愉悦的同时，也充分体验到一种强烈的生命冲击。所以说，读她们的作品需要用整个心灵，而不能只靠一双眼睛。

三

　　追求生命的永恒，原是人类最带本能色彩、也最具本质意义的一种向往。可是，勃朗特三姊妹的一生却是十分短暂的。这对于作家来说，无论从生活阅历、生命感悟、经验积累、时间延续哪方面看，都是一种难以超越的限制，无法补偿的损失。但这只是一个方面，还有比生命长度更为重要的因素，那就是生命质量和生命价值。

　　就此而言，英年早逝的勃朗特三姊妹和许多遐龄高寿的文学大家相比却是毫无逊色的。高度浓缩的一生使她们迅速开花、成熟、结实，一二十年间便展现出绝世的才情，留下了惊人的创作。如同三颗联袂横空的陨星，在穿越大气层的剧烈摩擦中，刹那间放射出夺目的光焰，自尔神采高骞，无愧于星月辉煌，云霞灿烂。

与她们同时代的英国著名诗人马修·阿诺德写过一首题为《哈沃斯墓园》的诗，在深情悼惜勃朗特姊妹超人的智慧、非凡的热情、强烈的情感之余，称许她们为拜伦之后无与伦比的天才。作为一个文学群落，"三姊妹现象"在世界文学史上是仅见的。难怪有人说，她们的出现是近代的一则神话。直到今天，西方还有人称她们为"文学的斯芬克斯"，一个难解的谜团。

有一类作家是专门向着人类心曲说话的，他们往往以任何时代都能理解、都可以交流的旷世知音为倾诉对象。这种远离群众活动方式的选择，决定了他们一生都将在寂寥、孤独中度过。如果能够幸逢知己，即使生非并世，时隔百代千秋，也足以慰藉其傲骨、孤魂于重泉厚壤。

中国汉代文学家司马迁读了屈原的《离骚》，不禁热血偾张，深心向慕，"悲其志，想见其为人"；唐代诗人杜甫暮年出蜀，过宋玉故宅，睹其遗迹，感其生平，一时悲从中来，发出"怅望千秋一洒泪，萧条异代不同时"的苍凉浩叹。过去，我同许多文学朋友一样，每当展读《简·爱》和《呼啸山庄》等文学名著，或者观看据此改编的影视作品，都为其恒久的魅力、高蹈的灵思而深情仰慕，由衷向往。今日天缘得便，有幸止宿于勃朗特姊妹的故宅与墓地之旁，更是生发出一种幽冥异路,觌面无缘的悲慨。我们何止是"异代不同时"啊,而且还远隔重洋,迢遥十万八千里!但我深信,作为文人,彼此的心路都是汩汩相通的。

按照钱钟书先生的说法,文学"邻近着饥寒,附带着疾病",操此业者皆为"至傻至笨的人"。引为自豪的是,我们这些"至傻至笨的人"从事这种最艰辛的"创造意义"的劳作,竟然都是自觉的选择,全身心地投入。我从三姊妹对文学的宗教式虔诚和"之死靡它"的献身精神中体验到一种情志的互通和心灵的感应。

天色转晴,和煦的秋阳钻出了云层,枫香筛下来片片光影,教堂的七彩玻璃上映射着耀眼的光芒。"叮叮当当",一阵钟声响起,不知不觉中已经到了上午十一点,时间过得真快呀!还有几十分钟就要登上返程的班车,告别芳邻,同三姊妹说声"再见"了。为了永不忘却的纪念,我请人拍摄了两张同故居的合影。回过头去,又凝神瞩望了好一会儿,想让这座不寻常的建筑牢牢嵌入我的记忆之窗。

还有一桩要事,就是参谒夏洛蒂和艾米莉的墓地。走进教堂,我屏息敛气,放轻了脚步,穿过一排高大的拱柱,在玫瑰窗下的高台上看到那块刻录着勃朗特一家人辞世年月的特制石板,而左侧地面上就平放着标示两姊妹埋骨位置的铜质墓碑。我把事先准备好的一束鲜活俏丽的石楠花虔诚地放在上面,权当作心香一炷。金光璀璨的碑铭与紫里透红、生意盎然的鲜花相映生辉，令我悲欣交集。

一百五十三年前，在艾米莉生命的最后时刻，姐姐夏洛蒂想到应该给她献上一束平日她最喜爱的石楠花——尽管寒冬时节花容惨淡，枝叶枯萎，但她还是撷采盈掬。遗憾的是，此时的艾米莉已经神情木然，什么也认不出来了。

对着墓碑和鲜花，我低声吟诵着《呼啸山庄》结尾的一段话："我在那温和的天空下面，在这三块墓碑前流连！望着飞蛾在石楠丛和兰铃花中扑飞，听着柔风在草间吹动，我纳闷有谁能想象得出，在那平静的土地下面的长眠者，竟会有并不平静的睡眠。"

班车驰下了石头道，走出了荒原，离开哈沃斯越来越远了。这是我的英伦之旅的最后一站。其间访问过不少名城胜迹，参观过一些王宫、城堡、塔楼、教堂，有的堂皇富丽，有的壮伟巍峨，有的古趣盎然。但都止于一般的观赏，"游于目而未入于心"，时日既久，便会如过眼云烟，无复忆念。

而在荒疏、僻陋的哈沃斯村，在勃朗特姊妹的故居和墓地，却经受到一番心灵的撞击，情志的交感，觉得那里跃动着不灭的诗魂，鲜活人物呼之欲出，因而牵肠挂肚，意驻神萦，留下了绵绵无尽的遐思。看来，这一夜芳邻怕是永生永世也难以忘怀了。

2002 年

怅对花魂

因为我写过《因蜜寻花》《天涯芳信》之类的散文,有些朋友便以为我精于花道,向我请教何为传统名花、现代名花者有之,特邀我出席一些赏花盛会的亦有之。殊不知我的写花,多是避实就虚,借题寓意,别有寄托的。而且,大凡赏花的里手,都兼具丰富的情趣和必要的逸豫。于此二者,我很难称为富足。当然,爱好还是有一些的。

大约是中秋节前两天吧,我从外地出差归来。因为在火车上已经用过了晚餐,便径直到办公室去翻阅积压的报刊,同时,打开半导体收音机,听一曲悠扬悦耳的广东音乐。顿时,觉得旅途的劳顿渐渐融释,全副身心都沉浸在诗一般的优美、和谐的意境里。突然,电话铃声大作,是妻子打来的,说是家里的昙花已经绽蕾,马上就将开放,催我急速赶回去观赏。

这是一个月白风清、沁凉如水的秋夜。空气像新鲜的牛奶一样清净，吸上几口，凉爽而恬适。但是，因为"昙花一现"这句成语萦结在心头，我不敢作片刻流连，只好三步并作两步，匆匆忙忙地追踵芳踪。

推开了屋门，只见雪亮的灯光下，妻子正全神贯注地观察着那盆平素很不引人注意的昙花。在扁平的叶状新枝的边缘，翠玉般的花蕾，无风自荡，颤颤摇摇，似乎不胜负载；过了一会儿，竟和电影特写镜头里的一模一样，逐渐地，逐渐地张开了，中心涌射出一簇黄澄澄、金灿灿的花蕊，每一茎都像纤细的金丝，又像粉蝶的触须，在微微地颤动。四围的层层花瓣上的每根筋络，还在拼力地向外舒展，仿佛要把积聚了多年的气力和心血，尽情地倾泻无遗，要把全部的美和爱，一股脑儿奉献给培育它的主人。

花冠大似碗口，晶莹如玉，洁白胜雪，透出浓郁的幽香，沁人心脾。那空灵俊逸的神韵，轻轻摇曳的身姿，使人联想到葱葱郁郁的树冠上的一朵飘忽的白云。我连大气也不敢嘘出，唯恐一不小心将它吹荡开去。

按照我们中华民族以雅致为核心的审美观，这艳而不亵、冶而不娇的昙花，堪称花中圣品。无论是"竞夸天下无双艳，独占人间第一香"的牡丹仙子，"开处自堪夸绝世，落时谁不羡倾城"的西府海棠，还是"水中轻盈步微月"的水仙，"烂红如火雪中开"的山茶，都无可比拟。

有人嫌它花时太短，惊鸿一瞥，稍纵即逝。其实，这是过苛的挑剔。长短总是相对而言的；而且，决定事物价值的，往往是质而不是量。生命无论短长，关键是看它有无亮色；没有亮色的生命，再长也不过是一片虚空。何况，人生七十古来稀，即使寿登期颐，放在无始无终、万古如斯的时间长河里，也只是短暂的"一现"。只要能在这"一现"之中，像一颗陨星冲入大气层之后，能在剧烈的摩擦中发出耀目的光华，自尔神采高骞，同样称得上星云灿烂。

为着追求唐诗中"昨夜月明浑似水，入门唯觉一庭香"的意境，我顺手关掉了电灯，使昙花在皓月清辉中显现其空灵淡雅的芳姿。妻子认为，这样美好的景色，只是两个人欣赏，未免辜负了它的一片芳心。她提议招呼一些亲邻好友来共同赏花。古人说：独乐乐，不若与人乐乐。在一般情况下，这无疑是真理。但此刻我却认为，还是保持一种静穆的气氛为好。

在这一片光雾迷离之中，只容意念回旋，不宜有过多的人物点缀。那种"歌鼓喧阗，笙簧齐奏"的聒噪，与夫"千门如昼，嬉笑冶游"的粗俗，对于昙花来说，都是很不适宜的。史载，南宋画家、词人张镃当牡丹开放时，招邀友好举行赏花盛会，宾客齐集后，吩咐开帘通气，立刻满座皆香，然后伴以歌姬舞女，檀板清樽，喧腾彻夜。这种"厚爱"施之于昙花，大概是难以忍受的。

据说，昙花原属热带植物，为了避开日间的燥热，便躲在深夜里开花。它并不计较条件的优劣、土壤的肥瘠，淡泊自甘，多予少取；勘破了名利关头，不愿取悦于人，招蜂引蝶。它同"出污泥而不染"的莲花，笑傲秋霜、幽香独抱的菊花，实可并列而为"花国三清"。

此时，和平恬静的空间完全为奔走不停地秒摆所占据。"当、当、当"，时钟敲了十二下。妻子回到寝室去睡了。我默坐一旁，仔细地端详着掩映在清冷的月华下的隽秀的幽姿。超逸，雅静，妙相庄严，通体明亮。这哪里是花？分明是一颗怦怦跳动着的心！此刻，我的胸臆里既满怀着兴奋，也夹杂着一种带有苦涩味的酸楚与歉疚。真个是：舌兼五味，百感交集，不觉慢慢地沉浸在如烟往事的回忆里。

三年前，暮春时节。一位朋友赠给我一段昙花的叶状嫩枝。抱着试试看的心情，我顺手将它插在一个幼苗尚小的菊花盆里。十几天后，它竟扎下根须，渐渐长大起来。我于养花一道，纯属外行，如何给水施肥，全然不懂。有时看盆里发干，就随手将一大杯凉茶倒进去。赠花的朋友发现后，嗔怪我硬拉着李逵去跟张顺泅水。原来菊花耐湿，而昙花喜干，我这么"一锅煮"，岂不苦了它也！此后，我就把它移进另一个小花盆里。转眼间，一千个昼夜过去了，它由一段扁平的叶片，繁衍成几茎柱状青枝，于今已绿叶婆娑，高达数尺了。

劳人草草。每天我都怀着一颗忙碌的心，匆匆来去，早出晚归。回到家里，只觉得身心两乏，倒头便睡，几乎把培育昙花一事完全忘诸脑后，既没有按照植株大小换土更盆，也从未根据生长需要为它追施任何肥料，偶尔心血来潮，"咕嘟嘟——"灌上半盆清水，谈不上及时，更未必合理。可是，它，这株昙花却全不在乎待遇的菲薄和条件的艰苦，凭着高度的使命感和顽强的生命力，经过长时间的蕴蓄元气，硬是"拼命三郎"似的，在寂静的秋夜里悄然开放。唯一的追求就是把心灵中最美好的东西和盘托出，给人们以爱的温馨和美的享受。

冰心老人写过这样的诗句：

> 成功的花。
> 人们只惊慕她现时的明艳！
> 然而当初她的芽儿，
> 浸透了奋斗的泪泉，
> 洒遍了牺牲的血雨。

想到这些，我益发觉察到心中留下的缺憾。我筹划着，明春一定买个大花盆，满装上肥沃、松软的腐殖土，早早地把它移植过来，殷勤、合理地力加以培护。

月亮下去了，屋里一片黯淡。我开亮了灯。呀！昙花巨大的花冠已经垂了下来，花瓣全部闭合了。再看那青葱的枝叶，似乎也渐形枯萎。这该是长期疏于管理，养分匮乏所致。昙花，昙花！为着绽放一朵奇葩，竟然使尽浑身解数，最后力尽而竭！做人若能如此，也就很够标准了。

记得《随园诗话》中记载过这样一个故事：一个叫陈浦的老寒士，带着自己的诗稿，请求当时的诗坛巨擘袁枚评点。袁枚日夕游宴于权贵、诗翁、才女之中，对这个寒士的诗稿并未引起重视，随手放在一边。几年之后，想起这件事来，取出诗稿细细品玩一遍，发现作者原是一个才分很高、颇有造诣的诗人，诗稿中不乏一些传世之作。他便忙着打听其人下落。不料，这位老寒士早已在贫病交攻之下黯然故去。袁枚满怀深情地录下已故诗人的七绝《醉后题壁》：

贫归故里生无计，病卧他乡死亦难。
放眼古今多少恨，可怜身后识方干！

然后，凄然地在《诗话》里写道："呜呼！余亦识方干于死后，能无有愧其言哉！"

这里说的方干，是唐代的诗人，很有才识，科场失意后，息形山林，郁郁以终。后来，朝廷发现并承认了他的才干，追认他进士及第。但逝者已矣，已经于事无补了。历史上许多奇才俊逸之士，没身草泽，不为朝廷与社会重视，直到显露了才华，做出了贡献之后，人们才赏鉴其才识，但因贫病摧残,身心交瘁,往往为时已晚。这种情况,今天也时有出现。报纸上不是时常介绍一些生前未被重视,死后才予以赞美、宣扬的人才吗!

  自然界的花卉自有其生长的规律,本与人事无关。但事有可鉴,理有可通,有时一些物象也能给人以深刻的启示。

  人过中年,久经世事,已经淡化了昔日豪情似火的衷怀。但在名花零落、深情悼惜之余,总觉得有一股激情在胸中喷涌。遂步寒士陈浦的七绝原韵,题诗一首,作为本文的结尾:

  一枝素艳惜凋残,旋现旋消补过难。
  顾理失时成大错,花中我亦负方干!

1986 年

心中的倩影

到了南京，第一个念头便是去寻访秦淮河。

《桃花扇》《板桥杂记》《儒林外史》等许多古籍对秦淮河的描写，确实给我留下了特深的印象。"桃花似雪草如烟，春在秦淮两岸边。一带妆楼临水盖，家家粉影照婵娟。"这是明清之际的秦淮春景。而"秦淮灯火之盛天下所无，两岸河旁，雕栏画槛，绮窗绣障，十里珠帘"，"城里几十条大街、几百条小巷都是人烟凑集，金粉楼台。水满的时候，画船箫鼓，昼夜不绝"，则摹写了十里秦淮的繁华胜概。

如果说，清代文人孔尚任、余澹心、吴敬梓笔下的秦淮是靓娘的浓抹；那么，朱自清先生眼中的"晃荡着蔷薇色的历史的秦淮河"，"水是碧阴阴的，看起来厚而不腻"，"一眼望去，疏疏的林，淡淡的月，衬着蓝蓝的天，颇像荒江野渡光景"，便是西子的淡妆，更别具一番风情。

由于古文化的积淀，秦淮河早已活在一代代人的心里，每个人的脑海中都闪现着它的玫瑰色的丽影。而在我的心目中,它是一首璀璨的诗,一幅绮丽的画,一片如烟如梦的旧时月色。

可是没料到,当听说我要去寻访秦淮河时,市文联的同志却苦笑着摇头。他们告诉我,早在清末民初,秦淮一带便已萧条破败了,河道淤塞,河床狭窄,河水混浊。实际上,朱自清先生看到的秦淮河已非旧貌,只不过在朦胧的月色、眩晕的灯光下看不分明而已;或许诗人已经分明看出它的陋貌衰颜,但不肯去揭那玄色的面纱,做大煞风景的文字,也未可知。总之,今日的秦淮河再也找不出多少诗情画意,那个白舫青帘、桨声灯影里的秦淮河,已经像梦一样地消逝了。

看到我充满失望的神色,朋友们半是劝慰半是憧憬地述说。南京市政府已经把彻底整治秦淮河列为市政建设的一项重点工程,将采取一系列人工措施,清除污泥,运走垃圾,沿河恢复一些有特色的古建筑,建成富有特色的秦淮河风景带,涤除她的斑斑锈迹,恢复其天然姿色。

我终于打了退堂鼓,决定在秦淮河恢复秀丽的姿容之前暂不去探访,尽管为她魂牵梦绕了几十年,尽管重来南京不知何日。我不想让那如诗如画如烟如梦的旧时月色倏忽消失,我愿在记忆中永存她的倩影。

回来后,我把这些想法讲给几位朋友听,多数人都不以为然。有的说我"痴情可哂",有的笑我"书生气十足""理想主义",我却至今不悔。特别是读到文洁若的散文《梦之谷中的奇遇》,对作家萧乾的举措,更是赞其通脱,引为同调。

1928年,十八岁的萧乾在汕头角石中学任教时,结识一个名叫萧曙雯的女学生。二人心心相印,灵犀互通,诚挚地爱恋着。不料,校长从中插足,有意娶她,声言如果曙雯拒婚,就要对萧乾狠下毒手。姑娘断然斥绝了这个恶棍,同时劝说萧乾赶紧离开,以免遭到暗算。本来,她是准备同萧乾一道乘船逃离的;可是,当发现码头上有歹徒持枪环伺,她只好改变主意,悄悄地溜回。她知道,若是萧乾只身出逃,他们会高兴地放他走开;如果二人同行,萧乾就会死在这伙恶棍手中。

尘海翻腾日月长,一别音容两渺茫。这对情人南北分飞,无缘重见,各自在布满荆棘的坎坷路上建立了家庭。八年后,作家萧乾以此为题材,写了一部长篇小说《梦之谷》。他是多么盼望有朝一日能够再见一面当年恋人——书中的女主人公盈姑娘啊!

六十年过去了,他终于有机会旧地重游,回到了汕头的"梦之谷",并且得知萧曙雯仍然健在。这对于千里离人来说,尽管不无苦涩,却也毕竟是一种抚慰。可是,经过一番斟酌,他毅然决然放弃了这个此生难再的机缘。他不愿让记忆中的清亮如水的双眸,堆云耸黛的青丝,轻盈如燕、玉立亭亭的少女丰姿，在一瞬间，被了无神采的干枯老眼、霜雪般的鬓华和伛偻着的龙钟身影抹掉，他要把那已经活在心目中六十年的美好影像永远保存下来。萧乾说："这不光是考虑自己，也是为了让曙雯记忆中的我永远是个天真活泼的小伙子，所以，还是不见为好。"

留恋少时的风华，珍视美好的印象，是无分境遇，人同此心的。随着岁月的流逝，这种感情会日益浓重。世间许多宝贵的事物，拥有它的时候常常并不知道珍惜，甚至忽视它的存在；而一当失去了它，到了"求之不得，寤寐思服"的时候，才会真正认识它的价值，懂得它的可贵。韶华就是这一类的东西。

人生是不可逆的，"长江一去无回浪"，古今中外永远不会有时间的收藏家。我们仿佛看到雪莱的诗剧《被解放了的普罗米修斯》中的时间的精灵——神色仓皇的御者，正赶着一匹匹肋生彩翼的飞马，拖着一辆辆雕花镂彩的神车，踏着香风彩云向前飞奔。自从远古以来，无数智者就从哲学、科学的角度，努力探求无限的时空，最后，总是在奔流不息的时间长河面前惊愕不已；诗人则力图通过无穷的想象力和有限的艺术形象，去追求和把握浩渺的时空，在想象中让时间冻结、压延、超越和倒流，但是，结果只是一连串的浩叹："恨无壮士挽斗柄，坐令东指催年华。今朝零落已可惜，明日重寻更无迹"。

那年春天，一位著名表演艺术家应邀来营口市讲学。闲谈中，已经离休的市文化局局长，提到六十年代初期这位艺术家首次来营口访问演出时的情景。"您那时真是风华正茂，光彩照人，我手里还保存着当时我们的合影呢！"老局长说着，把一张已经泛黄的黑白照片递过去。这位表演艺术家眼睛刷地一亮，说："太宝贵了，赠给我吧。我在'文化大革命'前的所有留影，全都在这场浩劫中损失了。"她坐在镜子前面，静默良久，看着三十多年前流溢着青春气息的秀影，充满了对昔日风华和峥嵘岁月的忆念。

我即兴题赠一首七绝：

卅年回首感千重，妙艺人人赞化工。
且莫伤怀悲老大，青春犹在画图中。

她看了苦笑着，说："您这诗看似慰语，实际上正是憾词。"

当然，在特定条件下，也还有红颜长驻的情况。记得台湾作家林清玄在一篇文章中讲过这样一个故事：一对热恋中的情人同登喜马拉雅山，不幸遇上了雪崩。男青年被雪堆埋得不见踪影，女的却活着逃了出来。她无限地怀念着情人，年年此日，都要去当日的出事地点，寻找恋人的踪迹。终于在第二十个年头，在雪堆的一角，找到了情人的尸体，仍是当年那样年轻、俊俏，朱颜秀发，而自己却早已失去了往日的风韵，垂垂老矣。这虽然也是一种驻颜之术，无奈说来实在是太惨苦了。

人们也许会问：那位女士苦苦奔波二十年，她究竟要寻觅什么？只是为了要见上一面情人的年轻、俊秀的倩影吗？这在她的记忆之窗上，本是永远抹不掉的，而且会久而弥新。那么，除此之外，又是要追求什么呢？或许是要重温昔日的恋情，寻觅那一经失去便再也不会重现的、无比珍贵的纯真诚挚的情愫。

由此可以联想到，留给亲人、朋友一个美好的形象固然重要，但是，它所附丽的却是珍贵百倍的真情诚意。如果有朝一日，那位女士发现日夜思念的意中人竟是一个骗子，那么，再美好的形象也会随之而化为丑陋了。

1988 年

会心处不必在远

本来，人和周围的环境，包括各种虫、鱼、花、鸟，飞、潜、动、植，是相生相长、相互依存的，少了哪一样都不成其为完整的自然界大家庭。在这方面，我们的老祖先，好像比较明智一些。他们虽然也奉行"人为万物之灵"的信条，但同时懂得人并不是唯一的，他们只是自然界的一部分，标准的说法是：万物与我共生，天地与我为一。泛泛而谈说不清楚，不妨以鸟为例。

古人把这种小小的生灵看作是心爱的朋友，对它怀有深厚的感情，经常用它来讴歌美好的情感，寄寓向往自由的理想。我国第一部诗歌总集《诗经》，开篇就讲鸟："关关雎鸠，在河之洲。"三百零五篇中，提到了七十七种鸟。"谁道群生性命微，一般骨肉一般皮。劝君莫打枝头鸟，子在巢中望母归。"唐代大诗人白居易以"老妪能解"的通俗语言，表达了爱鸟护生的殷切之情。

可是，到了后来，特别是"西风东渐"之后，"人定胜天"的思想使人过分迷信自己的力量，认为人可以征服一切，改变一切，应该、也能够成为众生的主宰。这样，就一天天地狂妄自大起来，俨然以霸主的姿态出现，觉得天地间除了人以外，其他任何生物都不在话下，任凭你横行霸道，予取予夺。

其实，要论来到地球上的时间，人类满打满算，还不到一百万年；而昆虫的出现大约是四亿年前的事；鸟类的历史要短一点，也已达到了一亿三四千万年。说这番话的用意，在于要证明一系列的问题：一是在大地母亲怀抱中，人并不是唯一的存在。二是人类生存依赖于自然界，而不是自然界离开了人类就会天崩地陷，"一命呜呼"。三是早在人类出现之前，自然界就已存在了亿万斯年，而且，既无斧斤砍伐之虞，又不必担心各种药害污染；冬有风声林籁，夏有鸟语花香，料应感觉不到枯燥与寂寞。

特别是我在沛源山庄住下之后，更从实践中深化了对这类问题的理解。说是山庄，不过是一座三层小楼，里面住了我们三四个人，而且是暂时的。它经年累月，荒寂无人，像一个孤悬在大树丫杈上的鸟巢，遗落于辽东山区绿涛翻涌的林峦深处，淹没在喧啸如潮的鸟噪虫吟里。我想，人在这种情境下生活过一些时日，那种唯我独尊的心性，那种以"万物主宰"自居的霸气，大概总会有所收敛吧？

用过了简便的晚餐,我搬了一把椅子到平台上,与青山对坐,虫鸟为邻,屏神敛气,收视反听,努力把整个身心融汇到神奇的大自然之中。四围林涛涌动,浓绿间杂着青葱,枝分叶布,翠影婆娑,晚风吹过,像波澜起伏的海浪,前波刚刚漫过,后波便又推涌过来。几株高大的槐、楸,闪着略带金光的叶片,撑起遮天的巨伞,从万绿丛中昂然挺出,在明净的碧空里映出整齐的轮廓,展开多节的丫杈。

在这里,乔木、灌木混杂、错落地生长着,随高就低,无争无竞,随心所欲地展现着自己,一切都纯任自然,没有一丝一毫人工的介入。也合乎规律地向外发展、扩张,保持着自然生态的平衡,不存在旱魔、山洪、虫灾、风暴的威胁。鹰隼一类的猛禽,以凶悍的蛇族和柔弱的山鸟为食,蛇类又靠着小鸟及其雏、卵补给营养,而成群结阵的鸟类则以捕捉取之不尽的昆虫来维系生命。它们共同组成一条生物链,消长盈虚,生灭流转,自然地维持着生态平衡,无须虑及林源的枯竭、鸟类的灭绝或虫灾的泛滥。自然,什么护鸟员、杀虫剂、人工投食措施也都成了多余之举。

对于社会关系的价值标准建立在直接利益之上,目光变得越来越浅近、狭窄的现代人群来说,自然的星月风云,林原的野花啼鸟,也许是洗濯污浊已久的尘襟俗虑,进而扩张眼界、给出幻想、挣脱心灵拘束的理想课堂。如果有条件,当然最理想的去处,是九寨沟、张家界、西双版纳雨林、呼伦贝尔草原等等人间胜境。但是，晋简文帝说得很有道理："会心处不必在远，翳然林水，便自有濠濮间想。"我们不妨拨出一点空闲，走出城市的石室丛林，投入大自然的怀抱，沐浴在"不用一钱买"的清风明月之中，"耳得之而为声，目遇之而成色"，使自己的想象力得以逸出有限的范围，驰骋于梦一般空灵、谜一样神秘的大千世界。那真是一种实实在在的精神享受。

　　苏东坡的散文名篇《超然台记》中，有一段关于"游于物外"的富含哲理的妙语："凡物皆有可观，苟有可观，皆有可乐。非必怪奇伟丽者也。哺糟啜醨，皆可以醉，果蔬草木，皆可以饱。推此类也，吾安往而不乐！""夫求祸而辞福，岂人之情也哉？物有以盖之矣。彼游于物之内，而不游于物之外。物非有大小也，自其内而观之，未有不高且大者也。彼挟其高大以临我，则我常眩乱反复，如隙中之观斗，又焉知胜负之所在。是以美恶横生，而忧乐出焉，可不大哀乎！"反复展读，可以使我们受益匪浅。

2002年

泪泉血雨绽奇葩

记得冰心老人早年写过这样的几句诗：

成功的花。
人们只惊慕她现时的明艳！
然而当初她的芽儿，
浸透了奋斗的泪泉，
洒遍了牺牲的血雨。

寥寥数语，道出了一个千古不易的真理：成功来自艰辛的劳动。"字字看来都是血，十年辛苦不寻常"，像《红楼梦》那样震古烁今的鸿篇巨制自不待言；即便是一首出色的短诗，又何尝不是艰辛劳动的产物！"两句三年得，一吟双泪流"，"吟成五个字，捻断数茎须"，"险觅天应闷，狂搜海欲枯"，"生当无辍日，死是不吟时"——这些描述前人苦吟的诗句便是明证。赫尔岑说得好："在科学上除了汗流满面，是没有其他获知的方法的；热情也罢，幻想也罢，以整个身心去渴望也罢，都不能代替劳动。"

诚然，在艺术创作过程中确实存在着灵感；从事科研活动也常会碰到意外的机遇。人脑，这个神奇的存储器，存储了客观世界的大量信息。随着思维活动的不断深化，信息的不断丰富，联系也日益紧密与连贯。这时如果受到某种激发和启迪，就会使存储的信息活跃起来，各种联系豁然贯通，迸发出灵感的火花，出现构思活动中质的飞跃。这种心理现象看似难以捉摸，其实，它的基础正是艺术家的生活实践、艺术实践，包括长期艰苦的构思、探索。所谓"长期积累，偶然得之"，"得之在俄顷，积之在平日"，说的正是这种情况。列宾曾说，"灵感是对艰苦劳动的奖赏。"它既非神的意志的体现，所谓"福至心灵"；也不像柏拉图所解释的，是什么"不朽的灵魂从前生带来的回忆"。

十九世纪三十年代，法国一位女作家写了一本小说，说巴尔扎克有一隐身魔力的粗大手杖，凭借它，巴尔扎克可以隐身于各种场合，访察到其他作家难以知晓的种种社会真实情况，这便是他成功的秘诀。显然这是很荒唐的。在我国，也有许多传说，像诗人李白少时梦见所用之笔头上生花，后遂"天才赡远，名闻天下"；江淹年轻时诗文兼擅，卓有才名，后来在梦中一个美丈夫向他索还了五色笔，此后诗，遂无佳句。在唯物主义者看来，无论是巴尔扎克高产，李白富才，还是"江郎才尽"，都直接同他们的生活实践、艺术实践相关联。抛开勤奋学习，刻苦实践，枯坐在那里等待灵感的降临，无异于守株待兔，缘木求鱼。后代诗人姚宏过梦笔驿时，写过一首寄慨遥深的诗：

　　一宵短梦惊流俗，千古高名挂里闾。
　　遂使后生矜此意，痴眠不读一行书。

诗中慨叹一些后生希图侥幸，冀求"彩笔"，不肯孜孜向学，以致贻误终生。寓意是很深刻的。

在科研活动中，当人们聚精会神探索问题时，有时会因特定事物的启发而产生一种领悟。如能抓住不放，寻根究底，常常可以成为一项重要发现的依据，导致科学上的发现和技术上的发明。这种灵感，或曰机遇，是在实践基础上有计划地进行紧张的观察、思索的产物。

　　公元前200多年，欧洲叙拉古国王希罗，把一锭黄金交给珠宝工匠，让他打造皇冠。皇冠制成后，国王怀疑里面掺有白银，便委托宫廷科学家阿基米德进行测试。为了探索皇冠的奥秘，阿基米德废寝忘食，穷思苦想，简直着了迷。
　　他去洗澡，跨进浴缸后，发现水往外溢，身体浸入越多，水溢出的也越多。

这下他获得了灵感,当时竟忘记是光着身子,跨出浴缸就往家跑,连声高喊:"我找到啦,我想出来啦!"

回去后,他把等重的金块、银块和皇冠依次浸在盛满水的同一容器中,发现银块排出的水最多,皇冠次之,金块又次之,于是得出结论:这顶皇冠并非纯金打制,而是金银的掺合体。以此为依据,他进而发现了浮力定律:浸在液体中的物体,其所减少的重量等于同体积的该液体的重量。

阿基米德的这一重大发现,似出偶然,然而却是他长期苦苦思索、孜孜不倦地探求的结果。法国微生物学家巴斯德说过:"在观察的领域中,机遇只偏爱那种有准备的头脑。"如果换上另外的人,没有阿基米德那样丰富的学识、敏锐的观察力和顽强的探索精神,纵使碰上更多次的启示,也会视而不见,交臂失之的。

泪泉血雨绽奇花。社会、时代为广大青年开辟了广阔的成才之路,但要实际获得成功,还须通过自身的刻苦努力。不肯付出艰辛的劳动,只热衷于觅捷径,碰运气,找机会,是绽放不出明艳之花的。"幸勿贪机遇,图存在更生。"我们应该把徐特立老人的忠告奉为座右铭。

2004 年

细雨梦回

想是夜间读书过于疲劳，一卷未终，便伏几而寐。醒转来，壁上的时钟已经敲过了十二下。

不知从何时开始，楼外下起了雨，衬着路灯的辉映，雨丝闪着一道道耀眼的毫光，透出一种朦胧、含蓄的美蕴。推开窗户，细雨扑上脸颊，痒丝丝的，了无寒意。夜风轻吻着头发，流荡着沁人心脾的清新气息。

这初春的第一场喜雨，不待鸣雷的呼唤和闪电的指引，蕴蓄着满腔的爱意，悄悄地降临人间。确实是"好雨知时节，当春乃发生"啊！

连日来，听到许多关于农村苦旱的讯息，到处都在翘盼着时雨。却不知，辽南果园中此刻是否同样普降了甘霖？我仿佛看到，春雨洒处，姹紫嫣红开遍，片片果林堆着满头香雪，有的如玉屑冰花，白里泛绿；有的如彩云漫拢，一抹轻红。

春雨，唤醒了万物的生机，催动着人们丰收的热望。古往今来,咏赞春雨的诗章连篇累牍。"杏花雨——仓里米。"人们总是把三春灵雨同花繁果富紧密地联结起来。许多无名诗人早在两千年前就吟咏着："芃芃黍苗，阴雨膏之"；"既沾既足，生我百谷"。至于后来的诗篇，诸如"小楼一夜听春雨，深巷明朝卖杏花"；"一百五日寒食雨，二十四番花信风"；"山边夜半一犁雨，田父高歌待收获"；"土膏欲动雨频催，万草千花一晌开"，等等，可说是俯拾即是。

　　雨催花发，昨天还是蓓蕾，今天便绽放出鲜花，几天以后就将结出小小的果实。久旱逢甘雨,是人间的乐事之一。"五风十雨升平世"，更是古代人民的理想境界。苏东坡在《喜雨亭记》中讴歌春雨，兴会淋漓："使天而雨珠，寒者不得以为襦；使天而雨玉，饥者不得以为粟。"一雨三日,"官吏相与庆于庭，商贾相与歌于市，农夫相与忭于野，忧者以喜，病者以愈"。

　　出外旅游，逢着落雨，总有些大煞风景吧？也不见得。古人早已说过："水光潋滟晴方好，山色空濛雨亦奇"；"雨里登山且莫嫌，却缘山色雨中添"。极目青郊，烟雨中的杨柳、禾稼，显得分外朗润清新。有一次，我在苏州逢着下雨，那黑瓦白墙的楼舍，典雅工丽的园林，五颜六色的雨伞下疾徐不一的行人，都因为霏微的春雨更饶韵致。不然，恐怕是无法领略"雨中春树万人家"这句诗的妙处的。

落雨，是挑人思绪、引人遐思的时刻。雨能使人从躁动归于沉静，从感情进到理智。面对着垂天雨幕，耳听着潇潇暮雨，人们会萌动着种种饶有兴味的思绪——

诗圣杜甫在长夜苦湿、风雨凄其中，发出了"安得广厦千万间，大庇天下寒士俱欢颜，风雨不动安如山"的浩叹，体恤民艰之情，跃然纸上。

宋代的诗人曾几，午夜梦回，听得雨声淅沥，认为是最佳音响，从甘霖普降想到稻香千里，大有丰年：

> 一夕骄阳转作霖，梦回凉冷润衣襟，
> 不愁屋漏床床湿，且喜溪流岸岸深。
> 千里稻花应秀色，五更桐叶最佳音。
> 无田似我犹欣舞，何况田间望岁心！

而他的门生，那个被誉为"亘古男儿"的陆放翁，则是"忽闻雨掠篷窗过，犹作当时铁马看"。因为听到雨声，他那饱满的爱国激情，竟然冲出白天清醒生活的境界，泛溢到梦境中去：

> 僵卧孤村不自哀，尚思为国戍轮台。
> 夜阑卧听风吹雨，铁马冰河入梦来。

当然，落雨引发的思绪，也并不都是奋发向上的，也有人从点点滴滴，淅淅沥沥，飒飒潇潇的雨声中，领悟到一种前尘如梦、人生易老的悲凉意绪。最典型的要算宋末词人蒋捷了。他在一首《听雨》词中，通过追怀生涯中的三段里程，着力渲染凄苦冷寂的意境，以暗托其深沉的故国之思：

> 少年听雨歌楼上，红烛昏罗帐。壮年听雨客舟中，江阔云低，断雁叫西风。而今听雨僧庐下，鬓已星星也。悲欢离合总无情，一任阶前点滴到天明。

雨，本来是没有灵性和知觉的。无情抑或有情，都在于人的感受。正如唐代大诗人白居易所说的：

> 峡猿亦无意，陇水复何情。
> 为到愁人耳，皆为断肠声。

不知是什么原因，我对雨向来抱有好感。童年时代，每逢落雨，我都跐着双脚，跑到街头玩耍、嬉戏。有一次，因为在雨中贪玩、摸鱼，竟然忘记吃饭，误了上课，塾师带着愠色，让我背诵《千家诗》中咏雨的诗篇。当我吟过"天街小雨润如酥,草色遥看近却无""绿遍山原白满川,子规声里雨如烟"等令人赏心悦目的清丽诗章之后,老师轻轻点了一句:"朱淑真的诗,你可记得?"我猜想是指那首"连理枝头花正开,妒花风雨便相摧。愿教青帝常为主,莫遣纷纷点翠苔"的,因为觉得有些败兴,便摇了摇头。老师也不勉强,只是轻叹一声:"还是一片童真啊,待你到了我这个年纪,就会懂得人生了。"

当晚,听父亲说,十年前的一个雨夜,在警察署长家里充任家庭教师的先生的爱侣被东家奸污了,第二天,便含愤跳进了辽河。

先生以戊子年五月生,授徒当时五十岁刚过。如今,我也快到这个年龄了,但是,时移世易,历史揭开了新的篇章,他们伉俪那样的遭遇再不会重演了,所以我对雨终无恶感。

……

思绪,像一个扯不尽的线团萦绕着,楼外,淅淅沥沥,雨还在下。

1984 年

清风白水

一

诗文讲究风格，古人形容苏东坡的词风豪放，说是像关西大汉执铜琶铁板，唱"大江东去"，而柳永的词则是缠绵悱恻，如二八女郎手执红牙玉板，唱"杨柳岸晓风残月"。

其实，风景区何独不然！它们的风格特征也是极其鲜明的，泰山的威严肃穆，迥然不同于黄山的瑰奇峭美；"山色如娥，花光如颊，温风如酒，波纹如绫"的西子湖，与"气蒸云梦泽，波撼岳阳城"的八百里洞庭也同霄壤；同是天池，长白天池与天山天池也是风格各异的。

川西北岷山丛林中的九寨沟的特色，是朦胧、神秘、奇丽、自然，充满荒情野趣，全无雕琢痕迹。如果说，泰山具有老年人那种饱经风雨、阅尽繁华的成熟与镇定，那么，九寨沟就是少男少女般的活泼、烂漫，清风白水，一片童真。以言艺术美、人文美，或许不及其他许多风景名胜；以言自然美，则是各地难以比驾的。

说它奇丽，首先要从水谈起。这里有三沟、二滩、四瀑、十八群湖、一百零八个海子。水是九寨沟景观的主旋律，真个是"江湖满地"。我十分艳羡这里的天空，竟有那么多面镜子黑天白日为它鉴形照影。

天涯何处无清水？难得的是，这里的原始生态保持得很好，因而水质绝少污染，清澈异常，透明度达到二三十米。空气清新甜美，天空蔚蓝如拭，没有一丝浮尘雾霭。大自然的神功，将泉湖溪瀑聚炼为一体，组成一个和谐的世界。

清晨，镜海上映出一幅幅"山林全息图"的倒影。人们站在湖边，连嘴角的笑窝、睫毛的飞动都照得一清二楚，更不要说天上疾飞的翠鸟、眷恋的白云，四周峭拔的层峦、肃穆的丛林，无一不被它收入澄澈的波心。面对着"鱼在天上游，鸟在水底飞"这颠倒迷离、虚实莫辨的奇观，人们都赞不绝口。可惜，胜景不长，一阵微风掠过，湖面上便荡起一层细微的涟漪，像是尚未凝固的玻璃浆液，倏忽间里面的一切景象都变得模糊起来。

遍游世界的旅行家，常常赞美苏联巴伦支海基里奇岛的五层湖的奇观：湖水分为五个层次，水质、水色和生物群各不相同而又互不混淆，构成一个绚丽多彩的湖中世界。也有人称誉印度尼西亚的努沙登加拉群岛上左湖艳红、右湖碧绿、后湖淡青的三色湖胜景。

但我相信，当他们看到九寨沟的融五光十色于一湖的五花海后，定会叹为观止。五花海的水与四周丛林组成一个以翠蓝色为基调的色库，湖水因深浅和沉积物的不同，而呈橙红、鹅黄、墨绿、翠蓝、绀紫等多彩的色膜版，在阳光照射下，清澈的涟漪闪烁着层层光环，构成无数的不规则的几何形色区，相互浸淫，加上湖底沉积的珊瑚、琼花般的海藻的映衬，其色泽之绚美，变幻之神奇，堪令天惊地叹。

瀑布之奇，常在于天半高悬，飞流直下，恍如银河倾泻。而九寨沟的瀑布，却是由四十多个首尾相衔的群海构成，以其平地上陡起波澜而引人入胜。由于水碛物在河谷中沉积，形成了弯月形的凸堤，随着时间推移，钙华层层堆高，便出现了首尾衔接、翠湖叠瀑的特异景观。又兼堤埂遍生林木，气势恢宏的水流从婀娜多姿的花树丛中兵分几路冲杀出来，大有"六龙卷海，万马呼风"之势。不仅绿波掩映，白浪滚翻，爆炸出生命的光华声色，而且，瀑从树中出、树在瀑中长的奇观，也洵属世间罕见。

二

九寨沟与其他许多著名风景区不同，亘古以来，"隐在深山人未识"，是一片与世隔绝的典型的处女地。这里除了世世代代散居着为数不多的藏族同胞,那些性耽山水、情系烟霞的文人墨客从未涉足,因此,过去"名不见经传",人文景观相对缺乏。

此间,多的是古艳动人的神话传说,它们以原始思维的想象和幻想、虚构的形式,曲折地反映出藏族劳动人民在征服自然的劳动、斗争、爱情生活中的经验、理想、感情和愿望。这种特异的历史文化积淀的形成,当然和它长期处于封闭式的环境,脱离原始状态较晚有直接关系。

作为民族远古的梦、文化的根、精神活动的智慧之果,口头传承的原始文化结晶和无意识的集体信仰,神话传说在九寨沟可说是满坑满谷,俯拾即是,几乎所有的景观都和神话传说,特别是和挚诚相恋的男神达戈、女神沃诺色嫫的爱情故事相联系。他们赋形于沟内两座最高的山峰,既是神,也是同自然做斗争、从事劳动生产的强者,是半人半神、人性多于神性的偶像。而另一座险怪的峭岩,则是一个插足其间的魔鬼化身的第三者。

许多景物都围绕着这根主线被赋予神奇的来历。比如,色嫫失手打碎了达戈赠给的梳妆宝镜,碎成一百零八块,就成了今天九寨沟一百零八个晶莹澄澈、光可鉴影的海子;那跳玉溅珠的珍珠滩,则是色嫫项链上光洁圆润的珍珠汇成的溪海奇观;那一片片一条条银绸素练般的奔流急瀑,来自神女的纺织台;那长海岸边的苍劲挺拔、枝丫侧向一旁的古柏，乃是为民除害，折断左臂的沃秀老人的化身。

　　这里的山，因那些神话传说而更加瑰奇神秘；这里的水，因那些美丽的传说而益发富有魅力。晨昏相对，令人想象其中必有帝子天神驾螭乘虬，驰骋其间。它使素以"童话世界"著称的九寨沟，又罩上了一层神话世界的色彩。

　　神话传说在各民族的古代生活中，并不是一堆无机物的沉积，而是经常发挥着弥补生活中的不足的积极作用。有人说，梦是一个受压抑的愿望的满足。那么，神话则是贫弱民族的财产——现实生活中迫切需要却又无力实现的事情，就以代偿的形式付诸余生梦想，久而成为神话。因此，透过这些神话传说，不仅可以捕捉到历史的影像，而且，能够窥见远古先民的世界观、宇宙观、价值观，察知他们的真实感情和精神世界。

　　这些神话传说反映了早期人类智力活动的一个显著特点，就是喜欢在各种自然现象或社会现象中寻求一种因果关系。可以说，许多神话都是对因果关系做出的某一类解答。而且，人类原始思维虽然具体、形象，联想力非常丰富，但是，根据事物本身的性质做出逻辑推理的能力，却十分低下。因此，只能借助"拟人化"即万物有灵的思维方式，来理解和解释世界。

　　当看到满山火红的秋叶，便想到贪杯醉酒的壮汉，或脸罩红纱的倩女；把由碳酸盐聚集而成的水中凸堤想象成为民造福、鳞甲飞动的戏水蛟龙。正是这种惝恍迷离的意象与传说，造成一种朦胧的意境、"人化的自然"，从而，赋予各种自然景观以诗情、理趣，使九寨沟原本就瑰丽迷人的景观更加富有魅力，筑成连接过去、现在、未来的一座虹桥，沟通梦境、现实、希望的一条彩路。

我访九寨沟时，正当知命之年，已经是告别童话与神话的时期了，但置身其间，又仿佛找回了飞驰已久的童年，重温和白雪公主、美人鱼为伴的幻想世界，恢复了清风白水般的童真。同这种雾气氤氲缠绕在一起，幻者似真，真者疑幻，怕是几个清宵好梦也难以遣散的了。

三

当然，这种感觉的形成，不仅仅是因为这里富有恍兮惚兮的神话传说，而且，同九寨沟的自然天籁、荒情野趣有关。

那淙淙飞瀑，飒飒松风，关关鸟语，唧唧虫鸣，那水中五光十色、迷离扑朔、绚丽多姿的碧波，山上宛如娇羞不语、情窦初开的少女的笑靥的杜鹃花萼，那隐现在水雾氤氲的瀑面上，酷似七彩神龙夭矫天半的虹彩，那原始森林中绿茵茵、暄蓬蓬，绒毛地毯般的地衣和悬挂在枝头的一丝丝、一缕缕，随风飘荡，如新娘头上轻柔的婚纱的长松萝，那五角枫、高山栎、黄栌木、青榨槭的如霞似火、燃遍天际的醉叶，那充盈着质朴的美、粗犷的美、宁静的美的梦之谷、画之廊，都在人类感情的琴弦上奏起美妙的和声，不期而然地淹入了你的性灵。

在这里度过一个假日，真像裸体的婴孩扑入母亲的怀抱，生发出一种重葆童真，宠辱皆忘，挣脱小我牢笼，返回精神家园，与壮美清新的自然融为一体的感觉。

据鸟类专家调查，九寨沟有鸟类一百四十多种。这些天才的音乐家、优雅的舞仙，诸如亭亭玉立、单足点地的鹭鸶，"贞姿自耿介""白雪耻容颜"的白鹇，翱翔于芦苇海上、盘旋飞舞的苍鹰，通体蓝灰、头侧绯红、宛如头戴京剧武将脸谱、尾翘三尺龙泉的我国独有的蓝马鸡，在箭岩景区次生林设擂赛歌的百灵鸟，终朝奏着凄婉的森林咏叹调的子规，扬着花腔高音的山噪眉，以"笃笃笃"的击木声为林中交响乐团敲着定音鼓的啄木鸟，都给神奇的九寨沟布下一层浓烈的原始古朴的荒情野趣。

这里应该大书一笔的，是被誉为"九寨一宝"的大熊猫。游人在长海一带，常常会碰到它们在溪边喝水，那种娇憨痴笨、悠然自得之态，令人忍俊不禁。熊猫饮水，颇似酒徒贪杯，一边喝着，一边侧耳聆听水声，细细品尝其中滋味，流露一种忘机出世的神情。如果没有外来事物干扰，它总是喝得肚皮隆起，一"醉"方休，而后，便若无其事地拖着笨拙的身躯，一摇一摆地向箭竹林蹒跚走去。有的撑得不省"人事"，倒卧溪边，忘却了昏晓。

四

应该说，我们欣赏九寨沟的自然天籁，并不意味着赞赏它的与世隔绝，或不加分析地提倡保持原始状态。现代化与对外开放，是历史发展的必然趋势。隔绝世事，毕竟是社会进步的致命障碍。生活的环境越是隔绝，文化便越发落后、脆弱、单调，缺乏必要的应变能力。而且，处于原始状态的自然事物，也很难说它具有什么美的属性。

试想，在混沌初开、洪荒未辟之时，洪水泛滥，疫疠流行，毒蛇猛兽到处伤人，长林古木自生自灭，又有什么美之可言！只有当劳动人民成为大地的主宰，不断地改造客观世界，同时也发展了自身的认识与能力，这样，大自然在人们的心目中才具有了美感。

寻访九寨沟，我的心情常常处于矛盾状态。面对那醉人的湖山秀色，我曾深深为之惋惜：长期僻处深山密林之中，鲜为人知，空度了无涯岁月，辜负了天生丽质。但是，当我看到坐落在海拔二千六百米的湖山胜境的日则招待所门前，一群吃罢山禽盛宴、喝得烂醉如泥的年轻人，乱掷罐头、酒瓶，随处便溺、呕吐，丑态百出的情景，又觉得开发得晚也未必不是它的幸运。在工业文明的物欲满足往往是以破坏生态平衡为其代价的现代社会里，如果九寨沟早几十年面世，恐怕今天再也见不着这块净土了。

自然界有其自身合法的权利和独立的价值。我们每个生活在地球母亲怀抱中的现代人，都应该对生态环境有一种深沉的眷恋意识和自觉的责任感。遗憾的是，在这方面，人们常常忘本。人是自然的产儿，但在成为文明人以后，便一天天远离自然，掉头不顾了。

在这红尘十丈的喧嚣世界里，人们对于自然环境，应该去掉那种极为近视、极为功利的价值取向和审美情趣，多为人类、多为子孙着想，重视保护生态环境——这地球上一切生命的根基，珍惜这新鲜的空气，净洁的水源，明媚的阳光和未经污染的土地。

应该认真汲取西方工业国家先征服自然、破坏自然，而后才想到爱护自然、恢复自然，结果事倍功半、百难偿一的沉痛教训，设法超越人与自然分裂、对立的历史阶段，从现代化进程伊始，便早自为计，尽力保护自然生态平衡，莫待那些最珍贵的东西一去不复返时，再来哀叹、悔恨和痛惜。

愿你永在，九寨沟的清风白水！

1989 年

遗爱长存

　　四十余年倏忽而过，中学的执教生涯在记忆中早已淡如春云，唯有一件小事却终生难以忘怀。

　　我讲授的第一课是老舍先生的《我热爱新北京》。教导主任是我的老校友，事先郑重其事地嘱咐说：上好第一课至关重要，要投入足够的精力做好准备。直到上课前，他还叮嘱我：稳住架，不要慌；切记按时结束，绝对不要"压堂"。说着，从腕上摘下了手表，放到我的粉笔盒里。

　　走进教室，我扫视了一下全场，几十名学生坐得整整齐齐，静穆无声，最后一排坐着语文教研室的几位同事。简单地做了自我介绍，我便很快地进入正文。除了按照教案认真讲解课文之外，我还对作者的生平、北京的历史作了重点阐释。尽管其时我还没有到过首都北京，对老舍先生更是素昧平生，但我讲得还是绘声绘色，自认生动感人。

　　特别是讲到龙须沟，因为我事先看了老舍先生的剧本，发挥得更是淋漓尽致。我还把剧中人程疯子的快板大段大段地背了出来：

> 给诸位，道大喜，人民政府了不起。
> 了不起，修臭沟，上手儿先给咱们穷人修。
> 请诸位，想周全，东单、西四、鼓楼前，
> 还有那，先农坛、五坛、八庙、颐和园。
> 要讲修，都得修，为什么先管龙须沟？
> 都只为，这儿脏，这儿臭，
> 人民政府看着心里真难受……

我说，老舍先生生在北京，长在北京，写了一辈子北京，他对北京的感情极为深挚。他在1936年写过一篇《想北平》的散文，说："真愿成为诗人，把一切好听好看的字都浸在自己的心血里，像杜鹃似的啼出北平的俊伟。"十五年后，他又写了这篇《我热爱新北京》，将新中国成立前后的北京加以对比，一个"新"字道尽了北京的沧桑巨变，也写出了作家对新中国首都的炽烈深情。

我就这样，漫散着讲述了我的观感、体会，完全模糊了时间观念，更忘记了看上一眼粉笔盒里的手表，以致外面响起了下一节课的上课铃声，我还在那里滔滔不绝地讲啊，讲。结果，回去后被教导主任"训"了二十分钟。多

亏几位同事在一旁大力为我解围，肯定我的课文讲解内容充实，生动感人。

过后，家住北京的朱老师告诉我，老舍先生的住所在灯市西口，属东城区，并不在南城。原来，我从课文中"南城有条龙须沟"，"我亲自去看过"，想当然地认为作者必定住在它的附近，结果犯了常识性错误。从此，我就产生了一定要去灯市西口看看老舍住所的愿望。

后来，我终于有机会到了北京，可是，由于种种原因的限制，一直未能如愿，但它在我的心目中却是活灵活现地矗立在那里。我想象这所宅院一定很大。因为老舍写于三十年代末的一篇散文中，曾经谈到，他的理想家庭，要有七间小平房：有客厅，里面摆放小桌和几张很舒服宽松的椅子，有一间书房，两间卧室，放上极大极软的床，有一间客房、一间厨房、一个厕所；还要在院里摆上金鱼缸，挂起蝈蝈笼，还要有足够打太极拳的场所。

我猜想，先生的宅院里，一定种植很多花草果木。因为先生实在是太喜欢花了，几乎每篇文章里都要谈到。他把养花当作生活中的一种乐趣。他说：我不知道花草们受我的照顾，感谢我不感谢；我可得感谢它们。在我工作的时候，我总是写了几十个字，就到院中去看看，浇浇这棵，搬搬那盆，然后回到屋中再写一点，然后再出去，如此循环，有益身心，胜于吃药。

斯人已殁，风范长存，瞻谒先生故居成了我的一个情结。今年适值老舍先生百年诞辰，从新闻报道中得知，早在1997年7月，老舍夫人率子女已将故居捐献给国家，并由北京市投资进行了修缮，在今年二月初正式对外开放。一个风日晴和的午后，我顺着王府井大街南行，找到了灯市口西街，前行不远，再向右手一拐，就进入了丰富胡同。两侧的山墙都是水泥罩面，地面也都有柏油铺垫，干净确是干净，只是怕已泯没了当年的旧观。

据《燕都游览志》记载，灯市口一带"衢中列市棋置，数行相对，俱高楼，夜则燃灯于上，望如星衢"，市场中"凡珠宝玉器以逮日用微物，无不悉具"。此间，明清时期由于是著名的灯市，夜里观灯，日里卖灯，因此最为繁华、热闹。现在这一带，高楼栉比，繁华依旧，只是灯市不见了，已为滚滚的车流和潮涌的人流所代替。好在丰富胡同这条小巷还十分僻静，来往的人不多。

老舍故居在小巷西侧，是一个典型的四合院，像它当年的主人一样，朴素得很。进得门来，右侧有一面不大的照壁，整个院落整洁、雅致，但比我想象的要小一些。先生在日，院中种满了花草。虽然名贵的不多，但东风吹过，照样开得云霞灿烂。天井中，先生手植的两棵柿树，如今依旧绿叶纷披，只是树下再也见不到主人那慈祥的身影了。

故居共有十九间房屋，展室中陈列出万余件藏品，包括十九卷《老舍文集》、书画、生活器具、衣物和先生各个时期的图书资料。主房照原样保留了先生的卧室、书房和客厅，床上还散放着先生当日摆弄过的扑克牌。各种陈设都是极为简朴的，没有任何豪华、奢侈的用具。书房里摆着一个大理石面的书桌，上面存放着文房四宝。客厅不大，却也非常朴素、典雅，展厅中陈列了先生在此接待包括周总理在内的许多知名人士的照片。这使我想起了刘禹锡《陋室铭》中的警句："山不在高，有仙则名。水不在深，有龙则灵。斯是陋室，惟吾德馨。"

也正是在这个小院里，先生给我们留下了那么多珍贵无比的文学遗产。共和国成立后两个多月，先生就从香港回到了首都北京。从1950年搬到这里，直到1966年8月23日含冤谢世，再没有迁出过。十六年间，他在这里写出了《龙须沟》《方珍珠》《茶馆》《西望长安》《神拳》《正红旗下》等二十多部剧本、小说以及曲艺、散文、诗歌等脍炙人口的作品。

在中国现代文学史上，有"鲁、郭、茅，巴、老、曹"之说。作为当之无愧的"人民艺术家"，老舍先生的艺术深深植根于人民大众之中，他的作品融平民意识、现代意识、地方色彩和执着的文人气质于一体，那种具有悲剧性的幽默风格，尤其为中外读者所深爱。

十多年前，为了寻访先生的"终焉之地"，我曾专门跑到德胜门的西边,去找太平湖的那个偏僻的小公园,可是,已经满目皆非了。先生当日沉身的后湖填平了,成为地铁的机务段,外面套上了一列围墙。

我忽然想到,先生于1938年曾经说过:"在我入墓的那一天,我愿有人赠我一块短碑,刻上:文艺界尽责的小卒睡在这里。"为了祖国,为了人民,先生是真正"尽责"了,可说是"鞠躬尽瘁,死而后已"。可是,我们却未能为他立下一块短碑,因为不知他的骨灰撒落何处。

归途上,满怀抑郁的心情,不禁对着高高的德胜门慨然浩叹:"彼苍者天,曷其有极!"当然,就逝者本人来说,这也许无关宏旨。千秋自有丰碑在,他早已活在世代人民的心中。但对于活着的人们,是每当想起来都要锥心刺骨的。

不知不觉,三个小时过去了,马上就要闭馆。在即将离开小院时,我站在两棵柿树中间,请人为我留了影。尔后,还依依不舍地在树下盘桓,一面亲切地手抚着光滑的树干,一面默默地记诵着《诗经·甘棠》篇的名句:"蔽芾甘棠,勿剪勿伐,召伯所茇。"同样,我们所有前来瞻谒老舍故居的观众,也会永怀先生的遗爱的。

1999年

祁 连 雪

真是"一处不到一处迷"。千里河西走廊,我在身临其境之前,总以为那里是黄尘弥漫、阒寂荒凉的。显然,是受了古诗的浸染"千山空皓雪,万里尽黄沙""青海戍头空有月,黄沙碛里本无春"之类的诗句,已经在脑海里扎下了根基。这次实地一看,才了解到事物的真相。

原来,河西走廊竟是甘肃省最富庶的地区。这片铁马金戈的古战场,这条沟通古代中国与欧亚大陆的重要交通孔道,于今已被国家划定为重要的商品粮基地。当你驻足武威、张掖,一定会为那里的依依垂杨、森森苇帐、富饶的粮田、丰硕的果园所构成的江南秀色所倾倒。

当然也不是说,整个河西走廊尽是良畴沃野。它的精华所在,只是石羊河流域的武威、永昌平原,黑河、弱水流域的张掖、酒泉平原,疏勒河流域的玉门、敦煌平原。这片膏腴之地是仰仗着祁连山的冰川雪水来维系其绿色生命体系的。祁连雪以其丰美、清冽的乳汁，汇成了几十条大大小小的河流，灌溉着农田、牧场、果园、林带，哺育着河西走廊的子孙，一代又一代。

祁连山古称天山，西汉时匈奴人呼"天"为"祁连"。一过乌鞘岭，那静绝人世、复列天南的一脉层峦叠嶂，就投影在我们游骋的深眸里。映着淡青色的天光，云峰雪岭的素洁的脊线蜿蜒起伏，一直延伸到天际，一块块咬缺了完整的晴空。面对着这雪擎穹宇、云幻古今的高山丽景，领略着空际琼瑶的素影清氛，顿觉情愫高洁，凉生襟腋。它使人的内心境界，趋向于宁静、明朗、净化。

大自然的魅力固然使人动情，但平心而论，祁连山的驰名，确也沾了神话和历史的光。这里的难以计数的神话传闻和层层叠叠的历史积淀，压低了祁连山，涂饰了祁连山，丰富了祁连山。

在那看云做梦的少年时代，一部《穆天子传》曾使我如醉如痴，晓夜神驰于荒山瀚海，景慕周天子驾八骏马巡行西北三万五千里，也想望着要去西王母那里做客，醉饮酣歌。当时，我是把这一切都当成了信史的；真正知道它"恍惚无征，夸言寡实"，是后来的事。但祁连山、大西北的吸引力，并未因之而稍减，反而益发强化了。四十余年的渴慕，今朝终于得偿，其欢忭之情是难以形容的。

旅途中，我喜欢把记忆中的有关故实与眼前的自然景

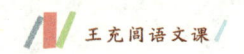

观加以复合、联想。车过山丹河（即古弱水）时，我想到了周穆王曾渡弱水会西王母于酒泉南山；《淮南子》里也有后羿过弱水向西王母"请不死之药"的记载。在张掖市西面的镇夷峡，当地群众还给我们讲了大禹治水的故事：

传说，禹王凿开了镇夷峡，导弱水入流沙河，玉帝闻讯后加以干预，命寒龙镇守祁连山，把河水全部冻结成冰雪，河西走廊从此变成了戈壁荒滩。后来，李老君骑青牛赶到，与山祇、土神计议，到寒龙那里偷水，就这样，从南山开下来一条黑河。山神牵牛引路，李老君扶犁耕田，土地爷撒播种子。寒龙发觉后，怒吼道："你们三个合伙做贼，我就叫这里每年三个月不得安生！"结果，黑河每到六、七、八月，就要暴发洪水，为害甚烈。

这里，本来就够惝恍迷离的了，偏偏沙市蜃楼又来凑趣、助兴。我们驰车戈壁滩上，突然发现右前方有一片清波荡漾，烟水云岚中楼台掩映，绿树葱茏，渔村樵舍，倒影历历，不啻桃源仙境。但是，无论汽车怎样疾驰，却总也踏不上这片洞天福地。原来，这就是著名的戈壁蜃景。

据说，整个河西走廊，包括祁连山脉，上古时都是西海，与大洋相通，后来经过喜马拉雅造山运动，隔断了印度洋，南山拱出海面，其余地带留下了无量数的沙荒砾石。也许这沙洲蜃景，正是古海的精魂寄形于那些海底沉积物，仍在做着昔日的清波残梦吧？

人类史前时期相当长的一段，是在幻想和神话中度过的。作为丰富的人文遗产宝库，神话传说汇集着一个民族关于远古的一切记忆：它的历史性变迁，它的吉凶祸福、递嬗兴亡，它对于自然、社会、人生的独特认知和体验。我们可以通过这种思维、情感、体验以及行动的载体，深入地窥察一个民族以至人类史前的发展轨迹。

观山如读史。驰车河西走廊，眺望那笼罩南山的一派空蒙，仿佛能够谛听到自然、社会、历史的无声的倾诉。一种源远流长的历史激动和沉甸甸的时间感、沧桑感被呼唤出来，觉得有许多世事已经倏然远逝，又有无涯过客正向我们匆匆走来。

这时，祁连山上一团云雾渐渐逸去，露出来一个深陷的豁口，我猜想它就是历史上著名的大斗拔谷。两千一百年前，骠骑将军霍去病从这里穿越祁连山，进入河西走廊，以迅雷不及掩耳之势，攻占了匈奴的单于城，在焉支山前展开了一场震天撼地的大拼杀，终于赶走了匈奴，巩固了西汉王朝在河西的统治。霍去病死后，汉武帝为了纪念他的赫赫战功，特意在自己的陵墓旁为他堆起了一座象形祁连山的坟墓。

时光流逝了七百三十年，隋炀帝率兵西征，再次穿过大斗拔谷。不过，他没有碰上霍去病那样的好运气，当时"山路隘险，鱼贯而出，风雪晦暝，文武饥馁沾湿，夜久不逮前营，士卒冻死者大半"。但是，由于他在张掖会见了西域二十七国君主，实际是举行了一次中原王朝与西域诸国的和平友好会议，也是一次首创的国际经贸洽谈、物资交流会，使此行毫无逊色地与骠骑将军的武功一同载入史册。

祁连山下，河西走廊，不仅有叱咤风云的过去，而且，有无比辉煌的现在与将来。勘探工作者的辛勤劳动，使祁连山更高地昂起了头颅：

——这里并不贫乏，而是一座矿藏极为丰富的百宝神山。继往昔的"金张掖、银武威"的盛名之后，今天又博得了"油玉门、镍金昌、钢酒泉"的美誉。

——始建于西汉时期的山丹军马场，现已发展成为亚洲第二大马场。

——祁连山继续向世界人民奉献着"葡萄美酒夜光杯"。

——驰名中外的敦煌莫高窟，这名副其实的艺术圣殿、神话王国，像一颗璀璨的明珠，在古丝路上散发着夺目的光彩。

——坐落于祁连主峰北面的我国建设最早、规模最大的卫星发射中心，创造了许多"中国的第一"：发射第一颗人造地球卫星，第一颗返回式卫星，第一枚"一箭三星"运载火箭，第一枚中程导弹，第一枚洲际弹道导弹……它被誉为中国航天工业的摇篮，巍然屹立于世界先进科技之林。

正是这些风尘颁洞、异彩纷呈的历史人文之美，伴随着甘霖玉乳般的高山雪水所带来的丰饶、富庶，使千里祁连从蒙昧、原始的往昔跨进了繁昌、文明的今天。我们这些河西走廊的过客,与祁连雪岭朝夕相对,自然就把它当作了热门话题。

有人形容它像一位仪表堂堂、银发飘萧的将军,俯视着苍茫的大地,守护着千里沃野;有人说,祁连雪岭像一尊圣洁的神祇,壁立千寻,高悬天半,与羁旅劳人总是保持着一种难以逾越的距离,给人一种可望而不可即的隔膜感。可是,在我的心目中,它却是恋人、挚友般的亲切。千里长行,依依相伴,神之所游,意之所注,无往而不是灵山圣雪,目力虽穷而情脉不断。一种相通相化、相亲相契的温情,使造化与心源合一,客观的自然景物与主观的生命情调交融互渗,一切形象都化作了象征世界。

也许正是这种类似的情感使然,一百五十年前的秋日,爱国政治家林则徐充军西北,路过河西走廊时,曾与祁连雪岭风趣地调侃:"我与山灵相对笑,满头晴雪共难消。"我的一位祁姓文友,西出阳关,竟和祁连山攀了同宗:"西行莫道无朋侣,亘古名山也姓祁。"古丝路上,我也即兴口占一首七绝:"断续长城断续情,蜃楼堪赏不堪凭。依依只有祁连雪,千里相随照眼明。"

1992 年

《盛京赋》的三个唯一

公元1625年，清太祖努尔哈赤把都城从辽阳迁到沈阳，并在沈阳城内着手修建皇宫。九年后，其子皇太极改称沈阳为盛京。又过了十年（顺治元年）清军入关，定都北京，盛京改为留都（陪都）。乾隆八年七至九月，东巡盛京；十月初一日，御制《盛京赋》；次日回銮。

说到《盛京赋》，人们自然会想到赋这一古代重要文体的发展源流。赋是以、《诗经》为代表的黄河文化和以《楚辞》为代表的长江文化长期交流、渗透、融合的产物。自从战国后期诞生以来，特别是汉代大赋的出现，有一个重要功能，就是"直陈今世之政治得失"。号称"赋圣"的司马相如确立了汉大赋"劝百讽一"的体例：通篇大肆铺陈辞藻，极尽夸饰、赞美之能事，最后带上几笔，略显讽谏之意。典型的赋，一般包括三大部分，即序、正文和被称作"乱"的结尾。它的"丰辞缛藻，穷极声貌"，非常适合对盛世的歌功颂德，能够迎合封建帝王的豪华追求与骄奢心理。因而与政治结合得比较紧密，常常受到最高统治者的关注。

这种汉大赋，有一些是咏诵名都胜邑的——主要是中央政府所在地的皇都，以彰显帝京文化，盛赞政治体制、礼仪制度。内容多是渲染城池形胜，描写帝王游猎，罗列宫观物产，杂谈禽兽草木，等等。最早的有扬雄的《蜀都赋》，傅毅的《洛都赋》，而以班固的《两都赋》、张衡的《二京赋》为最著名。到了魏晋南北朝时期，又有徐干的《齐都赋》，刘桢的《鲁都赋》，左思的《齐都赋》，而声名最为显赫的是左思的《三都赋》。迨至唐宋时代，赋这一文体出现了诗性化、散文化、抒情化的趋向，那种大赋形制的京都赋就相对稀少了。

乾隆帝这篇以陪都为题材、三四千字的大赋，具备了一般赋体文学的基本特征，诸如用韵、对偶、讲求文采，铺张扬厉，以咏物、言志为旨归，以意象、形象为表现手段；同时，可以明显地看出，无论其内容与形式，都深深刻上了汉大赋的烙印，而且囊括了前代多数京都赋的内涵。像班固的《两都赋》，主要状写东西二都山川形胜、物产丰饶、宫室之美、田猎之乐，并且包孕了抑奢崇俭的内涵；而左思的《三都赋》，是写三国时期三个京都的壮美形势，刻画封畿的环境，市井的繁荣，宫室的瑰丽，游乐的盛况。三篇既是一个整体，又各自有所侧重，蜀都写其险阻，吴都写其富饶，魏都写其壮伟和典章制度。《盛京赋》集其大成，既陈述此次恭谒祖陵的宗旨、感受与经过；更写出盛京的地理位置、山川形胜，地域广阔，物产丰饶；又追怀开国时期文武功臣；再由彰显军威的围猎，延及耕桑农事，国富民殷，宫室富丽，内容十分繁富，显现出意在雄视百代的帝王文学的气魄，具有一定的历史价值和文献价值。当然，不足之处也很明显，有些句子袭用前人辞赋名篇；堆砌、凑泊、杂沓、烦琐；而且使用一些生字僻字，晦涩难懂。应该说，有些缺陷也是此一文体本身带来的，不独此赋为然。

在文学史上，乾隆帝这篇《盛京赋》创造了"三个唯一"：

一是，在历代帝王中，唯一留下了大赋杰作。历代帝王中雅擅诗古文辞的数不在少，但写赋者寥寥无几。而作赋的人群中，除了大批的文人学士，公侯将相、帝子王孙也有很多，但皇帝作京都大赋的，可能只有乾隆一人。当然，也不能完全排除由文臣捉刀代笔的可能性。但考虑到，既以"御制"标出，且又入选本人的诗文集，列入《四库全书》以及《盛京通志》，而且据有关专家考证，还有手迹真本存在。综合这些因素，似又足以说明属于本人著作。

二是，以塞外名城为题材作赋，在赋史上乾隆是唯一的。不用说都城赋了，即使描写塞外山川风物的，历代文人中也十分罕见。传世的大概只有汉末的张升，写过一篇《医巫闾山赋》，再就是清代吴兆骞有一篇《长白山赋》，仅此而已。

三是，中国历代京都赋中，唯一流传至海外，并产生了一定影响。乾隆八年《盛京赋》问世之后，于乾隆十三年曾以武英殿刻三十二体篆文印制。到了乾隆三十五年（公元1770年），法国汉学家德经教授，以长诗形式，在巴黎出版了中国乾隆皇帝御制《盛京赋》。法国启蒙思想家，被誉为"法兰西思想之王""欧洲的良心"的伏尔泰，看到之后，兴奋异常。当时他已经七十多岁，说："我很爱乾隆的诗，柔美与慈和到处表现出来。我禁不住追问，像乾隆这样忙的人，统治着那么大的帝国，如何还有时间来写诗呢？"他当即写了一首诗《致中国皇帝》，说"接受我的敬意吧，可爱的中国皇帝"。遗憾的是，他如此热情的颂赞，乾隆皇帝却根本没有见到。伏尔泰无奈之中，便在致瑞典皇帝的书简中道出了心中怅惘："我曾投书中国皇帝，但直到而今，他没有给我一点回声。"他还把这封书简寄送给所有与他保持联系的外国王室、贵族朋友。这里固然存在着这位著名思想家，由于地域的隔绝，对于中国帝制与皇帝的误读，但不容置疑的是，他的景仰与向往，确是发自内心的。

应该说，赋是最具中国特色的文体之一，有人甚至目为"真正的国粹"。在各种文体中，它除了共有的思想价值、应用价值之外，其美学价值更是不容忽视。其修辞技巧、表现方法、结构形式，为中国古代文学的发展拓展了一方新的天地。骊白妃黄，摛文铺采，使事用典，配韵调声，表现出对艺术形式美的多方面追求。对偶带来视觉之美，叶韵带来听觉之美，用典带来含蓄之美，藻饰带来和谐之美。而众美齐聚，难亦随之，一般的文学功力，恐怕是难以驾驭的。

其实，正如王国维所说："一代有一代之文学"，汉赋、唐诗、宋词、元曲，各种文体都有其发生、发展，兴盛与衰颓的必然历程。近年，国内掀起一阵作赋热潮，"名城赋"之类的作品经常载诸报端。但实事求是地说，除了部分具备赋体特征、文学性较强者外，许多作品有其名而无其实。有一些敷衍成篇，无非像内地那类既不合乎格律又缺乏文采的所谓"传统诗"，是不具备传诵价值的。

2010 年

乾坤清气得来难

　　城市用不着说了，即使是僻处山坳岭隅的溪谷、林峦，也都被无远弗届的现代文明登录，注册，烙上了开发的印记。于是，它们在面貌一新的同时，也便告别了固有的宁静，失去了昔日的清新，撕扯下振古如兹的神秘面纱。坐落在辽东山区腹地的抚顺县三块石森林公园，算是一个例外。

　　这里地处边远的塞外，亘古以来，山深林密，渺无人烟。16世纪末叶，女真族的民族英雄努尔哈赤在新宾老城以十三副遗甲起兵，与戍守辽东边塞的明军坚持长期对抗，曾以此间为大后方，屯聚兵丁，储备粮草。抗日战争期间，东北抗联战士在这里打过游击，同日本侵略者周旋于深山林海之间，留下了地窨子、碾盘、烟囱等遗迹。三十几年前，有十六户移民从山东迁来此地定居，这里才正式建起了屯落。这个小小的鸽子洞屯，算是三块石森林公园唯一的人烟所在。

整个园区百余平方公里，分布着一百一十二座山峰，五条溪流，森林覆盖率高达百分之九十八以上。伴随着征鸿南去的嘹亮嘶鸣，公园处处次第换上了冬装，披挂上层层银甲。除了虫吟鸟唱，溪水潺潺，平素也并不嚣烦的沟沟岔岔，此际就更是静默无声了。一条蜿蜒起伏的山路，牵引着我们的车轮，迅疾地向幽谷林峦的深处驰去。雪的影像，勾摄了整个视界，竟是那样的洁白、干净，用"纤尘不染"四个字来形容，丝毫也没有夸张。我还误认是刚刚落下的呢，待到汽车停泊了，双脚踏在雪地上，发出"咔嚓、咔嚓"的声响，才确认它是已经落地好久了，至少在十天以上吧。我静静地站在一旁，看看远山近树，四野天光，原来六合之间没有一处不是银封素裹，很难寻觅到一方黄土，一缕烟尘，当然不会有什么污染了。

映着雪影、灯光，稀稀落落的房舍，宛如圣诞老人深夜造访的小雪屋，又好似摆放在白色呢绒上面的几堆积木。在"农家客房"里，用过了全部是当地土产的"绿色晚餐"，我就睡在烧得热气腾腾的暖炕上。那种感觉，仿佛是回归到半个世纪前的乡下老家，心头溢满了亲切、温馨，又夹杂着些许的生疏。在梦境的展拓中，一路上的寒凉，倦怠，全都化作了黑甜乡的背景，悠然远逝。一觉醒来，窗子已经泛白，鸡鸣喈喈，此伏彼起。

东方天边上现出一道鱼肚白，镰月渐渐地淡出了。群峰迷迷茫茫，恰如我们这些睡眼惺忪的游客，梦魂都还没有完全醒转过来。微明的空际映出参差的树影，淡淡地描绘出山峦起伏的轮廓。崖下的溪流已经冻结成一片片玲珑的翠玉，想是由于冷胀热缩的原理吧，冰层从下面向上凸起，闪射出幽冷的清光。坐落于溪流中段的白龙潭瀑布，已经改换了夏日素练飘悬的袅娜身姿，幻化成一条通体僵硬的白龙，俯首冲下冰溪，蛰伏于高山峻岭之间。茂密的丛林每一束枝条都挂满了成堆连串的霜花雪饰，呈现出不是雾凇、胜似雾凇的奇异景观，冷眼一看，犹如一列俏丽的佳人，摇着满头翠玉，侍立在大路两旁，迎送着往来的过客。灌木丛中有鸟声啁啾，传送着黎明的捷报。毛色鲜亮的山雀毫不设防地在人前钻来窜去，一会儿飞落在枝头，弹下丝丝缕缕的雪片，一会儿窜到游人的脚窝窝，一边啄食雪粒，一边仄着小脑袋瞅你。这些可爱的小生命，似乎在遗传基因里，根本不存在遭遇过生命威胁的记忆。

　　我敢说，这里的雪域清景可以和过去到过的任何地方媲美。俄罗斯的贝加尔湖畔，一到冬天，便成了冰雪的世界。清新、净洁，自不待说，只是那里的积雪层实在太厚，人们难以走近，而且，四周过于空旷，有些像空中的云海，可望而不可即，未免有隔膜之感。我也很欣赏日本札幌市藻岩山的雪景，但终竟嫌它游人太多，地方不够宽敞，只可纵目游观，而没有意念回旋的余地。三块石公园兼备二者之长,又避免了它们的短处。

通常人们喜欢说:"黄山天下奇,青城天下幽,峨眉天下秀,华山天下险。"说明任何一处景观都有它的个性、特色。那么,这座森林公园的个性、特色是什么呢?大家一致认同,"清"是它的灵魂。一路上,人们饱吸着清醇如酿的空气,交口称赞它的环境清洁,景物清幽,氛围清静;也有人称赞它"林谷双清""雪月双清",并且概括为"双清世界"。我很赞同这个"双清世界"的概括,只是觉得需要做点补充:它的内涵应该包括"外宇宙"和"内宇宙"双重意念。"外宇宙"涵盖了园区的大环境和整体氛围,而"内宇宙"就深入一层了,需要从精神层面上,从内心世界上,去感应,去悟解。

我们生活在城市的石屎森林里,且不说空气的污浊,噪声的骚扰,已经到了无处藏身的地步;单是世事的纷纭,竞争的奔逐,更是使人心身俱疲,穷于应付。像尼采所形容的,现代人总是行色匆匆地穿过闹市,手里拿着表思考,吃饭时眼睛盯着商业新闻,不复有闲暇沉思,愈来愈没有真正的内心生活。走进三块石森林公园,哪怕只有一天,一个晚上,仅作短暂的勾留,也会通过耳目口鼻心意,直接感触到一种清新的境界。置身林峦溪谷之间,把全副身心统统交付给大自然,放开胸臆,忘怀得失,就可以在这座"世外桃源"中找到精神的归宿,接受灵魂的净化,获得身心的宁贴。单从这一点来看，某些名山胜境、著名景区，由于人满为患，过分开发，也是难以比肩的。

说到这儿，人们也可能有些担心：别处的今天会不会成为这里的明天？

本来，审美是人类社会所独有的现象，没有人的欣赏，任何自然美都无从谈起。可是，过去的无数事例证明，发现了自然美，往往就意味着同它挥手告别，开发的同时总是带来人为的践踏。这是旅游事业发展中经常碰到的一个颇难化解的悖论。

近年来，由于受到外间"旅游热"的激发，此间当地政府也开始策划利用本地现有资源开辟旅游路线，接待游人，增加收入。说起这件事来，他们不无感叹，过去见事迟，反应慢，致使此间开发得过晚，让宝贵的资源空耗了无涯的岁月。其实，晚也有晚的好处，由于充分借鉴了外地无计划的开发、掠夺式地开发所造成的严重后果和惨痛教训，因此，他们一上手便十分重视环境、资源的保护和生态建设，坚持可持续发展战备，走出一条发展"生态旅游"的路子。

所谓"生态旅游"，一是保护自然生态，维持天然形态，顺应自然，珍视自然，尽量减少景观的人工雕饰、人为设置。因为自然创造是一次性的，既没有副本，也不能复制，而且，自然美是易碎品，一旦毁坏了就难以补偿、重构。二是倡导对于自然美的欣赏。在他们看来，那种原生状态、荒情野趣,未经人工雕饰的自然天籁,同样是美的极致,是"心物婚媾后所产生的宁馨儿"。三是整个旅游的导向,是认识自然,回归自然,热爱自然。为保留下这天造地设的一方净土——人世间最宝贵的物质财富与精神财富,绝不发掠夺财,造子孙孽。

我们徜徉在情景如画的山路上。这里离公园的入口处已经不远了,主人指着右侧一片壁立的石崖,说:"我们想在这里搞一块(整个公园只此一块)摩崖石刻,起到一点昭示作用,只是没有想出合适的词儿来。你们作家肚子里墨水多,请你帮助想一个。"我想了想,说,不妨用一个现成的诗句:"乾坤清气得来难。"大家觉得不错,既概括了公园的特色,把握住了它的灵魂;也能提醒游人,告诫开发、建设者,应该珍惜这美妙的景观。我说,但有一点应该注意,一定要请字写得好的书法家来题写,因为它是艺术,具有永久性的观赏价值。实在找不到,宁可用印刷体来翻刻,也别由谁随便划拉。

2003 年

守护着灵魂上路

一

踏上这片土地，我完全认同国际友人路易·艾黎的评语：长汀是中国最美的小城之一。在这里，我除了饱游饫看蕴涵着典型的客家文化精髓的街衢、建筑，还有幸亲炙了瞿秋白烈士的遗泽，浸染于一种浓烈的人文氛围，在满是伤痛的沉甸甸的历史记忆中，体会其独特而凄美的人生况味。

秋白同志被捕后，囚禁于国民党第三十六师师部。这里，宋、元时期是汀州试院，读书士子的考场，数百年后倒成了一位中国大知识分子的精神炼狱。而今庭院萧疏，荒草离离，唯有两株黛色斑驳的古柏傲立在苍穹下，饱绽着生命的鲜活。它们可说是阅尽沧桑了，我想，假如树木的年轮与光盘的波纹有着同样的功能，那它一定会刻录下秋白烈士的隽雅音容。

囚室设在整座建筑的最里层，是一间长方形的木屋。

推开那扇油漆早已剥落、吱呀作响的房门,当年的铁窗况味宛然重现。简陋的木板床,未加漆饰的办公桌,几支毛笔、一方石砚,刻刀、烟灰缸等都原封未动地摆放着。

环境与外界隔绝,时间也似乎凝滞了,一切都恍如隔世,一切却又好像发生在昨天。刹那间竟产生了幻觉:依稀觉得这里的临时"主人"似乎刚刚离座,许是站在旁边的天井里吸烟吧?一眨眼,又仿佛瞥见那年轻、秀美的身姿,正端坐在昏黄的油灯下奋笔疾书。多么想,拂去岁月的烟尘,凑上前去,对这位内心澎湃着激情,用生命感受着大苦难,灵魂中承担着大悲悯的思想巨人,做一番近距离的探访和恣意的长谈啊!然而,覆盖了半个墙壁的绝笔诗、就义地、高耸云天的纪念碑等大量图片,在分明地提示着:哲人其萎,已经永远永远地离开我们了。

当中华民族陷于存亡绝续的艰危境地,他怀着"为大家辟一条光明之路"

选入教材:

大学语文
2010 年
高等教育出版社

的宏愿，走出江南小巷，纵身投入到革命洪流中去。事业是群体的，但它的种种承担却须落实于个体，这就面临一个角色定位的个人抉择问题。当时，斗争环境错综复杂，处于幼年时期的党还不够成熟，而他，在冲破黑暗、创造光明的壮举中，显示出"春来第一燕"和普罗米修斯式的播火者的卓越才能，于是，便不期然而然地被推上了党的最高领导岗位。

就气质、才具与经验而言，他也许未必是最理想的领袖人选。这在他是有足够的自知之明的。但形格势禁，身不由己，最终还是负载着理想的浩茫，"犬代牛耕"，勉为其难。他没有为一己之私而消解庄严的历史使命感。结果，"千古文章未尽才"，演出了一场庄严壮伟的时代悲剧。

天井中，当年的石榴树还在。触景生情，不由得忆起秋白写于狱中的《卜算子》咏榴词。"寂寞此人间，且喜身无主。眼底云烟过尽时，正我逍遥处。"身陷囹圄，远离革命队伍，不免感到孤独寂寞，所幸此身未受他人主宰，仍然保持着人格的独立，灵魂的圣洁。这样，当审讯、威逼、利诱、劝降等烟雾云霾纷纷过尽时，自己便可以在向往的归宿中自在逍遥了。"花落知春残，一任风和雨。信是明年春再来，应有香如故。"尽管这灿若春花的生命，在风刀雨箭般的暴力摧残下归于陨灭，但信念必胜，一如春天总会重来。

他坚信:"假使他的生命溶化在大众里面,假使他天天在为这世界干些什么,那末,他总在生长,虽然生老病死仍旧是逃避不了,然而他的事业——大众的事业是不死的,他会领略到'永久的青年'。"

二

隔壁就是汀州宾馆。回到下榻处,我再次打开秋白烈士在生命的最后时刻留给我们的灵魂自白——《多余的话》,更真切地走进他的精神深处,体验那种灵海煎熬的心路历程。

秋白以"知我者谓我心忧,不知我者谓我何求"这句古诗作为开头语,揭橥了他的浓烈的忧患意识与担当精神,这是他长期以来耿耿不能去怀的最大情结,也是中国知识精英的共同心态。

想到为之献身的党的事业前路曲折、教训惨重,他忧心忡忡;对于血火交迸中的中华民族的重重灾难,他深切反思。他以拳拳之心"担一份中国再生时代思想发展的责任",感到有许多话要说,如鲠在喉,不吐不快;可是,处于铁窗中不宜公开暴露党内矛盾的特殊境况,又只能采取隐晦、曲折的叙述策略。

在语言的迷雾遮蔽下,低调里滚沸着情感的热流,闪烁着充满个性色彩的坚贞。他以承荷重任未能克尽职责而深感内疚,也为自己身处困境,如同一只羸弱的马负重爬坡,退既不能,进又力不胜任而痛心疾首。这样,心中就蓄积下巨大而深沉的痛苦。

至于一己的成败得失,他从来就未曾看重,当此直面死亡、退守内心之际,更是薄似春云,无足顾惜了。即使是历来为世人所无比珍视的身后声名,他也同样看得很轻,很淡。当然,这并不意味着他无视个人名誉。他说过,人爱惜自己的历史比鸟爱惜自己的羽毛更甚。只是,他反对盗名欺世,徒有虚声,主张令名、美誉必须构筑在真实的基础上。

他是我国无产阶级文学艺术当之无愧的奠基人,可是,却自谦为"半吊子文人"。这里没有矫情,只是不愿虚饰。他认为,价值只为心灵而存在。人,纵使能骗过一切,却永远无法欺蒙自己。一瞑之后,倘被他人谬加涂饰,纵使是出于善意,也是一种伤害,更是一种悲哀。

真,是他的生命底色。他把生命的真实与历史的真实看得高于一切,重于一切,有时达到过于苛刻的程度。为着回归生命的本真,保持灵魂的净洁,不致怀着愧疚告别尘世,他"有不能自已的冲动和需要",想要"说一些内心的话,彻底暴露内心的真相"。于是,以其独特的心灵体验和诉说方式,向世人托出了一个真实而完整的自我,对历史做出一份庄严的交代。这典型地反映出中国知识分子的本质特征，也是现时日渐式微的一种高尚品格，因而弥足珍贵。

他的信仰是坚定的，从来没有说过一句否定革命斗争的话，但也不愿挺胸振臂做烈士状，有意地拔高自己。他要敞开严闭固锁的心扉，显现自己的本来面目。当生命途程濒临终点的时候，他以足够的勇气和真诚，根绝一切犹豫，把赤裸裸、血淋淋的自我放在显微镜下，进行毫不留情的剖析和审判。

他光明磊落，坦荡无私，在我们这个还不够健全的世界上，以一篇《多余的话》和一束"狱中诗"，亮相了自己未及完全脱壳的凡胎俗骨。在敌人与死神面前，他是一条铁骨铮铮的硬汉子；而当直面自己的真实内心时，他更是一个真正的强者，真正的勇士。

文人从政，在中国有着悠久传统。囿于自身的局限性，以及文人与政治不易调谐的矛盾，颠扑倾覆者屡见不鲜。可是，又有谁能够像秋白烈士那样，至诚无伪地痛切反思，拷问灵魂，鞭笞自我呢？自省这一苦果，结蒂在残酷的枝头。敌人迫害，疾病磨折，都无法同这种灵魂的熬煎、内心的碾轧相比。

"君子坦荡荡"，映现出一种难以企及的人生境界。我想，一个如此勇于赤诚忏悔的人，内在必然存有一种坚定的信仰追求和沛然莫之能御的自信力与自制力,有一种把灵魂从虚饰的包裹中拯救出来的求真品格。对于当下充满欲望、浮躁、伪饰而不知忏悔、自省为何物的时代痼疾,这未始不是一剂针砭的药石。

三

一端是当年的汀州狱所,一端是罗汉岭前的刑场——往返于这段不寻常的路上,我反复思考着这样一个问题:迂回宛转的《多余的话》与显现着劲节罡风的慷慨捐躯,不也同样构成了相映生辉的两端吗?它们所形成的色彩鲜明的反差,恰恰代表了秋白烈士的两种格调、两种风范的丰满而完整的形象,展现出这位"文人政治家"的复杂个性与充满矛盾的内心世界。

人之不同,其异如面。有的单纯,有的驳杂;有的渊深莫测,有的一汪清浅。而在复杂、内向的人群中,许多人由于深藏固闭,人格面具遮蔽过严,他人是无法洞悉底里的。作为赋性深沉的时代精英,秋白可说是一个例外。

在毕命前夕,他即使不愿做惊风雨、泣鬼神的正义嘶吼,也完全可以选择"天地有大美而不言"的沉默。可是,他不,偏偏以稀世罕见的坦诚,毫不掩饰、一无顾忌地展露自我,和盘托出丰富的内心世界与多棱多面的个性特征——

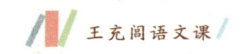

沉重的忧心与大割大舍大离大弃的超然，执着而坚定的信念与苦闷、困惑、无奈的情怀，高尚的品格与人性的弱点，夺目的光辉与潜伏的暗影……

犹如悬流、激湍是由水石相激而产生的，这种复杂而丰富的内心世界，也是主客观相互作用的产物。秋白烈士以文人身份登上政治舞台，不可避免地会遭遇到种种尖锐的内在冲突，诸如非自觉的积习与自觉的理智，一己之所长与整体需要，自我精神定向与社会责任，结构决定性与个人主体性之间所形成的内在矛盾，等等。

而他的出处、素养、个性、气质，更为这种矛盾冲突预伏下先决性因子。他是文人，却不单纯是传统的文人或现代知识分子，而是革命文化战士；他是政治家，却带有浓重的文人气质，迥异于登高一呼，叱咤风云的统帅式人物。这样，也就决定了他既能毫无保留地献身于革命事业，却又执着于批判精神、反思情结、忏悔意识、浪漫情怀等文人根性，烙印着现代知识精英的典型色彩。可以说，这是使他困扰终生的根本性矛盾。

长期以来，时代已经确认了那种义薄云天、气壮山河的豪情壮举，应该说，在这方面，他是做得足够完美的。不同之处在于，他还同时做了一番洞见肺肝的真情倾诉，并以充满理性光辉甚至惊世骇俗的话语，进行深沉的叩问和冷静的思考。这就突破了既成的思维定式，有些不同凡响了。

特别是当他论及那些颇具风险性、挑战性的话题时，竟以十分浓重的艺术气质，注入了颇多的理想成分、感情色彩与个性特征，这样，就难免为"不知者"目为异端，最后遭到种种误读和批判。

其实，非此即彼、黑白绝对的思维逻辑，并不能真实认知事物的本质。"光明的究竟，我想绝不是纯粹红光"。《马赛曲》《国际歌》，英风豪迈中不也洋溢着动人心弦的悲壮与低回婉转的深情吗？从美学角度看，这丰富而复杂的人性，比起简单、纯粹来，更容易产生一种人格魅力和强大的张力，吸引人们去思索，去探究。

身为中国大变革时期的探索者、先行者，秋白烈士张扬了真正知识分子的人生境界，具有常说常新的人文价值和现实意义。我相信，即使再过去七十年以至七百年，他还会成为含蕴深厚的话题，令人回味无穷，盛说不衰。

同样，他的思想也具有一定的超前性。莫说当时，即使在几十年后的今天，那些关于灵魂、关于人生、关于生命价值的终极意义等世纪命题，仍然有着广阔的阐释论域和颇多的待发之覆，从而为现代思想史留下鲜活的印迹，足以抗拒时间的流逝，恒久地矗立于历史深处。

"哲人日已远，典型在夙昔。风檐展书读，古道照颜色。"民族英雄文天祥《正气歌》中的结句，可谓实获我心：前贤已经远离开我们，可是典范长存。在短檐下展开史册来读，

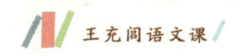

顿感他们的凛然正气辉映着我的面容。

四

数日勾留，我深切地感受到，革命老区长汀人民对于秋白烈士怀有极其深厚的感情，历数十年不变，父而子、子而孙地口耳相传，叙说着这座城、这条路、这一天、这个人的苍凉而壮丽的往事。在这里，我尝试着做一番复述：

历经了一场灵魂的煎熬，那郁塞于胸间的一腔积愫已全盘倾诉出来，现在，他才真正感到彻底地获得解脱，从而表现出一种从未有过的超然。

他早已超越于生死之外了。昨晚，当获知蒋介石的密令已到，刽子手即将行刑时，他的面容显得异常平静。停了一会儿，站起身来，示意来人走开，并说："人生有小休息，有大休息，今后我要大休息了。"然后就安然睡下，迅即发出均匀的呼吸声，"梦行小径中，夕阳明灭，寒流幽咽，如置仙境……"

晨曦悄悄地爬上了狱所的窗棂，屋里倏然明亮起来。他心中想着：这世界对于我们仍然是非常美丽的。一切新的、斗争的、勇敢的都在前进。当然，任何美好事物的争得，都须偿付足够的代价。为此，许多人踏上了不归之路。

这样，他，也就守护着灵魂上路了。

一袭中式黑色对襟衫、齐膝的白布短裤、长筒线袜、黑色布鞋，目光里映射着理想的幽深，香烟夹在指间，一副泰然自若的神情。尽管结核病已经很重了，几个月的心力交瘁更折磨得他十分虚弱，可是，看上去，仍然是那么伟岸，洒脱。

走出大门时，他回头看了一眼空荡荡的院落，又向荷枪环伺的军人扫视了一下，嘴角微微地翘起，似乎想说：敌人的如意算盘——征服一个灵魂、砍倒一面旗帜、摧毁一种信仰，已经全然落空，得到的只是一具躯壳。可是，"如果没有灵魂的话，这个躯壳又有什么用处？"

途经中山公园，他见凉亭前已经摆好了四碟小菜和一瓮白酒，便独坐其间，自斟自饮，谈笑自若。他问行刑者："我的这个身躯还能由我支配吗？我愿意把它交给医学校的解剖室。"原来，就连这具躯壳，他也要奉献给人民。接着就是留影——定格了他最后的风采：背着双手，昂首直立，右腿斜出，安详、恬淡中，透露出豪爽而庄严的气概，一种悲壮、崇高的美。

路上，他以低沉、凝重的声音，用俄语唱着《国际歌》，呼喊着"中国革命胜利万岁""共产主义万岁"等口号。到了罗汉岭前，他环顾了一番山光林影，便盘膝坐在碧绿的草坪上，面对刽子手说："此地很好！"含笑饮弹，告别了这个世界。

此刻,"铁流两万五千里"的中国工农红军,正进行着一场震古烁今、名闻中外的伟大长征。而被迫离开革命集体的秋白同志,在这长仅千余米的人生最后之旅中,也同样经受着最严酷的生命与人格的考验。"咫尺应须论万里",这是另一种形式的伟大长征。

死亡,是人生最后的也是最为严峻的试金石。他以一死完美了人格,成全了信仰,实现了超越个人有限性的追求。烈士的碧血、精魂,连同那凄婉的"独白",激越的歌声,潇洒从容的身姿,在他短暂而壮丽的人生中,闪现着熠熠光华。

对于他,死亡不是终结,而是完成。

2007 年

寻访"大红袍"

《大红袍》是弹词中的一个传统书目,讲的是明代著名清官海瑞如何费尽心机为邹彬平反冤狱,十分生动感人。还有一出《敬德月下访白袍》的戏曲,表演唐朝大将尉迟恭寻访"白袍小将"薛仁贵的故事。我这里讲的也是"大红袍",而且又是寻访,难道是要拜见那位海刚峰海大人?或者要去结识什么叱咤风云的盖世豪雄?不是,全然不是。这里写的"大红袍",原是武夷山岩茶中之佼佼者,有"茶王"之誉。我们所要寻访的就是这样一种茶树。

我们几位文友此刻正行进在武夷山风景区的"九龙窠"里。顾名思义,这是一条由九座岩峰组成的萦回纡曲、势如蟠龙的幽谷深涧,两侧峰峦屏列,徜徉其间,有一种穿行在高墙深巷中的感觉。光滑湿润的褐色峭壁上布满了苍苔,偶尔有一两株枫、槭横斜逸出,像是红色的旗招,显得分外明艳。山顶上罩着冠缨似的浓绿的丛林，终年弥漫在浓淡不一的云雾里。尽管节令已交冬至，这里却依然暖风煦煦，斜日曛曛。只是，光线照射到谷底来的却十分稀少。

溪涧潺潺，流淌在错错落落的鹅卵石上，一路上弹出淙淙的琴响。诗人老G面对这种山川丽景，竟情不自禁地高声朗吟起来："云麓烟峦知几层，一湾溪转一湾清。行人只在清溪里，尽日松声夹水声。"原来这是宋代"永嘉四灵"之一的徐玑的诗，他写的正是武夷山一带的景观——峰峦重叠，清溪曲折，水声松籁，不绝于耳。闽北风光宛然如画。

我说，山川胜境也通人气，有灵性，而且，各有各的独特风格。这个九龙窠，幽深中透出一种雅淡，静谧里显现着无限生机，它和那种江清渚白，落木飘萧的明丽景色迥然不同，倒是"泉声咽危石，日色冷苍松"这两句古诗略相仿佛。

东道主、散文作家S先生听了，立即接上话头，说，正是这样。如同景色有其鲜明的个性，各地的物产也是各异其趣的。那种日照长、温差大的黄沙碛里，非常适合哈密瓜的生长；而这种岩壑幽深、雾雨弥漫的自然环境，则特别符合栽植岩茶的要求。有的茶园分布在溪流的两侧，有的藏身在幽深的涧底，有的附在岩壁上或者夹在山峦的缝隙之中。失去这种独特的条件，就不会有举世闻名的武夷岩茶的存在。

选入教材：

全国职业教育课程改革国家规划
新教材
语文（职业模块·服务类）
2010 年
人民教育出版社

中等职业教育课程改革国家规划
新教材
语文（职业模块 服务类）同步练习
2009 年
人民教育出版社

走着走着，女作家小 N 突然指着溪流，叫了起来："看，这么清冽的泉水里，竟然还有鱼哩！"

大家赶忙围了过来，果然见到一队体态纤柔的游鱼，正对着细细的雨滴喳喋哩。

作家 V 女士随口吟出："这真是'细雨鱼儿出'啊！"

S 先生纠正说，响晴的天色哪里来的雨呀！这所谓"雨滴"原是山石上氤氲而生的。

V 女士若有所悟地说，怪不得唐诗里讲："纵使晴明无雨色，入云深处亦沾衣。"

"唐诗里还有呢：'荆溪白石出，天寒红叶稀。山路元无雨，空翠湿人衣。'用在这里可能也很贴切。"我补充了一句。

听说，在浙东新昌、嵊州、天台一带有一条驰誉中外的"唐诗之路"。王维、李白、孟浩然等上百位唐代诗人在那里留下了无数脍炙人口的诗篇。而武夷山一带，虽然主要是遍布着宋代以后诗人的足迹，但唐人那些绘情绘景的诗句却也同样可以移用到这里。从这个意义上说,这不也是一条地地道道的"诗路"吗!

一个小时过去了,"大红袍"仍然没有露面。东道主觉察到了大家急切的心情,便说:快了,很快就到了。这样,人们就开始把注意力转移到了观察茶树上。走了一段,见到一处用护栏围起来的茶树,我心想,这恐怕就是"大红袍"了。可是,一问,竟是"丹凤水仙"。

又走了几步,见到一畦叶长而大、细嫩光亮的茶株,N女士问:"这是不是'大红袍'?"回答:不是,这是"铁罗汉"。东道主告诉大家,"大红袍"分枝茂盛,叶片斜上伸展,光鲜浏亮,叶缘为紫红色。

走着走着,看到一小片茶园里,枝株茂密,而且,叶片微呈红晕。几个人同时喊出:"看,这就是了。"谁知,又错了:它是"大红袍"的老弟——"小红袍"。

这种情形,颇像《三国演义》里的刘玄德三顾茅庐访诸葛,见到崔州平以为是孔明,见到石广元、孟公威以为是

选入教材:

中职语文
(第一册)
2005年
重庆大学出版社

孔明，见到诸葛均、黄承彦也以为是孔明，足见其想望之急、思念之殷。

又拐了一个弯，前面略显开阔，却不见了茶园，小石丘上独有茶亭翼然。S先生说，到了。大家还以为是到了喝茶的地点呢，心里都嘀咕着："大红袍"还没见面呢。S先生指着右上方的山腰绝壁处，说："请看，那就是！"在高悬山半，由石块垒起的台座上，果然长着几株茂密的茶树，旁边还隐约可见镌刻在岩石上的"大红袍"三个字。

由于山势高耸，距离较远，茶树的具体形态看不太清楚。东道主介绍说，这几棵"茶王"生长时间很长了，枝干弯弯曲曲，长满了苔藓，又浓又绿的叶片间夹杂着一簇簇的嫩芽，边缘上都呈紫红色。传说从前是靠训练猴子攀崖采摘，后来从旁边石罅里凿出一条缝隙，架上悬梯，茶工可以勉强上去，采摘之后，悬梯立即撤除，因为这是"国宝"啊。

关于"大红袍"一名的来历，传说很多，S先生讲了一个"状元郎饮茶除病"的故事：

相传古时候一个读书士子进京赶考，路过武夷山时病倒了，下山化缘的永乐禅寺的老方丈发现后，叫来两个小和尚把他抬到庙里。方丈见他面色苍白，体瘦腹胀，便泡上一壶好茶，扶持他饮下。士人见茶叶绿地红边，泡出的茶水黄中带红，如琥珀一样光亮，遂呷了几口，顿觉口角生津，芳香四溢，肚中咕咕作响。连续喝了多次，鼓胀全部消退，身体康壮如常。谢过老方丈,他便赴京投考,竟得状元及第。不忘救命之恩,状元郎重返武夷山,在老方丈导引下,寻访了这半天腰的神奇茶树。这天,他正跪在山下虔诚地焚香祷拜,忽然一阵风来,把猩红状元袍卷上了半空,不偏不倚,恰巧罩在"茶王"的枝头,宛如红云一片。"大红袍"遂由此得名。

说着,一行人已上到茶亭坐下。女老板提着水壶汲来了山泉,然后迅速地用硬炭升起了炉火,顷刻间壶中便冒起了热气。她左手端过一个古香古色的茶盘,上面摆放着比拳头稍大的紫砂壶和几个酒盅般大小的茶杯;右手托着一个贮存茶叶的锡罐。茶叶放进壶中,注入滚沸的水,并用开水将茶壶淋过。两分钟过后,便提壶在各个杯中先斟少许,然后再均匀地巡回斟遍,最后将剩下的少许茶水向各杯点斟。S先生讲解说,这种斟法很科学,防止浓淡不均,而且有个名堂,头一次叫"关公巡城",第二回为"韩信点兵"。

S先生是精于茶道的,大家都按照他的做法,端起杯来慢慢地细加品啜,齐声赞美佳名的芳香清冽,饮过两杯之后,就再也不肯罢盏。我却没有这份口福,只是略微尝了一点点,便放在鼻子下面嗅着香味。因为我不胜茶力,哪怕喝上一小杯,也会招致失眠,像苏东坡说的那样:"枯肠未易禁三碗,坐听荒城长短更"。

天色已经向晚,同伴们向女老板致谢,说有幸在这里品尝到了"大红袍"这种人间至味。女老板却歉疚地摇了摇头，说，准备不周，十分抱歉，今天我这里只有"小红袍"。当然，这也不是凡品。

2001 年

千载心香域外烧

一

那天在河内我国驻越南大使馆,听到一个惊人的信息:"初唐四杰"之首、著名文学家王勃的墓地和祠庙在越南北部的义安省宜禄县宜春乡,那里紧靠着南海。《旧唐书》中本传记载,王勃到交趾省父,"渡南海,堕水而卒"。罹难场所和葬身之地向无人知,想不到竟在这里!

由于急切地想要看个究竟,第二天,我们便在越南作家协会外联部负责人的陪同下,驱车前往实地访察。一路上的话题,自然离不开这位短命的天才诗人。对于一个一千三百多年前的外国文学家,友好邻邦的同行们不仅熟知,而且饶有兴趣,确属难能可贵。只是,我们心里越是急切,汽车越是跑不起来,路又窄,车又多,不足二百公里的路程竟然走了六个小时,到达那里已经是夜幕沉沉了。

我们在海边一家简易旅馆住下。客房在楼上,很空阔,窗户敞开着,夜色阴森,林木缝隙中闪现出几星渔火,杂着犬吠、鸦啼,空谷足音一般,令人加倍感到荒凉、阒寂。"哗—哗—哗",耳畔涛声阵阵,好像就轰响在脚下,躺在床上有一种船浮海面,逐浪飘摇的感觉,似乎随时都可能漂走。迟迟进入不了梦乡,意念里整个都是王勃——到底是怎么死的,死了之后又怎么样……很想冲出楼门,立刻跑到海边去瞧一瞧,无奈环境过于生疏,只好作罢,听凭脑子去胡思乱想。

当年,少陵诗翁出巫峡,至江陵,过诗人宋玉故宅,曾有"怅望千秋一洒泪,萧条异代不同时"的慨叹,其时上距宋玉时代恰值千年上下;于今,又过去了一千多年,我们来到了另一位名扬中外、光耀古今的诗人的终焉之地,不仅是"萧条异代"了,而且远托异国,自然感慨尤深。我多么想望,这位同族同宗的先辈文豪,能够走出泉台,诗魂夜访,相与促膝欢谈,尽倾积愫啊!他那脍炙人口的"海内存知己,天涯若比邻"的名句,不知倾倒了多少颗炽热的游子之心,今天晚上,尔我竟然"天涯作比邻"了,真是三生有幸,"与有荣焉"。

二

东方刚刚泛白,我便三步变作两步地飞驰到海边。风很大，衣服被鼓胀得像个大包袱隆起在背上，海潮也涨得正满，目力所及尽是如山如阜的滔滔白浪。几只渔船正劈波入海，时而被抛上浪尖，时而又跌下谷底。说是船，其实本是藤条编的大圆笸箩，里外刷上厚厚的黑漆。平时扣在潮水漫不到的沙滩上。捕鱼季节到来，渔民把它们翻转过来，然后推进海里，手中架起长长的木桨，艰难费力地向前划行着。

当地文友说，这里是蓝江入海口，距离中国的海南岛不远，大体在同一纬度上。气候很特殊，看上去滩平坡缓，视野开阔，没有任何遮拦，可是，老天爷却老是耍脾气，喜怒无常，瞬息万变。说声变脸，立刻狂风大作，搅动得大海怒涛汹涌，面目狰狞，往来船只不知底里，时常招致灭顶之灾。听到这些，王勃遇险的因由，我已经猜到几分了。

草草用过了早餐，我们便赶忙去看王勃的祠庙和墓地。听说有中国作家前来拜望王勃，乡长停下正在进行的会议，早早等候在那里。见面后，首先递给我一本铅印的有关王勃的资料。封面印着王勃的雕像，里面还有墓碑的照片，正文为越南文字，后面附有以汉文书写的《滕王阁序》。大家边走边谈，突然，一大片荒榛断莽横在眼前，几个圆形土坑已经长起了茂密的茅草。乡长指着一块凸凹不平的地基说，这就是王勃祠庙的遗址，整个建筑1972年被美国飞机炸毁了。我急着问："那么，坟墓呢？"当地一位乡民指告说：离这里不远，也都被炸平了。这时，乡长从我手里取回资料，让大家看封底的照片——炸毁前此地的原貌：几株参天乔木笼罩着一座园林，里面祠堂高耸，径路依稀，不远处有荒冢一盔，累累可见，徜徉其间还有一些游客。于今，已全部化作了尘烟，进入了虚无。真是"此情可待成追忆，留得残图纸上看"了。

全场静默，榛莽无声。苍凉、凄苦、愤懑之情，壅塞了我的心头，而目光却继续充盈着渴望，我往四下里搜寻，很想从历史的丛残碎片中打捞出更多的劫后遗存。于是，又拨开对面的灌木丛，察看隐没其间的一座墓碑。已经断裂了，碑额抛掷在一旁，以汉字刻写的碑文多处残损，而且漫漶模糊，大略可知竖立于王勃祠庙重修之际，时间约在十八世纪末年。

三

王勃字子安，山西绛州龙门人，生于唐太宗贞观二十三年（公元649年）。祖父王通，世称"文中子"，是隋末的知名学者，声望极高，"往来受业者，不可胜数，盖将千余人"，唐初许多著名人物，像李靖、房玄龄、魏征、薛收等，都是他门下的弟子。叔祖父王绩，是著名诗人。父亲王福畤、伯父王福郊也都声誉素著。在这样一个良好的家庭环境熏陶下，王勃的诸兄弟都是"一时之健笔"，而他更是其中的佼佼者，一生著述甚丰，有《王子安集》传世。

他悟性极强，六岁善文辞，即有"神童"之誉。他见到庭前的风吹叶落，便随口吟出："高高山头树，风吹叶落去。一去数千里，何当还故处！"寥寥二十个字，竟然隐喻了他一生的行藏。当时在场的有他父亲的挚友杜易简，听后便说，此子日后必将长成参天的大树。九岁时，他读了颜师古所著《汉书注》，一一指摘其中疵误，并辑录成册，博得周围名士交口称赞。因为颜师古是唐初著名的文献学家，素称功底深厚，学风谨严，考据翔实。颜氏以其毕生功力，精心修撰了这部著作，被奉为研习《汉书》的学术经典。而一个小小孩童，竟能从中寻疵指谬，实在不同凡响。后来，经朝廷重臣刘祥道举荐给唐高宗，王勃入朝为朝散郎，当时才十四岁。

但是，他的仕途并不顺畅，由于恃才傲物，深为同僚所嫉，屡遭颠折。当时，他的名声很高，使得高宗的几个儿子都争相礼聘，要网罗他进入自己的王府。后经高宗批准，他来到刚刚受封的沛王李贤府中，担任修撰，充当谋士和指导教师的角色，深得沛王信任。其时宫中盛行斗鸡之戏，沛王也是一个积极分子。他有一只体高性烈、毛色鲜美的公鸡，多次比赛中都大获全胜，独独被英王李显的"鸡王"所战败。英王神色飞扬，无限得意，而沛王却十分尴尬。

年轻气盛的王勃,当即产生了创作冲动,援笔立成一篇《檄英王鸡》的游戏文章,当场吟诵,博得一阵阵笑声。后被高宗发现,读了盛怒不已,指责说,无比庄重的文体竟以儿戏出之,如此放肆,这还得了?文章说是檄鸡,实则意在挑动兄弟不和,真是可恶得很。于是,下令免除王勃官职,并逐出王府。

王勃的第二次遭贬,后果更为严重,不仅自己丢掉了官职,被投进监狱,险些送了性命,而且连累了他的父亲。事情是这样的:他被逐出沛王府之后,即远游江汉,旅食巴蜀。闲居数年之后,经友人陵季友帮忙,补为虢州参军。这里盛产药草,而他对中医药颇有兴趣,就在公余之暇从事草药的采集与研究。一天,有人主动登门求见,自称得祖上秘传,王勃遂待为上宾。其实,此人原是一个官奴,杀人后潜逃至此,官府正通缉捉拿。按大唐法律,窝藏罪犯当连坐,王勃深悔自己的孟浪,但为时已晚。万般无奈之下,他便趁夜黑将罪犯杀掉、掩埋。消息很快就传出了,于是,以窝藏并私自处死罪犯之罪被捕下狱,将被判处死刑。这一年他二十六岁。据一些人推测,由于他得罪了同僚,此案很有可能是经人精心策划的,引诱他上了圈套。幸亏赶上高宗册立太子,大赦天下,他才挣脱了这场杀身之祸。仕途的险恶,使他惊悸万端,心灰意冷,决意从此告别官场,远涉千山万水,前往交趾看望被流放的父亲。

四

这年六月,他从龙门出发,一路沿黄河、运河乘舟南下,再溯江而上,经芜湖、安庆抵达马当。九月初八这天,听说滕王阁重修工程告竣,洪州都督阎伯屿将于重阳节邀集宾朋,盛宴庆祝。他十分珍视这次以文会友的机会,可是,马当山离洪州尚有七百里之遥,一个晚上是万万不能赶到的。这时奇迹发生了,据说,因有江神相助,一夕间神风飒飒,帆开如翅展,船去似星飞,次日清晨就系舟于滕王阁下。于是,"敢竭鄙诚,恭疏短引,一言均赋,四韵俱成",那篇千秋杰作《滕王阁序》应运而生。

显而易见,王勃此行,心情是十分压抑的。少年壮志已成尘梦,而今以一无爵无禄的刑余之人,萍浮梗泛,羁身南北,怎能不深深陷于极度的愤懑与绝望之中!这种情怀在序文中表现得十分充分。文章在正面描绘了滕王阁壮美的形势和秀丽的景色之后,笔锋一转,便进入淋漓酣畅的抒怀,极写其兴尽悲来,怀才不遇的惆怅:

> 关山难越,谁悲失路之人;萍水相逢,尽是他乡之客。怀帝阍而不见,奉宣室以何年?嗟乎!时运不齐,命途多舛。冯唐易老,李广难封。屈贾谊于长沙,非无圣主;窜梁鸿于海曲,岂乏明时?

里面满是牢骚，满是愤慨。最后，索性弃官就养，一走了之——"舍簪笏于百龄，奉晨昏于万里"了。

显然，这是借滕王的酒杯浇自己的块垒。我想，即使没有这次重阳雅集，他也会凭借其他由头写出类似文字的。许久以来，他实在是太伤心、太抑郁、太苦痛了，憋闷得简直喘不过气来，胸膛都要炸裂了。作序，使他在集中展现才华的同时，也获得一个敞开心扉、直抒忧愤的机会。

其实，这里面是潜藏着一定的风险的。好在与会者一时为其华美的词章所打动，惊服他的旷世才情，并没有过多地玩索其中的深意。否则，纵使初唐时期文学环境比较宽松，不致像后世的苏东坡那样，遭人轻易地罗织一场新的"乌台诗狱"，也总会给那些蓄意倾陷，别有用心之人提供一些彰明昭著的口实，难免再次招致什么难以预料的灾愆。

五

就是说，这次他还是很幸运的。雄文一出，不但四座叹服，并且为后世文坛所极力推崇。当然，也有轻薄訾议王勃等四子之文"以骈骊作记序，多无足取"者，但受到了诗圣杜甫毫不留情的抨击："王杨卢骆当时体，轻薄为文哂未休。尔曹身与名俱灭，不废江河万古流。"轻薄者"身名俱灭",而王勃为首的"初唐四杰"则"江河万古"。大文豪韩愈一向是眼空四海,目无余子的,可是,他也为自己的《滕王阁记》能排在王文之后而感到无比荣耀。此后,地以文传,马当山也跟着出了名。清代诗人潘耒路过这里,题诗云:"飞帆如箭劈流开,遥奠江神酒一杯。好风肯与王郎便,世上唯君不妒才。"借着讲述马当山神风相助的故实,抒写他对王勃高才见嫉的深切同情和愤懑不平。

也是借助这一故实,后来在元明小说、戏曲中便出现了一句常用的文辞:"时来风送滕王阁"。中国过去讲究对句,那么,"运去……"呢?也还是因为风神作祟。王勃于公元676年夏初来到交趾,陪父亲一起度过了炎热的溽暑,秋八月踏上归程,由蓝江启航,刚刚驶入南海,即不幸为风浪所噬,终年二十八岁。也许是"天道忌全"吧,一个人如果太完美、太出色了,即将为造物者所忌。上帝总是在最不合时宜的当儿,忍心摧折他亲手创造的天才。结果,那七彩斑斓的生命之华还未来得及充分绽放,就悄然陨落了,身后留下了无边的空白。

据越文资料记载,那一天,海水涨潮倒灌,把王勃的尸体顶入蓝江,被村人发现,认出是这位中土的早慧诗人,即刻通知他的父亲,然后就地埋葬在蓝江左岸。出于对他的崇敬,并且雕像、修祠,永为纪念。千古文章未尽才,无论就整个文坛还是就他个人来讲,都是抱恨终天的憾事。

传说王勃死后，情怀郁结难舒，冤魂不散，蓝江两岸总有乌云滚动。还有人在南海之滨看到过他那飘忽不定的身影，夜深人静时，风翻叶动，簌簌有声，细听，竟是他操着中原口音在吟咏着诗文。

这一带文风比较盛。过去许多上了年纪的人都能背诵"落霞与孤鹜"的名句和"闲云潭影日悠悠，物换星移几度秋"的诗章。子弟们潜心向学，有的还科名高中，历代出现过许多诗人。其中，成就最大、声望最高的是被誉为"越南的屈原""民族的天才诗人"的阮攸。他出生于黎王朝的末叶，中年入仕后，曾几度出使中国，到过长江沿岸许多地方，对于中国的风物人情，尤其是汉文学素有深湛研究。他根据中国章回小说改写的诗歌作品《金云翘传》，长达3254行，享有世界性的声誉。阮攸从小就熟读王勃的诗文，心向往之，不仅在作品中引用过"风送滕王阁"的逸闻佳话，还专门凭吊过王勃祠、墓。听说，重修后的王勃祠庙的对联："座中尽是他乡客，眼底无非失路人"，就是阮攸亲拟的；还有一副联语："信哉天下有奇作，久矣名家多异才"，引自陆放翁诗，亦出自阮攸之手。他曾在《漫兴》一诗中写道："行脚无根任转蓬，江南江北一囊空"，虽有自嘲意味，但用来比况王勃也是至为贴切的。

明朝末年，中国的白话短篇小说集"三言""二拍"付梓后，不久便传入越南，并产生深远的影响。其中冯梦龙

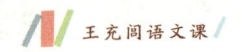

编的《醒世恒言》第四十回：《马当神风送滕王阁》，里面有"王勃乃作神仙而去"的说法，还附了一首七绝："从来才子是神仙，风送南昌岂偶然？赋就滕王高阁句，便随仙杖伴中源。"大约就是从这时开始，王勃便在南海沿岸一带被作为神祇供奉了。原本是出于敬慕，现在又涂上了一层信仰的釉彩，于是，这位青年才俊便在香烟缭绕中开启了他的仙家岁月。

什么圣帝贤王、天潢贵胄、巡边都抚、镇海将军，当地人民早已通通置诸脑后了，唯有这位谈不上任何功业而又时乖运蹇的文学家，却能世世代代活在人们的心里。

六

承乡长见告，王勃祠庙遭受轰炸后，当地一位名叫阮友温的退伍大尉，冒着生命危险把王勃的雕像抢救出来，没有地方安置，便在家中腾出一间厅堂把他供奉起来。这引起了我们的极大兴趣，立即赶赴阮家探望。阮先生已经故去，其胞弟阮友宁和先生的儿媳、孙儿接待了我们。王勃像供在中堂左侧，前面有一条几，上设香案。像由上好红木雕刻，坐姿，为唐朝士大夫装束，通高约一米四五。由于年深日久，脚部已开始朽损，面孔也有些模糊。跟随着主人，我们一同上前焚香拜祝。我还即兴吟咏了一首七律：

> 南郡寻亲归路遥，孤篷蹈海等萍飘。
> 才高名振滕王阁，命蹇身沉蓝水潮。
> 祠像由来非故国，神仙出处是文豪。
> 相逢我亦他乡客，千载心香域外烧。

站在雕像面前，我为这样一位悲剧人物深情悼惜——

对于文学天才，造物主不该这样刻薄悭吝。唐代诗人中得享上寿者为数不少，怎么偏偏同这位"初唐四杰"之冠过不去，不多留给他一些创造璀璨珠玑的时间！

短命还不算，在他二十几年的有限生涯中，几乎步步都在翻越刀山剑树，弄得伤痕累累，焦头烂额。他的身心实在是太疲惫了，最后，只好到南海之滨寻觅一方逍遥化外的净土，让那滚滚狂涛去冲洗倦客的一袭黄尘、满怀积忿，让富有诗情画意的蕉风椰韵去抚慰那颗久滞异乡的破碎的心。

他失去的太多太多。他像彗星那样在大气层的剧烈摩擦中倏忽消逝，如一粒微尘遗落于恒沙瀚海。他似乎一无所有，然而却在文学史上留下了一串坚实、清晰的脚印，树起一座高耸云天的丰碑，特别是能在域外长享盛誉，历久弥新。如此说来，他可以死而无憾了。

王勃属于那种精神世界远比行为层面更为丰富、更为

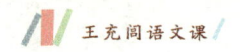

复杂的文学家,有着广泛而深邃的可研究性。相对地看,我们对于这位天才诗人的关注反而不如兄弟邻邦,至于不为成见所拘,独辟蹊径地解读其诗文,恐怕就更欠火候了。

2004 年

诗人的妻子

在妇女地位低下、"妻以夫贵"的旧时代，凭借着丈夫的权势与财富，作威作福，颐指气使，飞黄腾达的女性，数不在少。皇帝之妻、宰相之妻、元帅之妻，自不必说，即使是六品黄堂、七品知县的妻子，也统统被称为命妇。唐代的命妇，一品之妻为国夫人，三品以上的为郡夫人，四品的为郡君，五品的为县君。清制，命妇中，一品二品称夫人，三品称淑人，四品称恭人，五品称宜人，六品称安人，七品以下称孺人。反正都是有封号、有待遇的。

但是，诗人的妻子不在其内，除非那些丈夫做了大官的，否则，不但享受不到那些优渥的礼遇，生活上还会跟着困穷窘迫，啼饥号寒。这就引出了幸与不幸的话题。套用过去那句"一为文人，便无足观"的老话，也可以说，一为诗人之妻，便只有挨累受苦的份儿了。这是不幸。但是，

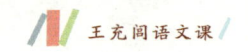

如果嫁给一个真情灼灼、爱意缠绵的诗人，生前，诗酒唱和、温文尔雅；死后，丈夫还会留下许多感人至深、千古传颂的悼亡诗词——这也是不幸中之大幸吧。

此刻，我想到了苏东坡的三位妻子。她们都姓王，死得都比较早，一个跟随着一个，相继抛开这位名闻四海的大胡子——苏长公。

一

先说苏公的第一任妻子王弗。

这是他在故乡时，由他的父亲苏洵一手包办的，当时属于早婚。妻子才十五岁，东坡刚到十八岁。女方家在青神，与苏家相距不过十五华里。

过门之后，王弗虽然岁数很小，却成熟得早，聪慧异常。特别是在东坡年富力强、意气风发、经常任才使气之时，妻子的箴规解劝，起到了良好的"减压阀""缓冲器"的作用。

有个"幕后听言"的故事，一直流传广远——

东坡这个人，旷达不羁，胸无芥蒂，待人接物宽厚、疏忽，性格有些急躁、火爆，用俗话说：有些大大咧咧，满不在乎。由于他与人为善，往往把每个人都当成好人；而王弗则胸有城府，心性细腻，看人往往明察无误。这样，她就常常把自己对一些人的看法告诉丈夫。出于真正的关心，每当丈夫与客人交谈的时候，她总要躲在屏风后面，屏息静听。一次，客人走出门外，她问丈夫："你花费那么多工夫跟他说话，实在没有必要。他所留心的只是你的态度、你的意向，为了迎合你、巴结你、讨好你，以后好顺着你的意思去说话。"

她还提醒丈夫说：现在，我们是初次独立生活，身旁没有父亲照管，凡事应该谨慎小心，多加提防，不要过于直率、过于轻信；观察人，既要看到他的长处，也要看到他的短处；再者，"路遥知马力，日久见人心"，速成的交情往往靠不住。

东坡接受了妻子的忠告，避免了许多麻烦。

不幸的是，这样一个年轻貌美、精明贤惠的妻子，年方二十六岁，便撒手人寰，弃他而去了。抛下一个儿子，年方六岁。

东坡居士原乃深于情者，遭逢这样打击，益发情怀抑郁，久久不能自释，十年后还曾填词，痛赋悼亡。这样，由于嫁给了一位大文豪，王弗便"人以诗传"，千载而下，只要人们吟咏一番《江城子》，便立刻想起她来：

十年生死两茫茫，不思量，自难忘，千里孤坟，无处话凄凉。纵使相逢应不识，尘满面，鬓如霜。夜来幽梦忽还乡，小轩窗，正梳妆，相顾无言，惟有泪千行。料得年年肠断处，明月夜，短松冈。

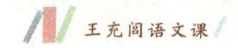

上阕抒写生死离别之情，面对闺中知己，也抒发了沉郁在胸中已久的因失意而抑郁的情怀，"凄凉"二字，传递了个中消息；下阕记梦，以家常语描绘了久别重逢的情景，以及对妻子的深情忆念。

二

妻子离世之后，苏东坡开始续弦。他的第二任妻子，名叫王润之，是王弗的堂妹。这一年她刚好二十岁，小东坡十一岁。

自幼，她就倾心仰慕姐夫的文采风流，可说是佩服得五体投地。堂姐故去，她立即表达了愿意锐身自任，相夫教子，承担起全部家务的愿望。得到了胞兄的鼎力支持，更获得了未来丈夫的首肯。东坡先生过去就见过这位小堂妹，觉得她正合己意。

关于这个王润之，林语堂先生在《苏东坡传》中多有刻画：

> 她知道她嫁的是一个人人喜爱的诗人，也是个天才，她当然不会和丈夫比文才和文学的荣誉。她早已打定主意，她所要做的就是个好妻子。

她不如前妻能干，秉性也比较柔和，遇事顺遂，容易满足。在丈夫生活最活跃的那些年，她一直与他相伴，抚养堂姐的遗孤和自己的儿子，在丈夫官海浮沉的生活里，一直和丈夫同甘共苦。男人一生在心思和精神上有那么奇特难言的惊险变化，所以，女人只要聪明解事，规矩正常，由她身上时时使男人联想到美丽、健康、善良，也就足够了。

　　丈夫才气焕发，胸襟开阔，喜爱追欢寻乐，还有——是个多么渊博的学者呀！但是，佩服丈夫的人太多了，有男的，也有女的！难道她没看见公馆南边那些女人吗？还有在望湖楼和有美堂那些宴会里的……她聪明解事，办事圆通，她不会把丈夫反倒推入歌妓的怀抱。而且，她知道丈夫这个男人是妻子管不住的，连皇帝也没用。她做得最漂亮——信任他。

王润之默默地支持丈夫度过了一生中崎岖坎坷、流离颠沛的二十多年。其间，东坡曾遭遇过平生最惨烈的诗祸："乌台诗案"——以"谤讪新政"的罪名，他被抓进乌台，关押达四个月之久。这是北宋时期一场典型的文字冤狱。

　　润之的父亲是进士，她本人也能读会写，但是，她把这些全都一概放下。她只为丈夫做他所爱吃的眉州家乡菜，做丈夫爱喝的姜茶。东坡先生对她非常满意。他曾说过，他的妻子比诗人刘伶的妻子贤德，因为刘伶的妻子限制丈夫饮酒。他还曾写诗，说儿子或可责备，像陶渊明曾有《责子诗》一样；而妻子就只有表彰的份儿了，她十分贤惠，大大超过东汉的学者敬通——

> 子还可责同元亮，妻却差贤胜敬通。

我们都读过东坡的《后赤壁赋》，该能记得其中的这样一段：

> 客曰："今者薄暮，举网得鱼，巨口细鳞，状似松江之鲈。顾安所得酒乎？"
> 归而谋诸妇。
> 妇曰："我有斗酒，藏之久矣，以待不时之需。"
> 于是，携酒与鱼，复游于赤壁之下。

那位说"我有斗酒"的妇人，就是王润之。尽管文中没有披露名字，但妻子体贴、支持丈夫的这段佳话，由于被东坡写入他的名篇，因此而千古流传。

王润之死时，东坡居士已经五十八岁，不禁老泪纵横，哭得肝肠寸断，几不欲生。他写了一篇祭文：

呜呼！昔通义君，没不待年，嗣为兄弟，莫如君贤。妇职既修，母仪甚敦，三子如一，爱出于天。

从我南行，菽水欣然，汤沐两郡，喜不见颜。我曰归哉，行返丘园，曾不少顷，弃我而先。孰迎我门？孰馈我田？

已矣，奈何！泪尽目干。旅殡国门，我实少恩，惟有同穴，尚蹈此言。呜呼哀哉！尚飨！

全文分三部分，其一是说，润之是贤惠的妻子、仁德的母亲，视前妻之子，一如己出；其二是说，丈夫屡遭险衅，仕途蹉跌，妻子安时处顺，毫无怨言；其三，做出承诺：生则同衾，死则同穴。

"通义君"指王弗，这是王弗殁后朝廷对她的追赠。"没不待年"，是说王弗去世不到一年，他们的婚事便定了下来。因为王弗留下的幼儿无人抚育。"三子"，一是姐姐留下的，加上自己婚后生育的两个。

苏东坡被贬黄州，润之随他南下，生活十分拮据，困难时吃豆子、喝白水，妻子也欣然以对。待到丈夫接受两郡封邑，收取许多赋税，渐渐富裕起来，她也并没有怎么欢喜，做到了古人所说的"不戚戚于贫贱，不汲汲于富贵"。

"孰馈我田"，有学者研究，元丰二年七月发生乌台诗案，苏东坡下狱,润之为了营救丈夫,不得不请求父亲施以援手,父亲遂拿出很多财产让她去京城打点。

妻子死后百日,苏东坡请大画家李龙眠画了十张罗汉像,在和尚为王润之诵经超度时,他将此十张画像献给了妻子亡魂。待到苏东坡去世后,弟弟苏辙按照兄长的意愿,将他与润之合葬在一起。

三

苏东坡的第三任妻子,也姓王,名朝云,字子霞,年龄小于东坡近三十岁。她在十二岁时,即从杭州来到王弗身边作了丫鬟,后来被东坡纳为小妾。在他被流放到岭南惠州时,润之已死,这样,就只有她一人随行。在凄清的晚境中,东坡由她相伴,倒也情怀愉悦,心境安然。两人相亲相爱,关系非常融洽。

朝云生有一个儿子,名叫遁儿。在他出生三天举行洗儿礼时,苏东坡写了一首著名的七绝:

人皆养子望聪明,我被聪明误一生。
惟愿孩儿愚且鲁,无灾无难到公卿。

诗是有感而发的,或者说,是借助写儿子来发泄老子的弥天愤懑。这也难怪，东坡一生由于聪明过度，才华横溢，所受到的挫折与打击实在是太多了。不过，诗句的幻想成分过重，在那忌才妒能的封建时代，又要做公卿，又要无灾无难，岂非是甜蜜蜜的梦想！

朝云小时识字不多，但天分极佳，到了苏家之后，接受长时期的文化熏陶，奋力读写，获得飞速进步。东坡先生非常喜爱她。她好佛，对道家也感兴趣，东坡便称她为"天女维摩"，意为一尘不染。据佛经记载，当年释迦牟尼居住在一个小镇，这天，正与门人研讨学问，空中忽然出现一位天女，将鲜花撒在他们身上。众门人身上的花瓣均纷纷落在地下，只有一人身上的花瓣不落下来，沾着不掉。天女解释，此非花瓣之过，乃是此人凡心不退，尚有人我之分。

初到惠州时，朝云才三十一岁，东坡曾给她写过一首词，调寄《殢人娇》：

> 白发苍颜，正是维摩境界。空方丈，散花何碍？朱唇箸点，更髻鬟生彩。这些个，千生万生只在。
> 好事心肠，着人情态。闲窗下，敛云凝黛。明朝端午，待学纫兰为佩。寻一首好诗，要书裙带。

这里也提到了"维摩境界"，说她"散花何碍"。诗人把爱升华到了宗教高度，充分体现出他对妻子的挚爱之诚、

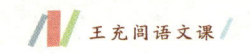

赞许之深。

朝云三十四岁华诞，东坡曾写诗《王氏生日致语口号》，前有小序，略云："人中五日，知织女之暂来；海上三年，喜花枝之未老。"诗是一首七律：

> 罗浮山下已三春，松笋穿阶昼掩门。
> 太白犹逃水仙洞，紫箫来问玉华君。
> 天容水色聊同夜，发泽肤光自鉴人。
> 万户春风为子寿，坐看沧海起扬尘。

前两句，交代时间、住所；中间四句，描写女主人的精神风貌——太白、紫箫，依然透露着道家仙气；"天容水色""发泽肤光"，状写她的花容玉貌。最后两句，落脚到生日祝贺上来。

时在春中，可是，到了七月，惠州一带瘴疫流行，朝云即染疾身死。东坡悲痛异常，觉得失去一个知音。"织女暂来"云云，竟然一语成谶！

说到朝云的巧慧、机敏，明人曹臣所编《舌华录》，记载过这样一个故事：东坡一日饭后散步，拍着肚皮，问左右侍婢："你们说说看，此中所装何物？"一婢女应声道："都是文章。"东坡不以为然。另一婢女答道："满腹智慧。"他也以为不够恰当。爱妾朝云回答说："学士一肚皮不合时宜。"

东坡捧腹大笑，认为"实获我心"。

朝云死后，东坡将她葬在惠州西湖孤山南麓大圣塔下的松林之中，并筑亭纪念，因朝云生前学佛，诵《金刚经》偈词："如梦、如幻、如泡、如影、如露、如电"而逝，故亭名"六如"。楹联为：

> 从南海来时，经卷药炉，百尺江楼飞柳絮；
> 自东坡去后，夜灯仙塔，一亭湖月冷梅花。

还有一副楹联：

> 不合时宜，惟有朝云能识我；
> 独弹古调，每逢暮雨倍思卿。

妙在以东坡口吻，状景描情，极饶韵致。

2012 年

古书断句趣谈

进了私塾,我和嘎子哥首先读的是"三、百、千、千"(《三字经》《百家姓》《千家诗》《千字文》)。三言、四言,或五言、七言,一本书一种格式,不发生断句问题。可是,待到读"四书五经"了,线装、木版的书没有标点符号,读起来就发生困难了。

于是,业师刘老先生用蘸了朱砂的毛笔,在我们的书上进行圈点。他边点边说,古代读书人的一项基本训练,就是"习其句读",也就是《三字经》里说的:"详训诂,明句读"。古人写文章是不用标点符号的;但在诵读过程中,又必须"句读"分明,否则,无法理解文义。有时,一个标点点错了,意思就会走样,甚至完全相反。

"句读"相当于现代的标点符号。古人说"句读为讲经之先务","童子之师,授其书而习其句读"。这种在经书上断句的工作,古人称作"离经",意思是离析经理,使章句断开。作为一种功力,断句需要古汉语字、词、句方面的修养,甚至需要古代历史文化全方位的知识。因此,它不仅仅是对于学童,也是对于教书先生以及所有攻书习文者提出的首要的、基本的要求。唐代有人说:"学识如何观点书。"意为从能否给古书准确地标点、断句,可以验知其知识水准与治学能力。鲁迅先生在《点句的难》一文中也曾说过:"标点古文真是一种试金石,只消几点几圈,就把真颜色显出来了。"

断句的基本准则,可用八个字概括:"语绝为句,语顿为读"——语气结束了,算作"句",用圈(句号)来标记;语气没有结束,但需要停顿一下,叫作"读",用点(逗号)来标记。

尽管面对的是两个小孩子,但老先生却是十分讲究师道尊严,所谓"端乎其形,肃乎其容";加之他面目黧黑,个头高大,目光炯炯,令人望而生畏。其实,他性格豪爽,又饶有风趣,讲课中喜欢通过一些故事、趣闻来传授知识。当我们读到《大学》的"知止而后有定,定而后能静,静而后能安,安而后能虑,虑而后能得"的时候,他讲了两位教书先生"找得"的故事:

一位先生把这段书读成"知止而后有定定,而后能静静,而后能安安,而后能虑虑,而后能得",发觉少了一个"得"字。一天,他去拜访另一位塾师,发现书桌上放着一张纸块,上面写个"得"字。忙问:"此字何来?"那位塾师说,从《大学》书上剪下来的。原来,他把这段书读成了"知止而后有,定定而后能,静静而后能,安安而后能,虑虑而后能",末了多了一个"得"字,就把它剪了下来,放在桌上。来访的塾师听了十分高兴,说:"原来我遍寻不得的那个'得'字,跑到了这里。"说着,就把字块带走,回去后,贴在《大学》的那段书上。两人各有所获,皆大欢喜。

  后来,读书渐多,接触到前人一些笔记、札记类书籍,看到了许多关于断句的逸闻趣话。《论语·泰伯》中记述孔子这样一句话:"民可使由之不可使知之。"古今通行的注本,都是做这样断句:"民可使由之,不可使知之。"意思是说,老百姓可以让他们听从指使,不可以让他们知道为什么要这么做。据此,我们批评孔老夫子,说他推行愚民政策。但是,有的书上说,这样断句不对,孔子原本是亲民的,应该断为:"民可使,由之;不可使,知之。"这样,意思就成为:老百姓听从指使,就让他们自己去做;如果老百姓不能按照统治者的意图行动,就要给他们讲清道理。可是,又有人出来了,说应该这样去断句:"民可,使由之;不可,使知之。"意思又改变了,成为:老百姓的素质好,就让他们自己去做;如果素质不够好,就要训练教育,让他们晓得道理。当然,还有更多的断法,比如:"民可使由之?不。可使知之。"意思是,能让老百姓随便地去做吗?

不能。要先让他们懂得道理。还有:"民可使。由之不可使,知之。"意思是,老百姓是可以利用的。如果任由他们去做,却做不好,那就讲明道理,教育他们。等等。

除了研习经书、古籍,在社会交往、日常生活中,也经常会遇到如何断句的问题。

据说,旧时代有一个老学究,夫妻育有一女,嫁给同里一个秀才。后来,结发妻子病故,老学究便又续弦,娶了一个通识文墨的女子,两年后,产下一个幼子。老学究临终前,手书一份《遗嘱》,交代身后遗产的分配办法。按照古书惯例,行文一气呵成,中间没有点断。待他死后,大家把《遗嘱》启封,原来是这样一段话:"七十老翁产一子人曰非是也家业尽付与女婿外人不得干预。"身为秀才的女婿看了,说:"这份遗产,应该全部归我。"因为照他的点读法,《遗嘱》为:"七十老翁产一子,人曰:非是也。家业尽付与女婿,外人不得干预。"但是,老学究的后妻不服,认为《遗嘱》写的,应该是把产业交给她的儿子。两人争讼不决,于是,告到官府去。县官反复琢磨,认为老学究的后妻的意见为是。因为,在县官读来,《遗嘱》是这样的:"七十老翁产一子,人曰'非',是也,家业尽付与。女婿外人,不得干预。"由于断句有异,两种意向截然不同。秀才心里不以为然,但县官一言既定,他也没有办法。

还有这样一个故事,说是某富翁生性吝啬,聘请教书先生时，特意讲明膳食从俭，比较素淡。教书先生当下应承，富翁提出要立下字据。于是，教书先生便起草了一张未加标点符号的十六字合约："无鸡鸭亦可无鱼肉亦可青菜一碟足矣。"富翁看了，根据自己主观想法，理解为"无鸡鸭亦可，无鱼肉亦可，青菜一碟足矣"，当即签字画押，表示同意。这样，除了主食，便顿顿只上一碟青菜。教书先生提出了抗议，说是违反合约："我们不是讲好的吗？——'无鸡，鸭亦可；无鱼，肉亦可；青菜一碟足矣。'怎么顿顿只有青菜呢？"富翁数了数，十六个字，一个不多，一个不少，只是断句有所不同，觉得无言以辩，只好认可。

相传明代书画家祝枝山，某年除夕，应邀给一户土财主写一副对联。上联是"明日逢春好不晦气"；下联是："终年倒运少有余财"。土财主不识字，元旦一早就贴上了。左邻右舍看了发笑。他们念成："明日逢春，好不晦气；终年倒运，少有余财。"财主闻言大怒，当即去找祝枝山算账。祝枝山听了，哈哈大笑，说："他们念错了，我写的是'明日逢春好，不晦气；终年倒运少，有余财。'"土财主想了想，说："还是你说得对，听你的！"

至于广泛流传民间的"下雨天留客天留我不留"，就更是由于断句不同产生了多种歧义。一是："下雨，天留客；天留，我不留。"二是："下雨天，留客？天留，我不留。"三是："下雨天，留客天，留我不留？"四是："下雨天，留客天,留?我不留!"五是:"下雨天,留客天,留我不?留。"

　　前面曾说,五言、七言诗不发生断句问题,其实也不尽然,有些文人还是就此做出了许多文章。比如,我手头就有一本书上讲,慈禧太后让一位书法家题扇。那位书法家遵旨题写了唐代诗人王之涣的《凉州词》,但慌乱中将"黄河远上白云间"的"间"字漏掉了。慈禧看后,勃然大怒,声言要给他"治罪"。书法家急中生智,赶忙启奏,说他题写的是一首小令,接着朗读道:"黄河远上,白云一片,孤城万仞山,羌笛何须怨,杨柳春风,不度玉门关。"慈禧听了,再无话说,只好作罢。类似情况,还有唐人杜牧的七言绝句《清明》:"清明时节雨纷纷,路上行人欲断魂,借问酒家何处有,牧童遥指杏花村。"有人做了巧妙的断句,把诗变成词:"清明时节雨,纷纷路上行人,欲断魂,借问酒家何处?有牧童遥指,杏花村。"改变了原有文字组合方式。

2015 年

王充闾作品入选教材目录

篇　名	选入教材	出版时间	出版单位
《火把节之歌》	义务教育课程标准实验教科书语文六年级下册同步阅读	2006	人民教育出版
	西藏汉语第四册课内学习	2017	人民教育出版社
	义务教育课程标准实验教科书语文七年级（上册）	2009	江苏教育出版社
	义务教育教科书语文七年级（下册）	2016	江苏凤凰教育出版社
《换个角度看问题》	九年义务教育四年制初级中学语文自读课本第七册灯下拾豆	1992	人民教育出版社
	全日制普通高级中学语文读本第六册	1998	人民教育出版社
	高级中学课本语文（S版）三年级第一学期	1993	上海教育出版社
	天津市中等职业学校试用教材语文第二册	2003	天津科学技术出版社
	中等职业教育国家规划教材语文（基础版）第四册（修订版）	2002	高等教育出版社
	义务教育教科书语文八年级下册	2017	语文出版社
	高中语文自读课本第三册	2002	中华工商联合出版社
	新读写大语文（适合初一）	2002	辽宁人民出版社
	21世纪高职高专教育系列规划教材公共基础类语文第一册	2004	西北大学出版社
	高职高专公共基础课规划教材大学语文（第二版）	2017	清华大学出版社
《捕蟹者说》	九年义务教育四年制初级中学语文自读课本第七册发现世界的艺术	1992	人民教育出版社
《大禹陵》	新课程初中语文读本八年级上册	2007	山东教育出版社
《亲近泥土》	普通高中课程标准实验教科书语文选修中国现代诗歌散文欣赏	2006	人民教育出版社

作品	教材名称	年份	出版社
《碗花糕》	普通高中课程标准实验教科书语文选修4 中国现代散文选读	2006	广东教育出版社
	高中语文自读课本第三册	2002	中华工商联合出版社
	新课程高中语文读本（高二上学期用）	2005	山东教育出版社
	高中语文自读课本第3册	2003	山东教育出版社
《泛泛水中凫》	现当代散文诵读精华（高中卷）	2003	人民教育出版社
《两个李白》	解读大师教科文读本文学卷阅读	2005	中国文联出版社
《淡写流年》	学生现代诗文鉴赏辞典下册	2006	上海辞书出版社
《驯心》	中等职业学校文化课教学用书语文读本第四册	2006	高等教育出版社
《寂寞濠梁》	中学生阅读文选高中二年级用	2001	山东教育出版社
《守着灵魂上路》	大学语文	2010	高等教育出版社
《寻访大红袍》	全国职业教育课程改革国家规划新教材语文（职业模块·服务类）	2010	人民教育出版社
	中等职业教育课程改革国家规划新教材语文（职业模块 服务类）同步练习	2009	人民教育出版社
	中职语文（第一册）	2005	重庆大学出版社

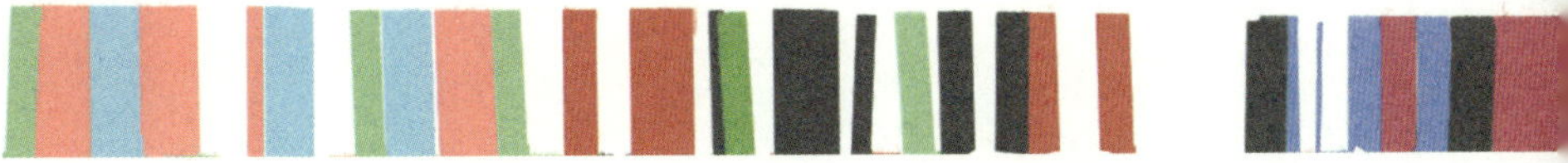